おかえり

～虹の橋からきた犬～

新堂冬樹

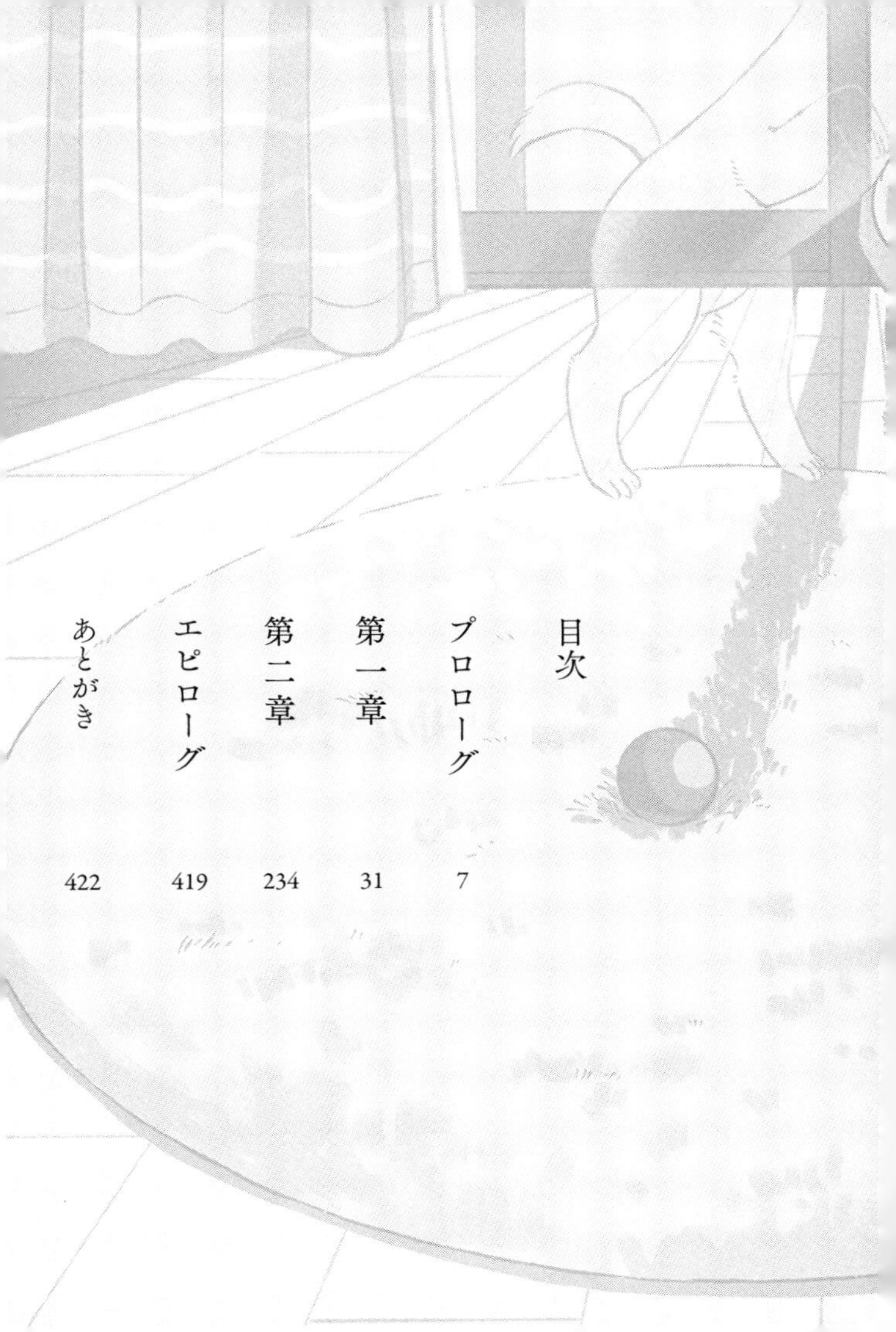

目次

本書は、「Ｗｅｂ集英社文庫」二〇二三年四月〜二〇二四年五月に
配信されたものを加筆・修正したオリジナル文庫です。

本文デザイン／西村弘美
本文イラスト／５２６

おかえり

～虹の橋からきた犬～

プロローグ

「保護犬のイベントなので、ストレスがかからないように広々とした場所を考えています。予定されている保護犬の参加は百頭で、団体のスタッフもいるので当初は屋外の公園等を候補地としていました。ただ、雨天だと開催できなくなり、その日に合わせてスケジュールを調整してくれた参加者の皆様にご迷惑をかけてしまいます。なので、体育館等の屋内に候補地を変更しました。ですが、排泄《はいせつ》の問題などから断られることが多く、許可を頂けた体育館もあるのですが、屋外よりもコストが高くついてしまいます」

十五坪のスペースに設置された円卓――細身の体を黒のパンツスーツに包んだ小谷《こたに》菜々子《ななこ》は説明を終えると、ベリーショートの髪に包まれた小顔を巡らして、スポンサーである「平成製菓《へいせいせいか》」の中江《なかえ》営業部長と「桜《さくら》テレビ」の情報バラエティ部の坂下《さかした》プロデューサーを見た。

広告代理店「友愛堂《ゆうあいどう》」のミーティングルームでは、再来月開催される予定の「保護犬譲渡会」についての会議が行われていた。保護犬譲渡会をテレビの情報番組で特集するという企画を出したのは菜々子で、視聴者にたいして安易に犬を飼い安易に手放すということが、どれほど残酷な行為であるかを知ってもらうためだった。

「コストというのは、使用料のことなの？」

坂下が、白縁の伊達《だて》眼鏡を中指で押し上げながら訊《たず》ねてきた。

「はい。屋外と違ってどうしても匂いが染みついてしまうので、使用後のクリーニング代が必要になります」

菜々子が言うと、坂下が渋い顔で腕を組んだ。

「で、そのクリーニング代とやらはどれくらいかかるんだ？」

上司の二宮《にのみや》広報部長が、菜々子に訊ねてきた。

「ワンコ達の排泄具合にもよりますが、百万から二百万といったところでしょうか」

菜々子はタブレットのディスプレイに表示される、候補地の体育館から出された見積書のデータを見ながら言った。

「二百万はきついな～。十年前ならなんてことない金額だけど、いまは制作費を削減するためにギャラの高い芸人は切って、新人や文化人タレントをキャスティングしているご時世だからね～。そのおしっことかうんち、なんとかならないの？」

坂下が渋面を菜々子に向けた。

「生き物ですから、生理現象は仕方ありません」

菜々子はいら立ちが顔に出ないように、気をつけながら言った。

——菜々子はね、思ったことをすぐに顔や言葉に出してしまうから気をつけなさいよ。とくに広告代理店なんていうのは、お偉いさんを相手にする仕事でしょう？　怒らせちゃったりしたら、大変なことになるわよ。

群馬の実家に帰るたびに、母は口癖のように言った。

——思ったことを顔や言葉に出すことは、別に悪いことじゃないわよ。茶々丸《ちゃちゃまる》なんて、喜怒哀楽が態度に出まくってるから。

——茶々丸は犬でしょう？　あなたは人間なんだから、本能のまま生きるわけにはいかないんです。まったく、三十二にもなって子供の頃からちっとも変わらないわね。覚えてる？　中学生の頃、体育の先生に「いやらしい眼《め》で私達を見ないでください」なんて言って大騒ぎになったこと。あのとき、私とお父さんは職員室に呼び出されてどれだけ大変だったか……。

——だって、あのエロ教師、いつも私達の胸とかお尻をにやにやしながらみつめて、ほんと、キモかったんだから！

——ほらほら、それよ、それ。たとえそうだとしても、人間には言葉をオブラートに包むっていう才能が神様から授けられているんだから。

——自分に嘘《うそ》を吐《つ》いて生きるくらいなら、来世はワンコに生まれ変わるほうがいいわ。

きっぱりと言い放つ菜々子に、母がため息を吐いた。

——二言目には犬犬犬ってね、あなたがそんなふうだから勝也《かつや》さんに愛想を尽かされるんでしょう？

——あのね、私の名誉のために言っておくけど、婚約破棄を申し出たのは私だからね。

——婚約破棄も、犬が原因だったわね。

母が呆《あき》れた顔で菜々子をみつめた。

——しょうがないじゃない。犬は苦手だから結婚したら茶々丸を実家に預けてくれないか、なんて言うんだから！　百歩譲って彼が犬アレルギーならそういう発想になるのはわかるけど、犬が苦手だから茶々丸と住めないなんてありえないでしょ！

——あなたねぇ、犬と人間のどっちが大事なの？

——ワンコ！　だって、ワンコは人間と違って、どんなにひどい仕打ちをする飼い主のことも一生懸命に愛し続ける純粋な生き物だから。それにね、さっきから犬犬って言わないでくれる？　なんか物みたいだから。母さんだって、あの人間がこの人間がって言いかたされたら嫌でしょう？

菜々子は食い気味に言うとダメ出しした。

茶々丸は十歳の雑種犬で、元は保護犬だった。三歳の頃、前の飼い主に近所の動物病院に置き去りにされたのだ。

菜々子は動物病院のドアに貼られた里親募集の告知をきっかけに、茶々丸と出会った。茶色の短毛種で鼻の周りが黒く、右の頬にハート形に見える特徴的な白の斑模様《ぶち》がチャームポイントの男の子だった。

真丘《まおか》という初老の獣医師さんの立ち会いのもとで、菜々子は茶々丸と対面した。茶々丸は成犬の保護犬にしては珍しく、診療室に入ってきた菜々子にぶんぶんと尻尾を振りながら駆け寄ってくると、顔中舐《な》め回してきた。

――おやおや、これはびっくりだよ。私が保護してからの一週間は、尻尾を垂らしてケージの隅で怯《おび》えた顔をしていたのに、同じ子とは思えない喜びようだね。

いま思えば、茶々丸との出会いは運命だった。

菜々子と茶々丸は、出会うべくして出会ったのだ。

菜々子はその日のうちに、茶々丸を受け入れることに決めた。

――小谷さんは、犬を飼った経験は？

真丘はすぐに菜々子に茶々丸を渡すとは決めずに、里親になる資格があるか否かを判断するための面接を始めた。

――実家にいる頃に、マルチーズを飼っていました。

――小谷さん、犬を飼うということは終生飼育……つまり、息を引き取る瞬間まで看《み》取《と》らなければならない。ぬいぐるみと違って感情のある生き物だから、いろいろと大変なこともある。いまは尻尾を振って君を歓迎してくれているけど、新しい環境に慣れるまでは部屋中に排泄したり、吠《ほ》えたり、家具や衣服を咬《か》んでボロボロにしたりする。病気になれば治療費もかかるし、年を取れば眼も見えなくなり耳も遠くなり歯が抜けて足腰も弱くなる。そうなると、仕事を休んで病院に連れて行ったり看病したりしなければならない。労力的にも、経済的にも大変なことになる。思っていたのと違う、世話が大変になった、飽きた……そんな理由で手放すことがあれば、この子は人間から二度捨てられることになる。いまの話を聞いても、この子を終生飼育できると自信を持って言えるかな？

——はい、言えます！

菜々子は即答した。

菜々子が小学生の頃、マルチーズを飼いたいと言ったときに父から同じようなことを言われた。

「一寸の虫にも五分の魂」が口癖の父のもとで育った菜々子は、幼心に生きとし生けるものの生命の尊さを刻み込まれてきた。

——じゃあ、次に現実的な質問をさせて貰《もら》うよ。小谷さんは社会人だと言っていたけれど、お仕事は何時から何時まで……いや、何時に出て何時に帰宅できるのかな？

——九時前に出て十八時には帰宅できます。

当時の菜々子は広告代理店の経理部だったので、残業はなく定時に上がることができた。

——成犬の留守番の限界は、トレーニングを受けていない場合は六時間から八時間と言われているんだ。だから、本来は一人暮らしの方に譲渡するのは気が進まない。だけど、小谷さんは一時の感情でこの子を引き取りたいと言っているのではないとわかるから、お譲りしたいと思っているよ。ただ、条件がある。

——条件ですか？

——うん。出社前に三十分、帰宅後に三十分の散歩をしてほしい。仕事で疲れているだろうけど、この子は中型犬で一日にそれくらいの運動量がなければストレスが溜《た》まってしまう。ただでさえ、長時間の留守番でストレスが溜まるから。それと、仕事以外のときは、できるだけこの子と一緒に過ごしてほしいんだ。小谷さんにはご家族や友達がいるけど、この子にはあなたしかいない。あなたが相手してあげなければ、この子はずっと部屋で一人ぼっちになる。犬の一日は人間の一週間にあたるから、あっという間に老犬になるんだよ。この子を家族として受け入れ、一日、一時間、一分を大切にしてあげてほしい。もし、難しいというのなら遠慮なく言ってくれていい。むしろ、そういう人のほうが多いだろうしね。

——大丈夫です！　私も人間だから、たまにはイライラしちゃうかもしれませんけど、この子には当たりません！　仕事以外のときは、この子を最優先の生活にします！　将来、恋人ができて結婚しても、この子との生活を最優先にします！

自信満々に宣言した通り、菜々子は茶々丸を最優先にした生活を送った。

まず、父親からお金を借り、それまで住んでいた池尻大橋《いけじりおおはし》のワンルームマンションから同じ池尻大橋のペット可のマンションに越した。

定時に仕事が終われば、同僚や上司の飲みの誘いも断り帰宅した。

大学時代には頻繁にしていた友人との旅行も、車で茶々丸を連れて行ける範囲に留《とど》めた。

つき合いの悪くなった菜々子から離れてゆく者もいたが、茶々丸込みで受け入れてくれないのなら、それは真の友人とは言えないと割り切った。

真丘との約束を菜々子は守った。

義務ではなく、菜々子がそうせずにはいられなかったからだ。

嫌な上司にパワハラを受けても、傲慢なスポンサーに物のように扱われても、下ネタ好きなイベンターにセクハラ紛《まが》いの発言を浴びせられても、帰宅して茶々丸と触れ合っているうちに、すべての不快感や嫌悪感が消えてしまう。

飼い主と愛犬は似てくるというが、茶々丸は菜々子に似て陽気な性格をしていた。

茶々丸と初めて散歩してから七年が経《た》つが、ほかの犬や人間に怒ったのを見たことがない。

保護犬は人間に裏切られ、見捨てられ、虐待され……多かれ少なかれ心に傷を負っているものだ。だが、茶々丸は引き取った直後の散歩でも人間に尻尾を振りながら駆け寄りはしゃいでいた。

そんな茶々丸を見るたびに、真丘の言葉を思い出した。

　——犬達は、飼い主が聖人でも罪人でも同じように愛す生き物だよ。人間のように、相手の言動で嫌ったり恨んだりはしない。一度愛せば、永遠に愛そうとする。何度裏切られても、何度も信用しようとする。私はね、彼らは神様が人間に送ってくれた天使だと思うんだ。


　菜々子は茶々丸と暮らすようになってから、真丘の言葉の意味がよくわかった。

　真丘動物病院に置き去りにされた茶々丸と出会い引き取ることになったのは、二人が前世から繋《つな》がっている関係……ソウルメイトだからなのかもしれないと思うようになった。


「あの、いまさらだけど映像だけでもいいんじゃないかな？」

　坂下の声に、菜々子は回想の扉を閉めた。

「どういうことでしょう？」

　菜々子は訊ねた。

「いや、考えてみたらさ、チャリティーは映像でもできるわけだし、撮影した犬の映像にプロフィールを載せて里親を募ればいいんじゃない？　動物ものと食べ物の映像を流してれば低予算でそこそこの視聴率を稼げるから、いまはどこの局も犬猫とグルメばっかりだよ。保護犬の譲渡会の特集を現地中継じゃなくて事前に撮影したＶＴＲを流し、そのVTRをスタジオでゲストが観《み》ながら悲痛な顔で視聴者に訴える。そうすれば経費も人件費も少なくて済むから、制作費を半分以下にできるわけだし。有名なタレントから訴えかけられたほうが、視聴者は感動して保護犬を引き取ろうって気にもなると思うし。引き取り手が決まった犬は、車で行けるところだったら保護団体の人が届けてあげればいいしね。どうよ？」

坂下が得意げな顔でみなを見渡し、小指を立てて握ったコーヒーカップを口元に運んだ。

「今回のイベントは、視聴率や寄付金集めのためだけにやるのではありません。保護犬達の里親をみつけるのが一番の目的です。ぬいぐるみや置物を買うのと違うので、実際に対面しなければ相性はわかりません。それに、対面でなければ里親候補の方々に個々の保護犬の性質や注意事項を説明することもできませんし、また、その方に保護犬を渡してもいいかどうかの判断もつきません。保護犬達は捨てられたり虐待されたり、仕方のない事情があるにしても大好きな飼い主と離れたりして、みな、心に傷を負っていますす。だから、二度と同じようなつらい目にあわせないために、譲渡会で里親候補の方々とじっくり話す時間も必要なのです」

菜々子はぐっと怒りを噛《か》み殺し、根気強く対面での譲渡会の必要性を説いた。

ほしいと手を挙げれば誰にでも簡単に譲渡するという坂下の考えに、菜々子は激しい憤りを感じた。

保護犬が新しい飼い主の家で寿命を全うできるようにするためには、里親として相応《ふさわ》しいかどうかを見極める面接が必要だ。

「え？　なになに？　二宮さん、小谷さんってさ、保護犬団体の人？」

坂下が二宮に顔を向け、皮肉っぽく言った。

「いいえ、すみません。小谷君、保護犬愛もいいが、我々はボランティア団体じゃなくて利益を出さなければならない。そのへんのことを忘れて貰ったら困るな」

二宮が渋い顔で、菜々子にダメ出ししてきた。

「なにも赤字でいいと言っているわけではありません。保護犬の譲渡会を番組企画にするならば、対面形式にしなければだめだと言ってるんです！」

菜々子は坂下と二宮を交互に見ながら、強い口調で訴えた。

「だからそれじゃあさ～、経費がかかり過ぎて制作費が大変なことになっちゃうんだよ～。何度言えばわかるかな～」

坂下が菜々子を小馬鹿にしたように言うと肩を竦《すく》めた。

「視聴率のために、保護犬達を利用するのは納得できません！　映像だけで里親を募りろくな調査も対話もなしに保護犬を宅配するなんて、またすぐに捨てられちゃう可能性が高くなります！」

菜々子は憤然とした口調で言った。

「そしたら、また保護犬団体が引き取ればいいじゃない」

坂下が涼しい顔で言うと、相変わらず小指を立てて持つコーヒーカップを口元に運んだ。

「何度もたらい回しにされるワンコの気持ちはどうなるんですか！　あなたみたいな人がいるから、殺処分される保護犬が跡を絶たないんです！」

菜々子は掌《てのひら》でテーブルを叩《たた》き、席を立ち上がった。

「おい……小谷君っ、坂下さんになんてことを言うんだ！　お詫《わ》びしなさい！」

蒼白《そうはく》になった二宮が、菜々子に命じた。

「嫌です！　おかしなことを言っているのは、坂下プロデューサーのほうです！　それに、イライラするから小指を立ててコーヒー飲むのやめてください！」

言ってしまった……。

菜々子は早くも後悔した。

——菜々子はね、思ったことをすぐに顔や言葉に出してしまうから気をつけなさいよ。とくに広告代理店なんていうのは、お偉いさんを相手にする仕事でしょう？　怒らせちゃったりしたら、大変なことになるわよ。

脳裏に母の小言が蘇《よみがえ》った。

菜々子は恐る恐る坂下を見た。

坂下は怒りに顔を真っ赤に染め、唇を震わせていた。

「小谷君！　君は私を侮辱……」

「譲渡会を対面形式でやる代わりに、保護犬の数を百頭から五十頭にするという中間案はどうかな？　それぞれ言い分はあるだろうけど、互いに譲歩し合わないとね」

それまで黙ってことの成り行きを見守っていた平成製菓の中江が、菜々子と坂下を執り成すように提案した。

百頭から半分に減らされると、五十頭の保護犬に里親をみつけてあげるチャンスがなくなるが、対面形式で譲渡会が開かれるだけましだ。

まずは中江の条件を受け入れ、今後の話し合いで少しでも頭数を増やせるように交渉すればいい。

「わかりました」

菜々子は言った。

「坂下プロデューサーはどうですか？」

「中江部長がそうおっしゃるなら」

坂下も渋々ながら従った。

さすがに傲慢な坂下も、スポンサーの意向には逆らえないようだ。

「打ち合わせの続きは、ご飯を食べながらしましょうか？　どうですか？」

中江が二宮に顔を向けた。

菜々子はスマートフォンのディスプレイに視線を落とした。
ＰＭ５：30
もう既に、定時を三十分過ぎていた。
この時間から会食になれば、帰宅は早くても夜八時になる。
昨日も一昨日《おととい》も残業で、家に着いたのは八時半だった。

――肝臓の機能がかなり低下しているね。エコー検査の結果、癌《がん》の可能性はないけれど、肝臓は悪化すると取り返しがつかなくなるから、普段の食事には十分気をつけてあげて。

一週間前の、真丘の言葉が脳裏に蘇った。
十日ほど前から、食欲旺盛な茶々丸がフードを残すようになった。
生活をともにしてからの七年間で、食いしん坊の茶々丸が完食しないのは初めてのことだった。
食欲不振に加えて嘔吐《おうと》までするようになった茶々丸を、菜々子は真丘動物病院へ連れて行ったのだ。

――食事に気をつけるとは、具体的にどうすればいいですか？

——肝機能が低下しているときにタンパク質を過剰摂取したら、アンモニアなどの有害物質が発生するから非常に危険なんだ。人間の食べ物はもちろん、犬用のササミやチーズもあげちゃだめだ。そもそもペットフードも、有害な化学物質が添加されているものが多いからね。

——有害な化学物質がペットフードに添加されているのに、どうして問題にならないんですか⁉

——それは、世の中に出回っているあらゆる薬品や食品の臨床試験が、人間の数値に合わせて行われているからだよ。人間には五つの解毒システムが備わっているのにたいし、犬には三つしか備わっていない。つまり、人間には無害な食品でも犬には毒になるということさ。チョコレートや玉ねぎが犬には毒になると、菜々子ちゃんも聞いたことがあるだろう？　もちろん、ペットフードのメーカーも毒を入れているつもりはない。だが、嗜好《しこう》性を優先するあまり結果的に犬に害のある化学物質を使用しているというのも事実だ。

——そんな……人間も犬も命の重さは同じなのに、ひどいです。

——日本はいまだに動物の命が器物扱いの国だからね。愛犬の命は、飼い主が守ってあげるしかない。しばらくは投薬しながら、肝臓の数値を下げていこう。肝臓が完治することはないけれど、悪化させないでうまくつき合っていくことはできるから。

「いいですね！　そうしましょう」

記憶の中の真丘の声に、中江に追従する二宮の声が重なった。

「小谷君。いつもの日本料理店の個室を押さえてくれるか？　空いてなければ、ミッドタウンの中華でもいいから」

二宮が菜々子に指示した。

「部長。少し、よろしいでしょうか？」

菜々子は、二宮を会議室の外に促した。

「なんだ？」

会議室を出ると、二宮が怪訝《けげん》な顔を向けてきた。

「あの……私も会食に参加しなければいけませんか？」

菜々子は遠慮がちに訊ねた。

「あたりまえじゃないか。君の不用意な発言で怒らせた坂下さんを執り成してくれた中江さんが、場の空気を変えるために会食を提案してくれたのがわからないのか？」

二宮が険しい表情で言った。

「もちろん、わかっています。実は、茶々……ウチの犬の具合が悪いので早く帰ってあげたいんです」

菜々子は正直に理由を告げた。茶々丸は家族なので、会食を辞退したいという申し出をすることにうしろめたさはなかった。

「死にそうなのか？」

「とんでもない！　茶々丸がそんな状態なら、会社を休んでますよ！」

　菜々子は憤然として言った。

「わかったわかった、そう興奮するな。で、なんの病気なんだよ？」

「肝臓の数値が悪くて、食欲がないんですよ」

「肝臓なんて、接待会食続きで俺もボロボロだ。君が二、三時間早く帰ったところで、犬の肝臓がよくなるわけじゃないだろう？」

　二宮が肩を竦めて見せた。

「それはそうですが……」

「とにかく、犬のためにクライアントを放り出して帰ることは認められん。それに、君は担当者じゃないか。できるだけ早く帰してやるから、頼んだぞ」

　二宮は一方的に言い残し、会議室に戻った。

　菜々子は、ペット用の留守番カメラの注文を早くしなかったことを後悔した。茶々丸の体調が悪くなってからネット通販で注文したが、届くのは明後日《あさって》の予定だ。

「ごめんね、パッパと切り上げて帰るからね」

　菜々子は、取り出したスマートフォンの待ち受け画像の茶々丸に約束した。

☆

「もう……どうして……こんなに……階段が長いの！　学生の頃は……息なんて……切れなかったのに……」

菜々子は息を切らし愚痴を言いながら、池尻大橋駅の階段を駆け上がった。神楽坂《かぐらざか》の日本料理店を飛び出してから走り通しだったので、太腿《ふともも》が乳酸でパンパンに張り足が上がらなくなった。

地上に出た菜々子は、タイミングよく走ってきた赤い空車のランプを点《とも》したタクシーに手を上げた。

「近いところですみませんけど、まっすぐ走って二つ目の交差点を左に曲がってください」

菜々子は後部座席に乗り込み、スマートフォンのデジタル時計に視線を落とした。

「八時半か……」

菜々子はため息を吐いた。

歩いて十分ほどの距離だが、少しでも早く家に帰りたかった。

――君みたいな女がいるんだよな〜。顔もスタイルも平均点以上なのに、なぜか三十《みそ》路《じ》になっても売れ残っている女がさ。でもさ～、今日、理由がわかっちゃったもんね～。自分の意見が通らないからって、大事な大事なクライアントさんに毒を吐く女なんて、結婚したくないよな～。

坂下は酒癖が悪く、会食の間、菜々子の失言をねちねちと蒸し返した。

――そうそう、坂下さんの言う通り！　小谷君はね、もう少し感情をコントロールする術《すべ》を覚えたほうがいい。社会っていうのは学生時代と違って、思ったことをなんでも口に出せばいいってもんじゃないんだよ。


そんな坂下の機嫌を取るように、二宮は菜々子に説教した。

結局、二時間の会食のうち保護犬イベントの打ち合わせをしたのは十五分ほどだった。

あれでは、茶々丸に寂しい思いをさせてまで会食に参加した意味がない。

「あー腹が立つ！　結婚できるはずだったけど、私から解消したの！」

菜々子の大声に、運転手が驚いた顔で振り返った。

「あ……すみません……」

菜々子は引きつったような笑いを浮かべ、頭を下げた。

あと百メートルほどで到着する。

居心地の悪い空気のまま、マンションまでの数秒を我慢した。

「お客様、どのへんでお止めしましょうか？」

運転手が怖々と訊ねてきた。

「ここでいいです！」

菜々子は言いながら、握り締めていた硬貨をトレイに置くと、ドアが開くと同時にタクシーを飛び降りた。

マンションのエントランスに駆け込み、七階に止まっているエレベーターは無視して階段を使った。

「茶々丸ぅ〜、もうすぐだからね〜」

菜々子は階段を駆け上がりながら、トートバッグからキーを取り出した。

三〇三号室——菜々子はシリンダーにキーを差し込んだ。

「ただいま！　遅くなってごめんね！」

菜々子は大声で言いながらドアを開けると、電灯のスイッチを入れた。

いつもは尻尾を振りながら駆け寄ってくる茶々丸の姿が見えず、菜々子の胸に不安が広がった。

「茶々丸……」

リビングに足を踏み入れた菜々子は、胸を撫《な》で下ろした。

茶々丸は特大の食パン形のクッションに寝ていた。

「びっくりさせないでよ。最愛の菜々子姫のお帰りだよ。起きなさーい」

菜々子の呼びかけにも、茶々丸が起きてくる気配はなかった。

「ごめんごめん、拗《す》ねてるの？　たくさん相手をしてあげるから、機嫌を直してちょうだい」

菜々子は屈《かが》み、横たわる茶々丸の脇腹を撫でた。

「ちょっと、ふて寝なんてしてないで……」

菜々子は掌に触れる感触に異変を感じ、声を呑《の》み込んだ。

眼を凝らした。

茶々丸の脇腹は上下していなかった。

菜々子は茶々丸の体を揺すった。

「茶々丸？　茶々丸⁉　ねえ……どうしたの⁉　起きて……茶々丸っ、起きて！」

ピクリともしない茶々丸に、菜々子の心臓が早鐘を打った。

「ねえっ、お願いっ……嘘でしょう⁉　ねえっ、ねえっ！　起きて……起きてったら！」

菜々子は涙声で叫びながら、茶々丸の体を揺すり続けた。

そんなことが、あるはずはない。

朝の茶々丸は元気だった。菜々子が移動するたびに尻尾を振りながら洗面所やトイレについて回り、家を出るときは玄関まで送ってくれた。以前より時間はかかったが、朝食のドライフードも完食した。

疲れ果て、深い眠りに落ちているだけ……菜々子は自分に言い聞かせた。

「茶々丸っ、茶々丸っ、茶々丸！」

菜々子は茶々丸の耳元で何度も名前を呼びながら、体を揺すった。

涙で滲《にじ》む視界の茶々丸は、微笑《ほほえ》んでいるように見えた。

「だめだよっ！　絶対にだめだからね！　待ってて！　いま、真丘先生のところに連れて行ってあげるから！」

菜々子は涙声で語りかけながら、茶々丸を抱き上げた。十三キロあるが、重いとは感じなかった。

真丘は自宅の一部を診療所にしているので、緊急のときは夜でも対応してくれた。

菜々子は鍵も閉めずに部屋を飛び出した。


死なないで、死なないで、死なないで……。


気づいたら、裸足《はだし》で走っていた。

真丘動物病院は徒歩で十五分の距離なので、走れば七、八分で着く。

茶々丸は仮死状態に違いなかった。

十分以内に処置を受けられれば蘇生《そせい》するはず……茶々丸は目を覚ますはずだった。

菜々子の思いとは裏腹に、腕の中の茶々丸の体は硬くなっていた。

荒い呼吸が聞こえた……無我夢中で走った。

素足が血塗《ちまみ》れになった……肺が破れそうになった。

構わなかった。茶々丸が助かるなら、どんなひどい目にあっても……。

神様……お願いします！　茶々丸に私の寿命をあげてください！

菜々子の祈りとは裏腹に、茶々丸の体は冷たくなっていた。

「嫌っ……嫌っ……嫌ーっ！　茶々丸っ……一人にしないで……私を置いて逝かないでーっ！」

菜々子の叫喚が、皮肉なほどに美しく煌《きら》めく星空に吸い込まれた。

第一章

1

「おはよう！　おばあちゃん！　今日はいい天気ね。ひさしぶりに、洗濯物が干せそうだわ」

菜々子は弾《はじ》けるような笑顔で、顔馴染《かおなじ》みの静《しずか》に声をかけた。

「おはよう、菜々子ちゃん。いつも元気がいいわね。あなたを見ていると、力を貰えて若返った気分になるわ。気のせいだろうけどね」

静が目尻に皺《しわ》を刻み柔和に笑った。

「気のせいなんかじゃないわ！　まだ、還暦を迎えたばかりに見えるわよ」

「あら、嬉《うれ》しいことを言ってくれるね。十も若返らせてくれたんだから、今度手作りのおはぎを作ってあげないとね。楽しみにしててちょうだいな」

静が顔を綻ばせながら、ゆっくりとした足取りで歩み去った。

「おはよう、菜々子ちゃん。いつも早いね。それにしても、毎朝ウォーキングを欠かさないなんて偉いね」

今度は、豆腐屋の玄《げん》さんに声をかけられた。

「偉いなんて、とんでもない！　私も今年三十七ですから、油断するといろんなところにお肉がついちゃうのよ〜」

菜々子は、しかめっ面を作って見せた。

「菜々子ちゃんの魅力は、お肉がついたくらいで色褪《いろあ》せないから大丈夫さ！」

玄さんが豪快に笑った。

「ありがと！　今度、静さんに手作りおはぎを貰ったら玄さんにもお裾分けするね！　じゃ！」

菜々子は溌剌《はつらつ》とした足取りでウォーキングを続けた。

三十メートルほど歩き角を曲がると、見覚えのある五十代と思《おぼ》しき女性が現れた。

どこかで会ったような気もするが、誰なのかは思い出せなかった。

女性はゴールデンレトリーバーの老犬を連れていた。蘇りそうになる記憶に、菜々子は踵《きびす》を返した。

「小谷さん？」

不意に名前を呼ばれ、菜々子は足を止めた。

「あ、やっぱり小谷さんですよね？」

女性が懐かしそうに訊ねてきた。

「はい、そうですけど……あの、すみません。どちら様でしたか？」

菜々子は訊ね返した。

「ショコラのママです」

ショコラという名前が、菜々子の記憶を呼び起こした。

「あ！　もしかして、おちびちゃんですか⁉」

菜々子は思わず大声を上げ、ゴールデンレトリーバー……ショコラの前に屈んだ。

思い出せなかったのも無理はない。散歩中のショコラと会っていたのは、十年近く前のパピー時代の話だ。

「そうです！　懐かしいですね！」

女性が声を弾ませた。

「まあ、おちびちゃんだったのに大きくなったわね！」

菜々子は、ショコラの両耳の下を揉《も》みながら言った。

「もう、十歳のおじいちゃんですよ。あ、そう言えば茶々丸ちゃんのこと、犬友《いぬとも》さん達から聞きました。おつらかったですね」

女性が同情を宿した瞳で菜々子をみつめた。

「直後はつらかったですけど、五年経ちましたから。茶々丸は陽気な子でしたから、私がいつまでもクヨクヨしていたら虹の橋から怒られちゃいます。『ママ！　しっかりしてよ！』ってね。茶々丸と似て、私も明るさだけが取り柄ですから！」

菜々子は朗らかに笑い飛ばした。

「よかったです。小谷さんが茶々丸ちゃんを深く愛していたのは、散歩中に何度かお会いしただけですけど伝わってきました。人間の親子みたいに仲良しでしたから、ペットロスで苦しんでらっしゃるのかと心配していました。でも、昔のイメージのままの元気なお姿で安心しました」

「子供の頃から、つらいことや哀《かな》しいことを引きずらない性格だったので。では、これで失礼します。ショコラちゃん、またね！」

菜々子は腰を上げ、ショコラに手を振り歩き始めた。

茶々丸との散歩コースだった商店街に出た。

老舗の和菓子屋、金物屋、美容室、蕎麦屋《そばや》、銭湯、スーパー、歯科医院、中華料理店……変わらない街並みが、菜々子の視界をゆっくりと流れた。

五年前のあのとき——いまと同じ景色は、菜々子の視界をもっと速く流れ、涙で滲んでいた。

——残念だけど。

診療台に横たわる茶々丸のバイタルチェックを行っていた真丘が、菜々子に向けた顔を小さく横に振った。

──そんなことありません！　茶々丸は朝まで元気だったんですよ！　人工呼吸とか、やってください！　お願いします！　お願いします！

菜々子は涙ながらに懇願した。

──それはできない。死後硬直の進行具合からして、息を引き取ってから三時間以上経っている。見送ってあげるのも、飼い主の大切な役目だよ。

──そんな……。どうして、茶々丸は死んじゃったんですか!?　治療は順調で、肝臓の数値も安定していたじゃないですか!?　先生は、私に嘘を言っていたんですか!?

菜々子は茶々丸の死を受け入れられず、真丘を責めた。

──数値が安定していたのは本当だよ。検査をしてみないことには断定できないが、茶々丸は敗血症になった可能性が高い。敗血症というのは、簡単に言えば細菌が血液中に入り血圧低下、血流不足、臓器の機能不全を引き起こし、重篤化すれば死に至る病気なんだ。健康な動物なら細菌が血液に入っても免疫系の働きで排除できるけど、免疫力が落ちていると敗血症にかかりやすくなるのさ。

真丘は気を悪くしたふうもなく、茶々丸の命を奪った憎き病魔について丁寧に説明してくれた。

――だって茶々丸は、今朝、出勤する私を玄関で見送ってくれたんですよ⁉ 命を落とすような重病にかかっていたなんて思えません！

――敗血症が恐ろしいのは、あっという間に重篤化して臓器の機能不全を起こすところなんだ。朝、動き回っていた茶々丸の敗血症が重篤化して夜に死亡するというのは珍しくはないことだ。

――じゃあ……私が定時に帰っていれば……私が茶々丸を先生のところに連れてきていれば……。

菜々子の言葉の続きが、嗚咽《おえつ》に呑み込まれた。

――それは、どうかな。もし、それで一時的に助かったとしても、十歳の茶々丸には重篤化した敗血症に抗《あらが》う体力はなかったと思うよ。人間がそうであるように、犬にも運命というものがある。茶々丸が今日旅立ったのは、彼の使命が終わったからじゃないかな。

――運命なんて信じません！　茶々丸は、もっと私と一緒にいたかったと思います！

それに、使命ってなんですか⁉

菜々子は、真丘に怒りをぶつけた。

怒り……茶々丸を見殺しにした自分にたいして。

――君は茶々丸と出会って七年だったかな？　菜々子ちゃんの中で、茶々丸と暮らす前とあとではいろんな変化があっただろう？

真丘が、穏やかな表情で訊ねてきた。

茶々丸と出会って、思いやりのある人間になれた。

茶々丸と出会って、自分を犠牲にしてでも守りたいという気持ちになれた。

茶々丸と出会って、健康的な生活を送るようになった。

茶々丸と出会って……幸せな日々だった。

菜々子は頷《うなず》いた。

――そうなれるように、茶々丸と菜々子ちゃんは巡り合ったんだ。

菜々子の瞳に映る真丘の顔が涙で滲んだ。

――でも……茶々丸を殺したのは私です。残業なんてしなかったら……茶々丸のそばにいてあげたら、寂しい思いのまま旅立たせることには……。私は、私のことを一生許せません。

菜々子は悲痛な回想の扉を閉めた。

時間が経っても変わらない街並み……菜々子の心も同じだった。菜々子の心の時計は、茶々丸が見えなくなった五年前で止まっていた。

明るさが取り柄なのは本当だった。つらいことや哀しいことを引きずらない性格だというのも本当だった。

でも、それは茶々丸を知らないときの菜々子だ。

孤独のまま死なせてしまった茶々丸を忘れることなど、できるわけがなかった。

五年前までの菜々子は、本当に明るかった。

いまの菜々子は、明るく振る舞っているだけだった。哀しい顔をして、茶々丸の話題に触れられないように……心に、土足で踏み込まれないように。

いつの間にか、真丘動物病院の近くにきていた。茶々丸と出会い、茶々丸と別れた菜々子の聖域に……。

通り過ぎようとした菜々子の視界の端に、なにかが入った。

菜々子は足を止めた。

病院の玄関前に置かれたクレートが、なにを意味するのかがわかった。

捨て犬……。

菜々子は足を踏み出して、病院の前を通過した。

自分には、どうすることもできない。もう犬を迎えるつもりはなかったし、迎える資格もなかった。

心とは裏腹に、ふたたび足が止まった。

捨て犬かどうか確認するだけ……もし捨て犬なら、真丘に教えてあげなければならない。

菜々子は真丘動物病院の前に引き返し、玄関に向かった。

腰を屈め、クレートを覗《のぞ》き込んだ。

柴犬《しばいぬ》の若い成犬が、尻尾をぶんぶん振りながらクレートの柵扉から右前足を出してきた。

「寒いでしょう？　いま、先生を呼んで……」

菜々子は、言葉の続きを呑み込んだ。

柴犬の右頬……ハート形に見える白い斑模様に、菜々子の記憶は猛スピードで巻き戻された。

「茶々丸……？」

菜々子は、無意識に柴犬に語りかけていた。

2

真丘動物病院の待合室――菜々子はベンチソファに座り、女性誌に視線を落としていた。

芸能人の結婚、今年のトレンドファッション、ブレイクする台湾《たいわん》スイーツ10選……どうでもいい記事を読んで気を紛らわせた。

そうしなければ、五年前の悲痛な記憶が蘇ってきそうだった。目の前のドアの向こう側――硬くなった体で診療台に横たわる茶々丸……。

菜々子は勢いよく立ち上がり、玄関に向かった。考えてみれば、菜々子がここにいる理由はなかった。

玄関の前に置き去りにされている柴犬を、真丘に届けた。

柴犬は真丘の診察を受けている。健康状態に問題がなければ、茶々丸のときのように真丘が里親を探してくれるだろう。

菜々子の役目は終わったのだ。

菜々子はスニーカーを履くと、逃げるように外に出た。

パートで働いているアロマショップ「ドゥース」の開店時間は十時だ。

これから家に帰りシャワーを浴びて、朝食を摂《と》り、淹《い》れ立てのコーヒーを飲みながらヨーロッパの写真集を見る。

菜々子の朝の過ごし方だ。

自分の好きなときに、好きなことをして過ごす。考えてみれば、悪くない生活なのかもしれない。

大声で笑うような出来事もない代わりに、大声で泣くような出来事もない。魂が切り刻まれるほどの底なしの哀しみも……。

菜々子は足を止めた。

柴犬の健康状態に問題がないかどうかを見届けずに立ち去るのは無責任だ。

菜々子は自らに言い聞かせ、真丘動物病院に引き返した。

「戻ってくると思っていたよ」

ドアを開けると、ベンチソファに座っていた真丘が穏やかな笑みを菜々子に向けた。

「あの子は、どうなりましたか？」

菜々子が訊ねると、真丘が足元に置いていたクレートの扉を無言で開けた。

物凄《ものすご》い勢いで飛び出してきた柴犬が、一直線に菜々子に駆け寄ってきた。

腰を屈めかけた菜々子の脳裏に、動かなくなった茶々丸の姿が浮かんだ。

一瞬でも、柴犬をかわいいと思った自分が許せなかった。

柴犬は後足で立ち上がり、菜々子の膝を前足で引っかきながら笑顔で見上げた。

「血液検査の結果を待たなければ詳しいことは言えないけど、見ての通り元気だよ」

真丘が、菜々子にじゃれつく柴犬に視線を移して言った。

「よかったです！　じゃあ、私はこれで失礼しますね」

菜々子は笑顔で言うと、踵を返した。

「菜々子ちゃん、ちょっと待って」

真丘の声に、菜々子は振り返った。

「あ、すみません！　診察代、私が払ったほうがいいですね。いま財布を持ってないので、あとから……」

「君から貰うわけないだろう。せっかく戻ってきたんだから、少し上がっていきなさい。新しいコーヒー豆を買ってあるんだ」

「ありがとうございます。でも……」

「多めに買ったから、一人じゃ飲みきれないよ。コーヒー豆はワインと違って保存期間が長くなれば、それだけ風味を失ってしまうからね。仕事まで時間はあるだろう？　さあ、味見をして感想を聞かせてくれ」

真丘は一方的に言い残し、待合室の奥……居住スペースのリビングルームに向かった。菜々子はため息を吐き、スニーカーを脱ぐと真丘に続いた。

柴犬が尻尾を振りながら、菜々子を先導するように歩いた。菜々子がついてきているかを確認するように、笑いながら何度も振り返った。

そのたびに菜々子は、眼を逸《そ》らした。

それにしても、捨て犬とは思えない。なぜ、あんなに嬉しそうなのか？　元の飼い主のことが恋しくなったり、不安になったりしないのか？

思考を止めた。

柴犬が元気でもそうでなくても、菜々子には関係のないことだ。

「どうぞ」

真丘が居住スペースに続くドアを開けながら菜々子を促した。

「お邪魔します」

菜々子は、八畳ほどのフローリング張りのリビングルームに足を踏み入れた。

室内は北欧風の白家具で統一されていた。インテリアはすべて、十年前に死別した真丘の妻の趣味だと以前に聞いたことを菜々子は思い出した。

「いま、コーヒーを淹れるからそこで待ってて」

真丘がソファに菜々子を促し、キッチンへと消えた。

柴犬が菜々子の前にお座りをし、尻尾をぶんぶん振りながら笑顔で見上げた。

菜々子は眼を閉じ、柴犬を視界から消した。

――そんな顔してみつめてもだめだからねー！

ダイニングキッチンで洗い物をする菜々子の足元でお座りをして見上げる茶々丸の瞳は、期待に輝いていた。

――ササミはさっきあげたばかりでしょう？　タンパク質を摂り過ぎると肝臓が悪くなるから、もうだめよ。諦めなさーい。

菜々子の言葉など聞こえないとでもいうように、茶々丸は口角を吊《つ》り上げて尻尾を振り続けていた。

菜々子は食器に顔を戻し、洗い物に集中した。

あの瞳に根負けしてはならない。これも、茶々丸のため。人間の過ぎた愛情が大切なパートナーの健康を損なわせることもある。

茶々丸を引き取るときに真丘に言われたのは、間違った愛情は茶々丸の寿命を縮めるから気をつけなさい、ということだった。

間違った愛情の代表格は、人間の食べ物をあげてしまうことだ。人間の食べ物は塩分や糖分が多く含まれ、犬の体には毒となる。

犬用に売られているおやつも、茶々丸がドッグフードを食べているかぎりは与えないほうがいいと言われた。市販の犬用のおやつに含まれている添加物が、犬にはやはり毒となるのだ。

ドッグフードだけしか与えないなんてかわいそうだ、というのは人間のエゴ……真丘の口癖だった。

菜々子はふくらはぎに衝撃を受け、洗っていたステンレスボウルをシンクに落としてしまった。

菜々子が振り返ると、背を向けた茶々丸がお尻で二発目の体当たりをしてきた。

――こら！　またやったな！

菜々子が二発目を躱《かわ》すと、茶々丸が逃げ出した。

――待ちなさい！

菜々子は苦笑いしながら、茶々丸を追いかけた。

ヒップアタックして逃げる茶々丸を追いかけるのは、二人のルーティンとなっていた。

茶々丸がヒップアタックをしてくるときは、菜々子に構ってほしいときだった。


——痛っ……。


半開きのドアの角に足の小指をぶつけた菜々子は、あまりの激痛に蹲《うずくま》った。

それまで逃げ回っていた茶々丸が菜々子の異変を察知して駆け戻ってくると、心配そうに頬を舐め始めた。

茶々丸はやんちゃで悪戯《いたずら》好きだったが、とても繊細な子で菜々子の心の動きに敏感だった。

菜々子が泣いているとき、怒っているとき、笑っているときに茶々丸は必ず駆け寄ってきて顔を舐める。

茶々丸はどこにいてもなにをしていても、菜々子のことを気にかけてくれていた。

菜々子にとって茶々丸は、愛犬というよりも父親であり、子供であり、親友だった。

菜々子は記憶の扉を閉めた。

茶々丸と過ごした日々を思い出すのは、菜々子には拷問と同じだった。

菜々子は眼を開けた。

「えっ……」

さっきと同じ姿勢でお座りをしてみつめてくる柴犬に、菜々子は声を上げた。

「ずっと見てたの⁉」

菜々子が問いかけると、柴犬が甲高い声で吠えた。

「あなた、言葉が……」

思い直して、菜々子は言葉を呑み込んだ。

茶々丸のことを思い出したら感傷的になり、つい馬鹿馬鹿しいことを考えてしまった。

「お待たせ」

真丘が二客のコーヒーカップを載せたトレイを片手に、リビングルームに戻ってきた。

「深煎り、好きだったよね？」

真丘はそう言いながら、香ばしい匂いの湯気を立てるコーヒーカップを菜々子の前に置いた。

「よく慣れてるね」

真丘が柴犬に視線を移し、菜々子の隣に腰を下ろした。

「人懐っこい子なんですよ」

菜々子は明るい口調で言った。

「この子を見ていると、茶々丸と出会ったときのことを思い出すよ」

真丘が懐かしそうに眼を細めた。

「あのときも、置き去りだった。まったく、生き物をなんだと思ってるんだろうね」

真丘の顔が曇った。

「最近、このへん空き巣が増えているから戸締まりをしてくださいね。今朝も病院のドアの鍵が開けっ放しでしたよ」

菜々子は、さりげなく話題を変えた。

「ドアが開いてるんだから、せめて中に置いてくれればよかったのにね」

真丘が柴犬に視線を向けたまま言った。

「このコーヒー、美味《おい》しいですね！　産地はどこですか⁉」

菜々子は声を弾ませ訊ねた。

コーヒーが美味しいのも、産地を知りたいのも本当だった。だが、それ以上に柴犬の話題から離れたかった。

柴犬は、相変わらず菜々子をみつめていた。

「やっぱり、口に合ったね。この豆はブラジルだよ」

真丘が嬉しそうに言った。

「ブラジルは初めてです。今度、私も買ってみよう！」

「不思議だな」

不意に、真丘が呟《つぶや》いた。

「なにがですか?」

「昔から菜々子ちゃんを知っているような……菜々子ちゃんに会いにきたような。そんな感じがするんだよね」

「もう、そんなわけないですよ。真丘先生って、お医者さんなのにロマンティックなんですね!」

菜々子は、茶化すように言った。

「おやおや、医者がロマンティックじゃいけないのかな?」

真丘が苦笑いした。

「だって、お医者さんが非現実的なことを言ってたら仕事にならないじゃないですか」

「たしかに、医者は現実から眼を逸らさずに受け入れることが仕事だ。たとえその現実がどんなに哀しく、どんなに残酷なものでもね。まだ、現実を受け入れるのがつらいかな?」

真丘が菜々子に顔を向けた。

「え?」

菜々子は首を傾《かし》げた。

本当はわかっていた。真丘の質問の意味が……。

「茶々丸のことだよ」

真丘が、菜々子の瞳をみつめた。

「そんなの、あたりまえですよ！　茶々丸は家族……いいえ、家族以上の存在だったんですから。でも、茶々丸がいなくなった現実を受け入れて、前向きになることができました」

菜々子は心の疼《うず》きから意識を逸らし、努めて明るく言った。

「それはよかった。実のところ、心配していたんだよ。茶々丸のことを引きずってるんじゃないかってね」

真丘が口元を綻ばせた。

「ご心配おかけしました。でも、もう大丈夫です！　だって、もう五年ですよ？　いつまでも、クヨクヨしていられませんからね」

菜々子は真丘にウインクした。

柴犬が後足で立ち、前足を菜々子の膝に乗せてちぎれんばかりに尻尾を振った。

「茶々丸も、菜々子ちゃんと最初に会ったときはこんなふうにすぐに懐いたね。この子も飼い主に捨てられたというのにね」

「私、もしかしたら前世が犬だったのかもしれませんね。だから、ワンコ達に好かれるんですよ、きっと」

菜々子は屈託ない笑顔を見せ、己の感情を欺いた。

「この子を、迎え入れてみる気はないかな？」

唐突な真丘の言葉に、菜々子は口元に運びかけたコーヒーカップを落としそうになった。

「真丘先生、もう、冗談がきついですよ～」

菜々子は真丘の肩を叩いた。

「いや、真面目に言ってるんだ。菜々子ちゃんは保護犬の飼育経験もあるし、この子も君に懐いている。私から見て、君ほどの適任者はいないよ」

真丘が言葉通り、真剣な顔で言った。

「私はもう、ワンコを飼う気はありません」

「それは、茶々丸が関係しているのかな？」

「いいえ。一人になって好きな時間に好きなことができる生活に慣れてしまうと、いろいろと楽になっちゃって。この子を迎えてしまうと、ご飯とか散歩とか時間を取られてしまいますし……だから、すみません」

菜々子は真丘に頭を下げた。

胸が痛んだ。真丘に嘘を吐いたことに……。

胸が痛んだ。この子に愛を与えてあげられないことに……。

「そうか。残念だな。私の病院に捨てられていたという共通点、初対面で君に懐いたという共通点、頰にハート形の斑があるという共通点……笑わないでほしいんだが、私にはこの子が茶々丸の生まれ変わりで、菜々子ちゃんに会いにきたように思えてならないんだよ」

真丘が苦笑しながら言った。

「そんなこと……」

菜々子は、言葉の続きを呑み込んだ。

堪《こら》えて、堪えて、堪えて……。

「あるわけないじゃないですか！」

堪えきれずに、菜々子の抑えていた感情が爆発した。

「どうしたんだい？」

驚いた顔で、真丘が訊ねてきた。

「私は茶々丸を、一人ぼっちで旅立たせてしまったんです！　茶々丸の最期に、そばにいてあげられなかったんです！　そんな私に……茶々丸が会いにきてくれるわけないじゃないですか！」

菜々子は涙声で叫び、席を立った。

柴犬の尻尾の動きが止まり、心配そうに菜々子を見上げていた。

「茶々丸が一番苦しいとき……一番寂しいときに、私はクライアントのご機嫌を取るために会食の席にいました。断ることだってできたはずなのに、私は自分の立場を守るために……茶々丸を放りっぱなしにしたんです！」

菜々子の叫喚が、室内の空気を切り裂いた。

「私には、この子を迎える資格なんて……」

菜々子は涙声を呑み込み、唇を噛み締めた。

茶々丸の死を、受け入れられるはずがなかった……前向きになれるはずがなかった。

この五年間、消えたのは茶々丸だけではない。

喜び、笑い、癒し……菜々子の見える世界から、それらのすべてが消えた。

「とりあえず、座りなさい」

真丘が、穏やかな口調で菜々子を促した。

菜々子はハンカチで目頭を押さえながら、ソファに腰を下ろした。

「菜々子ちゃんは、五年前となにも変わっていなかったんだね。君が冷たくなった茶々丸を連れてきたあの日の夜から……。察してあげられなくて、悪かった」

「いえ……先生はなにも悪くありません。悪いのは私ですから……」

菜々子は咽《むせ》び泣きながら、蚊の鳴くような声で言った。

あの日以来、数えきれないほどに自分を責めた……数えきれないほどに後悔した。

もっと、茶々丸の体調に気をつけてあげていたら……。

もっと、茶々丸と一緒の時間を過ごしてあげていたら……。

あのとき、上司の命令を断っていたら……。

あのとき、もっと早く病院に連れて行っていれば……。

もっと……あのとき……。

どれだけ自責の念に駆られても、茶々丸を孤独に旅立たせた事実は消えない。

どれだけ後悔しても、茶々丸が生き返ることはない。

もし時を巻き戻せるのなら、どんな天罰を下されても構わなかった。

菜々子にとって、茶々丸と離れ離れになる以上の天罰はないのだから。

もし茶々丸が生き返るのなら、自分の余命が五年になっても構わなかった。

菜々子にとって、茶々丸と過ごせるだけの時間があれば十分なのだから。

「そうやって、ずっと自分を責めてきたんだね」

真丘が労《いたわ》りの言葉をかけてきた。

それが、いまの菜々子にはつらかった。

「私は、それだけのことを茶々丸に……」

「もう、十分じゃないか」

真丘が菜々子を遮り言った。

「茶々丸は、ちゃんとわかっていたはずだよ。菜々子ちゃんが、どれだけ愛してくれていたのかをね」

「……気遣っていただいて、ありがとうございます。でも、そんなふうに自分に都合のいいように考えることはできません」

「昔、ウチにアポロという膵炎《すいえん》を患ったシェパードを連れてきていた女性がいてね。その女性はアニマルヒーラーだった」

真丘が遠い眼差《まなざ》しで語り始めた。

「アニマルヒーラーは知っているよね？」

真丘の問いかけに、菜々子は頷いた。

アニマルヒーラーとは、亡くなった犬や猫の魂と会話して飼い主に気持ちを伝える霊媒師のようなものだ。

以前に茶々丸の犬友達の飼い主から、よく当たると評判のアニマルヒーラーの名刺を貰ったことがあった。

占いやスピリチュアルの類には興味のなかった菜々子だったが、茶々丸を失った苦しみに耐えきれずに何度も電話をしようとした。

結局、菜々子は電話をしなかった。

茶々丸が最期に菜々子に会えなかったことを哀しく思っている、と言われるのが怖かったのだ。

「その女性のシェパードは膵炎が悪化して死んだ。愛犬の死後、女性が笑顔で明るく振る舞っている姿が印象的だった。私は、無理をなさらずに泣いてもいいんですよ、と彼女に言った。そしたら、彼女は微笑みながらこう言った。無理はしていませんよ。魂の世界に旅立った犬や猫が一番哀しむのは、飼い主が泣いたり苦しんだりしている姿を見ることです。だから、私はアポロを哀しませないために笑顔でいたいんです……ってね。まあ、彼女の言葉の真偽はわからない。だけど、飼い主の心が救われるのならそういう考えもありかな、と思うよ。少なくとも、自責の念に駆られて五年の歳月を過ごしている菜々子ちゃんを見て、茶々丸が喜んでいるとは思えないしね」

真丘の言葉は、菜々子の胸に刺さった。

たしかに、茶々丸が菜々子に怒っているとは思えない。

だからといって、菜々子が茶々丸を看取れなかった免罪符にはならない。

「茶々丸にも、あったよね」

真丘が言いながら柴犬の右頰……ハート形の白い斑を指差した。

菜々子は無言で頷いた。

柴犬が遊んで貰えると思ったのか、ワクワクした顔で菜々子を見上げた。

「見てごらん。この子が君をみつめる顔を。ひさしぶりに菜々子ちゃんに会えて、喜んでいるふうに見えないかい？」

「先生、もうそういうこと言うのは……」

「わかってる。馬鹿げた話をしているってね。でも、馬鹿げた話を信じたふりをして、本当の笑顔を取り戻してもいいいんじゃないのかな。この子なら、それができそうな気がするんだよ。君は私なんかと違って、まだまだ先が長いんだから」

真丘の言葉が、菜々子の胸を鷲摑《わしづか》みにした。

「……お気遣い、ありがとうございます。でも、茶々丸が許してくれても、私はあの日の私を許すことができません。ごめんなさい」

菜々子は立ち上がり、真丘に深々と頭を下げた。

膝の裏に衝撃……視界が揺れた。反射的に振り返った菜々子は眼を疑った。

背中を向けた柴犬が、菜々子の足に勢いよくお尻をぶつけてきた。

柴犬は菜々子に向き直り、頭を低く下げ前足を伸ばしてお尻を高く上げる姿勢を取っていた。

プレイバウと呼ばれる、犬が遊んでほしいときに取る体勢だ。

菜々子は立ち尽くしたまま、柴犬をみつめた。


――私の病院に捨てられていたという共通点、初対面で君に懐いたという共通点、頰にハート形の斑があるという共通点……笑わないでほしいんだが、私にはこの子が茶々丸の生まれ変わりで、菜々子ちゃんに会いにきたように思えてならないんだよ。


脳裏に蘇る真丘の言葉を打ち消すように、菜々子は激しく頭《かぶり》を振った。

「どうしたんだい？」

真丘が心配そうに訊ねてきた。

「すみません……」

消え入りそうな声で言いながら、菜々子はリビングルームをあとにした。

このまま柴犬といると、馬鹿げた話を信じてしまいそうな自分がいた。

動物病院に飼い犬を置き去りにする者は珍しくない。たまたま、茶々丸も柴犬も人懐っこかっただけの話。

右頬のハート形の斑とヒップアタック……そういう偶然もある。

とにかく、柴犬が茶々丸の生まれ変わりということなどありえない。

それを信じるとしたら、自責の念から逃れるためだ。

「これ、待ちなさい……お前は行かないんだよ。戻ってきなさい！」

柴犬が菜々子のあとを追いかけてきた。

菜々子は柴犬から逃げるように玄関から飛び出した。

「えっ……」

振り返った菜々子は声を上げた。

およそ四、五メートル後方から、柴犬が菜々子を追いかけて歩道を走ってきた。

真丘動物病院は住宅街にあるが、抜け道として使われているので車やバイクの数も少なくない。

「危ないから戻ってきなさい！」

真丘も柴犬を追いかけ、病院から出てきた。

「だめよっ、戻って！」

菜々子は柴犬のほうに引き返し、通りを横切ろうとした。

激しいクラクション……右から突っ込んでくるタクシー。

菜々子の体が凍《い》てついた。

きつく眼を閉じた。
こんなふうに、呆気《あっけ》なく死んでしまうのか？
不思議と怖くなかった。むしろ、茶々丸のもとへ逝けて嬉しかった。
体に衝撃を受けた。
思ったより弱い衝撃だった。
菜々子はよろめき、尻もちをついた。
「おいっ、大丈夫か⁉」
男性の声がした。恐らく、運転手の声だろう。
どうやら、死ななかったようだ。
「大丈夫か⁉」
今度は、真丘の声がした。
菜々子はゆっくりと眼を開けた。
「大丈夫……」
菜々子は絶句した。
数メートル先――路上に柴犬が倒れていた。
真丘が強張《こわば》った顔で柴犬の脈を取っていた。
菜々子は立ち上がり、柴犬のもとに駆け寄った。
「あんたねえ、勘弁してくれよ！　あんたがふらふら飛び出してくるから、犬コロを撥《は》ねてしまったじゃないか！」

　タクシーの運転手が、菜々子に怒声を浴びせてきた。

「撥ねた……。先生っ、この子がどうして⁉」

　菜々子は真丘に訊ねた。

　柴犬は横たわったまま動かなかった。

　真丘は菜々子の問いかけには答えず、柴犬を抱きかかえて立ち上がった。

「ウチの犬がご迷惑をおかけしました。修理代をお支払い致しますので、見積もりが出たら病院のほうにご連絡ください」

「この子を撥ねた人に、修理代を払うんですか⁉」

　菜々子は運転手を指差した。

「だから、それはふらふら飛び出してきたあんたに犬コロが体当たりしたからだよ！」

　今度は運転手が菜々子を指差した。

「私に体当たり？」

　菜々子は真丘に顔を向けた。

「この子は、タクシーに撥ねられそうになった君を庇《かば》ったんだよ。詳しい話はあとで。怪我《けが》をしてるみたいだからね」

　真丘が柴犬を抱き、急ぎ足で病院に向かった。

「生きてますよね⁉」

菜々子は真丘を追いかけながら訊ねた。

「ああ、脈拍はしっかりしているから心配はいらないよ。でも、頭を打っていたら怖いから一応検査をしないとね」

真丘はそう言い残し、玄関の中へと消えた。

菜々子は立ち止まり、空を見上げた。

お願いします！　もう二度とあんな思いをさせないでください！

☆

真丘が中に入ってから、十五分が経った。

菜々子は真丘動物病院の前で、スマートフォンに視線を落としていた。ＬＩＮＥをチェックしているわけでも、ネット記事を読んでいるわけでもない。

なにもしないで立ち尽くしていると、不審者に思われてしまうからだ。

「小谷さん？」

菜々子は顔を上げた。

「あ、絵里《えり》さん。おはようございます。このへんにお住まいだったんですか？」

菜々子は訊ねた。

絵里は菜々子のパート先、ドゥースの常連客だった。

絵里は菜々子と同年代で、代官山《だいかんやま》でエステティックサロンを開業していた。

「以前はここから五十メートルくらいのところに住んでましたけど、いまは渋谷《しぶや》です。今日はこの子の定期健診にきたんです。この子がパピーの頃から、ずっと真丘先生に診て頂いているので」

菜々子は、絵里がクレートを持っていることに初めて気づいた。

「菜々子さんは、このあたりに住んでいるんですか？」

絵里が訊ねてきた。

「はい。もう、十年以上池尻の住人です」

「以前に、すれ違っていたかもしれませんね」

「ええ、そうですね」

菜々子は曖昧に微笑んだ。

柴犬のことが気になって仕方がなかった。

意識は戻っただろうか？　頭を打っていなければいいのだが……。

「じゃあ、私はこれで。また、アロマを買いにいきますね」

絵里が会釈して、建物の中に入った。

本当は菜々子も一緒に入りたかったが、理由がなかった。

菜々子は柴犬の飼い主ではないのだから……。

だが、柴犬は身を投げ出して菜々子を助けてくれた。飼い主であるとかないとか、そんなことは関係ないはずだ。

菜々子は理由をみつけ、真丘動物病院に入った。

「あら、菜々子さん、どうしたんですか？」

待合室のベンチソファに座っていた絵里が、菜々子に訊ねてきた。

「ちょっと、真丘先生に用事が……」

菜々子は言葉を濁した。

「菜々子さんも、ワンちゃんを飼ってるんですか？」

「あ、いえ……その……」

「おや、戻ってきたのかい」

菜々子が返答に詰まっていると、診療室から真丘が現れた。

「あの子は、どうなりましたか⁉」

菜々子は反射的に訊ねていた。

「外傷は、胴と右後足の太腿を擦り剝《む》いている程度だよ。骨折もないようだ。触診だが、内臓にも問題はないだろう。意識も戻り、いまは入院室のケージで休んでいる。だが、容態が急変する可能性もあるから、しばらくは注意が必要かな」

真丘の説明にひとまず安堵《あんど》したが、油断はできない。

精密検査をしたわけではないので、真丘の言う通り容態が急変するかもしれないのだ。

「あの子に会っても大丈夫ですか？」

菜々子は、思わず訊ねていた。

自分を助けるために、柴犬はタクシーに撥ねられてしまったのだ。たとえ引き取らないにしても、顔も見ずに帰るのは人間として失格だ。

「入院室にいるから診療室を通らなければならないけど、大丈夫かな？　あの子を、いま動かすわけにはいかないから」

診療室と聞いて、菜々子は怯《ひる》んだ。

診療台に横たわる硬く冷たい茶々丸の亡骸《なきがら》が、菜々子の脳裏に蘇った。

「無理しないほうがいい。元気になったら、菜々子ちゃんに連絡を入れる……」

「会います」

菜々子は、真丘の言葉を遮って言った。

「大丈夫なのかい？」

心配そうに訊ねてくる真丘に、菜々子は力強く頷いた。

いま柴犬に会わなければ、後悔してしまいそうな気がした。

「わかった。ついておいで」

真丘が微笑み、診療室へと向かった。

真丘が診療室に入ると、菜々子は出入り口で立ち止まった。

菜々子は眼を閉じ、深呼吸を繰り返した。

怖かった。記憶の中の茶々丸に会うことが……。

だが、柴犬に会わなければならない……そして、教えてあげなければならない。命懸けで守った人間が無事であることを……。

菜々子は眼を開け、診療室に足を踏み入れた。

五年前……あのときのままの位置の診療台が、菜々子の視界に飛び込んできた。

蘇りそうになる記憶に、足が竦んだ。引き返したい衝動に、菜々子は懸命に抗った。

「こっちだよ」

診療室の奥……入院室から菜々子を呼ぶ真丘の声が聞こえた。

入院室に入るには、診療台の横を通り過ぎなければならない。

踏み出そうとしても、足が動かなかった。

診療台だけではない。照明、バイタルモニター、薬品の匂い……すべてが、菜々子の心に爪を立てた。

荒い呼吸が聞こえた……菜々子の息遣いだった。

「菜々子ちゃん、どうしたんだい？　早くおいで」

真丘の声が聞こえた。

——残念だけど。

茶々丸のバイタルチェックを行っていた真丘が小さく首を横に振る姿が、菜々子の脳裏に蘇った。

思い出したのは、一度や二度ではない。もう、数えきれないほどに何度も、何度も、何度も……。

診療台が涙で霞《かす》んだ。

百度思い出しても……千度思い出しても、茶々丸を見送ることしかできなかったあの夜の胸の痛みが薄れることはなかった。

「すみません……」

菜々子は身を翻し、診療室の出入り口に向かった。

犬の吠える声が、菜々子の足を止めた。なにかを訴えかけるように吠え続ける犬の声に導かれるように、菜々子は引き返した。

気づいたら、入院室に足を踏み入れていた。

吠え声の主は、下段のケージの中でエリザベスカラーをつけた柴犬だった。胴と右後足の太腿に包帯を巻いた姿が痛々しかった。

柴犬は菜々子を見上げ、吠え続けていた。

「おやおや、元気が出てきたのはいいが、あんまり吠えると傷口に響くぞ」

真丘が苦笑いしながら言った。

「こんな姿になって……どうして、私を助けてくれたの?」

ケージの前に屈んだ菜々子は、無意識に柴犬に語りかけていた。

柴犬が尻尾を振りながら、菜々子をみつめた。その純粋な瞳に、胸が締めつけられる思いだった。

「助けてくれて、ありがとうね」

菜々子は、心を込めて礼を言った。

柴犬が嬉しそうに甲高い声で一度だけ吠えた。

「ようやく、診療室に入れたね」

不意に、真丘が言った。

もちろん、言葉の意味はわかっていた。

「この子の吠える声を聞いたら、体が勝手に動きました」

「いつまでも哀しみを引きずらないでほしい。そう思って、この子が菜々子ちゃんを導いたのかもしれないね。おっと、こんなこと言ったら、また菜々子ちゃんに怒られちゃうかな」

真丘が真顔から一転して、茶目っ気たっぷりに言った。

不思議と、菜々子もそんな気がしていた。柴犬が吠えている間、菜々子の心は無になっていた。

柴犬が開けてほしいと催促するように、右前足で柵扉を引っかいた。

菜々子は振り返り、真丘を見た。

真丘が柔和な顔で頷いた。

菜々子がケージの柵扉を開けると、弾かれたように柴犬が飛び出してきた。

柴犬は後足で立ち、菜々子の頬、顎、唇、鼻、耳を舐め回した。

「やだ！　くすぐったい！　やめて……くすぐったいって！」

菜々子は身を捩《よじ》り、大声で笑った。

「ひさしぶりだよ。菜々子ちゃんの本当の笑顔を見たのは」

真丘の言葉に、菜々子は我に返った。

茶々丸が見えなくなってから、笑顔は毎日のように頑張って作ってきた。でも、心の底から笑ったことは一度もなかった。

ザラザラの舌、ふわふわの毛、体温、息遣い……忘れかけていた感触が、菜々子の五感に蘇ってきた。

犬と触れ合ったのがひさしぶり、という意味ではない。

菜々子は、いまでもはっきり覚えている。

い、い、茶々丸の体温と息遣いを……。

馬鹿げている……そんなことが……。

菜々子の頬に、涙が伝った。

体が覚えていた……魂が覚えていた。

忘れるはずがない。

馬鹿げている、馬鹿げている、馬鹿げている……。

菜々子は言い聞かせるように繰り返した。

いつの間にか柴犬は舐めるのをやめ、後足で立ち前足を菜々子の肩に預けた格好でみつめていた。

訴えかけてくるような……語りかけてくるような瞳。

菜々子はたまらず顔を逸らした。

「茶々丸と同じ場所に捨てられたのも、同じ場所に同じ形の斑があるのも偶然かもしれない。でも、菜々子ちゃんを追いかけて外に飛び出し命懸けで守ったこと、この子に会うために五年ぶりに診療室に足を踏み入れたこと……それも、偶然かな？」

真丘の言葉が、菜々子の頑《かたく》なに拒否しようとする心をノックした。

甲高い吠え声——菜々子は柴犬に顔を戻した。

二度、三度、四度と、菜々子になにかを伝えるとでもいうように柴犬は吠え続けた。


ママ！


菜々子は耳を疑った。

空耳に違いない。

ママ！　帰ってきたよ！


また、聞こえた。

舌を出し菜々子をみつめる柴犬の笑顔が、涙で滲んだ。

「本当に……あなたなの？」

菜々子は、柴犬に涙声で問いかけた。

柴犬が菜々子から離れ、クルリと背を向けヒップアタックすると入院室の狭いスペースを駆け回り始めた。

尻もちをついた菜々子は泣き笑いの表情で、エリザベスカラーをつけたままはしゃぐ柴犬をみつめた。

「おかえり！　茶々丸！」

菜々子は思わず叫んだ。

柴犬が動きを止め、尻もちをついたままの菜々子に笑顔で駆け寄ってきた。

3

商店街に入るといつものように、茶々丸がダッシュした。

菜々子は、耳を後ろに倒し茶色の被毛を靡《なび》かせて走る茶々丸に、ついて行くのが精一杯だった。

「もっとゆっくり走ってよ……」

息を切らしながら、茶々丸に言った。

茶々丸は菜々子の声など聞こえないとでもいうように、笑いながら目的の場所へ向かっていた。

商店街の中ほど……海苔《のり》屋の前で茶々丸が足を止めた。

店先に置かれたクッションソファの上に寝そべっていた姫《ひめ》が、茶々丸を認めると弾かれたように立ち上がった。

茶々丸と姫は鼻面をくっつけ、互いに尻尾をぶんぶん振りながら喜びを表していた。

姫は茶々丸より五歳下の二歳のフレンチブルドッグで、海苔屋のマスコットとして地元で人気の犬だった。

姫とのスキンシップは、毎朝、六時に散歩する茶々丸の一番の楽しみだった。

「おはよう茶々丸ちゃん。今朝も元気ねぇ」

海苔屋から出てきた紀子《のりこ》が満面の笑みを湛《たた》えて、茶々丸の頭を撫でた。

「おばちゃん、忙しいときにいつも茶々丸がお邪魔してごめんね」

菜々子は、申し訳なさそうに言った。

「いいのよ！　私のほうこそ助かってるわ。この子が退屈しているときに、毎朝会いにきてくれるんだもの」

「この子ったら商店街に入るなり、いつも駆け出すんですよ。おかげで、いいダイエットになるけどね」

菜々子は朗らかに笑った。

「でも、不思議ねぇ。姫は犬見知りでほかの犬がきてもツンと無視してるんだけど、茶々丸ちゃんだけには懐くのよね～。もしかして、前世で夫婦だったのかしらね」

紀子が豪快に笑った。

「茶々丸、前世で夫婦だったかもよって！　よかったね～」

菜々子は腰を屈め、姫にプレイバウを仕掛ける茶々丸の高く上げたお尻を撫でた。

茶々丸が振り返り、菜々子に飛びついてきた。

「こらっ、やめなさい……パピーじゃないんだよ……大きな体して！」

尻もちをつく菜々子の両肩に前足を置いた茶々丸が、長い舌で顔中舐め回してきた。

「茶々丸、やめてったら……ニキビができるから」

菜々子は眼を閉じた。

言葉とは裏腹に、菜々子の声は弾んでいた。

「あらあら、大きな赤ちゃんね！」

紀子の笑い声に、なにかの音が重なった。

急に、茶々丸が舐めるのをやめた。

菜々子はゆっくりと眼を開けた。

茶々丸の姿はなく、菜々子の視界に天井が広がった。ベッドから上半身を起こして、視線を部屋に巡らせた。

菜々子の視線は、部屋の隅で止まった。茶々丸がいつも寝そべっていた、大好きなクッションに主《あるじ》の姿はなかった。

朦朧《もうろう》とした頭で状況を探った。

夢……。

菜々子はため息を吐き、スマートフォンのアラームを止めた。だが、夢で見たことはすべて実際にあったことだ。

茶々丸が肉体を脱いでからの菜々子は、海苔屋の前を歩くことを避けていた。姫を見ると茶々丸を思い出し、つらくなるからだ。

菜々子はベッドから降り、洗面所に向かった。

顔を洗い、歯を磨き始めた。

歯ブラシを動かす手を止め、鏡の中の自分をみつめた。

本当に、これでいいの？

鏡の中の菜々子が、問いかけてきた。

あの子のことを、茶々丸の生まれ変わりだと信じたいだけじゃないの？

鏡の中の菜々子が、険しい口調になった。

重なった偶然を理由にあの子を引き取ることで、苦しみから逃れようとしているだけじゃないの？

菜々子は眼を閉じた。

——この子の傷が癒えるまで、ウチで預かっておくよ。決心してくれて、嬉しいよ。勧めておいてなんだけど、この子を引き取ったら茶々丸を思い出して苦しくなったりしないかい？

——正直、茶々丸を失った哀しみは一生消えません。でも……。

——でも、なんだい？

——帰ってきたんですよね？

——え？

——茶々丸は……。

柔和に目尻を下げて頷く真丘の顔が、菜々子の瞼《まぶた》の裏に蘇った。

あの子は茶々丸の生まれ変わりじゃない。あなたは茶々丸への罪の意識を消すために、あの子を利用しようとしているだけ。


また、声がした。

菜々子はゆっくりと眼を開けた。

「もしあの子が茶々丸だったとしても、私の犯した罪は消えないわ。もしあの子が茶々丸じゃなかったとしても、私を命懸けで守ってくれたことに変わりはないの。そんなあの子を、私は見捨てることができない。それが理由よ」

菜々子は、鏡の中の自分に思いを告げた。

当たっていた。

心のどこかで、柴犬を茶々丸の生まれ変わりだと信じたい自分がいた。

心のどこかで、そんなことがあるはずはないと思う自分がいた。

洗面台に置いていたスマートフォンが震えた。ディスプレイには、「さとみさん」と表示されていた。

樋口《ひぐち》さとみは、パート先のアロマショップ、ドゥースの店長だ。菜々子は急いで口を漱《すす》ぎ、スマートフォンの通話ボタンをタップした。

「おはよう。どうしたの？」

菜々子は訊ねた。

ドゥースでの勤務年数は四年半になるが、さとみが朝の八時台に電話をかけてくるのは初めてのことだった。

同い年、大の動物好きという共通点もあり、菜々子とさとみはすぐに意気投合し、客のいないところでは敬語を使わない間柄になっていた。

『朝早くにごめんね。菜々子ちゃんに頼みがあるんだけど……』

「なに？」

『今日、三十分早く店に出られる？』

「いいけど、なにかあったの？」

『社長がくるらしいのよ』

さとみの苦々しい顔が、眼に浮かぶようだった。

社長の村雨《むらさめ》は四十代の男性で、よく言えば潔癖症、悪く言えば神経質で口うるさいタイプだった。

月に二、三度は抜き打ちで現れ、店内を隈《くま》なくチェックする。

過去の抜き打ち点検では、陳列棚のアロマボトルの一つが少し横を向いていただけで、二時間以上小言を言われたことがある。またあるときの点検では、トイレットペーパーの先端が三角に折られていなかったことを怠慢とされ、パソコンで二千文字の反省文を書かされた。

さとみは対策として、友人であり村雨の秘書である女性から事前に抜き打ち点検の情報を得ているのだ。

「地獄の抜き打ち点検ね。でも、二週間前にやったばかりじゃなかったっけ？」

『そうなのよ。だんだん点検の間隔が短くなってる気がするんだけど。ほんと、口うるさくて嫌な奴《やつ》！　だから、お金があるくせに四十過ぎても結婚できないのよっ』

さとみが嫌悪感たっぷりに言った。菜々子と同じで、思ったことをオブラートに包まずにストレートに口に出すさとみの性格も気に入っていた。

「社長の悪口につき合ってあげたいけど、とりあえず用意して店に行くわね。季節外れの大掃除をしなきゃ」

『ごめん。感謝するわ。時間外手当は、ちゃんと払うから』

「手当なんていらないわよ。私とあなたの間で、水臭いこと言わないで。じゃあ、あとで！」

菜々子は電話を切ると、鏡に顔を戻した。

「新しい家族が増えるから、クビになるわけにはいかないのよ」

菜々子は鏡の中の自分に言い残し、洗面所を出た。

「え……私……」

足を止めた。

菜々子は、前向きになっている自分に気づいた。

☆

フローラル系のコーナーにラベンダー、ゼラニウム、カモミール、ネロリ、ローズ、柑橘《かんきつ》系のコーナーにスイートオレンジ、レモン、グレープフルーツ、ベルガモット、レモングラス、メリッサ……菜々子は専用ダスターでアロマボトルを一本ずつ拭きながら、陳列棚に並べ直した。

基本的なことだが、万が一アロマオイルのカテゴリを間違えたら、村雨の説教は一、二時間では終わらない。

カテゴリだけではなく、村雨はボトルを置く順番にも拘《こだわ》っている。

理由はわからないが、過去にラベンダーとゼラニウムの順番を逆にして一日中説教をされたスタッフがいるほどだ。

五十音順やアルファベット順ならわかるが、村雨の好みで決めた順番なので覚えるほうは大変だ。

スクエアな十坪の店内にはほかに、アロマキャンドル、エッセンシャルオイル、アロマディフューザー、コスメ、ハーブティーのコーナーがあった。

ハーブティーのコーナーには試飲ができるように、ソファとテーブルが置かれていた。

壁には、スタイリッシュなパリジェンヌがシャンゼリゼ通りを歩く姿を描いたイラストや、プロヴァンス地方の風景画がランダムにかかっていた。

村雨の性格はさておき、センスはよかった。

「お客さんがくる前に、休憩にしよう」

陳列棚を拭いていたさとみが、菜々子をスタッフルームに促した。

菜々子はスマートフォンのデジタル時計を見た。

ＡＭ10：30

ドゥースの開店時間は十時だが、客が来店するのはたいてい十一時過ぎだ。

「社長がくるのは午後みたいだから、少しゆっくりしましょ」

スタッフルームに入ったさとみは、ため息を吐きながらデスクチェアに座った。

「秘書情報？」

菜々子はコーヒーメーカーのガラスサーバーからマグカップに注《つ》いだコーヒーを、さとみの前に置きながら訊ねた。

「ありがとう。そう、私のスパイ情報。午前中じゃなくてよかったわ。あ、これ食べて。あなたと食べるために家から持ってきたの」

さとみがパステルカラーの箱を菜々子に差し出した。

「あら、さとみがマカロンを買うなんて珍しいわね」

菜々子は箱から取り出したマカロンを掲げながら言った。

さとみは甘いものが好きだが、和菓子派だった。

「私じゃなくて、旦那が珍しくお土産を買ってきたのよ。しかも、『ピエール・エルメ』だって。浮気でもしたのかって勘ぐっちゃうわよ。だとしたら、四、五千円で済ませようなんて、ずいぶん安く見られたものだわ」

さとみが、下唇を突き出し肩を竦めた。

「いくらのお土産ならいいの？」

菜々子は面白がって訊ねた。

さとみが、立てた親指を真下に向けた。

「なにそれ？」

「私の価値は金額に換算できないから、償うなら生涯の忠誠を誓うしかないわね」

さとみが悪役俳優のように片側の口角を吊り上げた。小柄で童顔なさとみを見ていると、勝ち気で機敏なミーアキャットを思い出す。

彼女の言動は人を飽きさせない。

茶々丸を失い失意の底に沈む菜々子が広告代理店をやめたあと、職場を転々とせずにやってこられたのも、さとみの存在が大きかった。

「平伏《ひれふ》しなさいって意味ね。まるで奴隷じゃない」

菜々子は苦笑した。

「あたりまえよ！　私という最高の妻がいながら、浮気なんてするんだから！」

さとみが憤然として言った。

「落ち着いて。浮気はたとえばの話でしょ？」

菜々子は笑いを堪えつつ、さとみを諭した。

「あ、そうだった！」

胸前で手を叩き大声を上げるさとみに、菜々子の口元は綻んだ。

さとみを見ていると、茶々丸を失う前の自分を思い出す。

あの頃の自分には、もう……。

「菜々子ちゃんは、結婚とか考えた人はいないの？」

不意に、さとみが訊ねてきた。

「前に、婚約までしていた人がいたわ」

口にしてから、菜々子は驚いた。

母親以外に婚約者のことを話したのは、さとみが初めてだった。

「別れたの？」

菜々子は頷いた。

「婚約までしたのに、どうして？」

さとみが質問を重ねてきた。

「その当時、茶々丸っていう名の雑種犬を飼ってたんだけど、その彼が犬を嫌いで……。

僕と犬のどっちを選ぶんだって。で、彼への想《おも》いが一瞬で冷めたってわけ」

菜々子は、欧米人のように両手を広げて首を傾げた。

「なにそれ⁉　自分と犬のどっちかを選べとか言うなんて、最低の男ね！　別れて正解よ！」

さとみが我がことのように憤然とした。

「だから、別れたのよ」

菜々子は笑いながら言った。

「あれ？　じゃあ、菜々子ちゃんって犬を飼ってるの？」

さとみには、茶々丸のことを話していなかった。

「ううん。五年前に、お別れしたわ」

菜々子はさらっと言った。

もう、過去のこととして、心の整理がついているとでもいうように。

「あ、ごめん。なんか、つらいこと訊《き》いちゃった？」

さとみの顔が強張った。

「大丈夫。ずいぶん、年月が経ってるし」

菜々子は笑顔で言った。

「それに、今度、新しい子をお迎えするの」

菜々子は、努めて明るく告げた。

来週、真丘動物病院に柴犬を迎えに行く予定だった。

わかっていた。

柴犬がきても、菜々子の哀しみが癒えることはないと。

わかっていた。

どんなに茶々丸に似ていても、柴犬が菜々子の心の穴を埋めることはできないと。

「へぇ、どんな子？」

「柴犬よ」

「ブリーダーから迎えるの？」

「ううん、知り合いの動物病院の前に置き去りにされていた子を引き取ることにしたの」

菜々子は軽い感じで言うと、マカロンを齧《かじ》った。

おいしいはずのマカロンの味を、ほとんど感じなかった。

「動物病院の前に置き去りなんて、ひどいことする人がいるわね！　そういう奴ってさ、一目惚《ひとめぼ》れ！　とか、この子が私を呼んでる！　とか、その場の勢いで衝動買いするタイプなんだよね。ワンコを飼うなら家族として迎え入れて最期まで面倒を見ろって！」

マグカップを持った手を振り回し、さとみが憤慨した。

「ああ……コーヒーが零《こぼ》れるわよ！」

菜々子はさとみの手からマグカップを取り上げ、デスクに置いた。

さとみの気持ちは、よくわかる。

子犬の頃のようにかわいくなったから、病気になって治療費がかかるようになったから、老犬になって手間がかかるようになったから、引っ越すことになったから、飽きたから……犬を捨てたり、保健所に持ち込んだりする飼い主達の理由は驚くほどに身勝手なものが多かった。

「なんかさ、ああいう奴らを見てると、神様の存在って信じられなくなるよね。もし神様がいるならさ、無償の愛をくれるワンコやニャンコにひどいことする人間なんて創ったりしないでしょ？」

さとみが嘆きながら、ふたたびマグカップを手に取って口元に運んだ。

「だから私が思うには、そういう奴らはワンコ達にしたことと同じ目に……」

「あ、お客さん！」

モニターカメラに映る来店客を認めた菜々子は、ヒートアップするさとみを遮って席を立った。

「いらっしゃいませ」

菜々子はフロアに出ると、笑顔で来店客を出迎えた。

黒いパンツスーツ、目深に被《かぶ》った黒いキャップ、顔の半分が隠れる大きなサングラス……長身でスリムな女性が、菜々子のほうを見向きもせずにエキゾチック系のアロマボトルの棚に歩み寄った。

次々とカゴにボトルを入れ、三分もかからないうちにレジにきた。

カゴの中には、イランイラン、ベチバー、サンダルウッドのアロマボトルが入っていた。

ドゥースでは初めて見る顔だが、迷わずにすぐに選んだことに加えてエキゾチック系のアロマオイルばかりを購入していることから、菜々子は女性が初心者でないと見当をつけた。

「イランイランは、私も大好きです」

菜々子は笑顔で話しかけた。

「いくら？」

女性が素っ気なく言った。

サングラスで隠れて顔がよく見えないが、声の感じや肌質から二十代前半のように思えた。

「三点で七千六百円になります。お客様。あと一点、どのアロマオイルでもお買い上げになればセット割引になり四点で八千円に……」

「結構です。車を待たせているから、早く包んでください」

お得なサービスを勧めようとする菜々子を女性が不愛想に遮り、一万円札をトレイに置いた。

「かしこまりました」

菜々子は感情が顔に出ないように気をつけながら釣り銭を渡し、ミラーマット素材の小袋にアロマボトルを詰めた。

二十代の頃までの菜々子なら、露骨に不機嫌な顔になっていたことだろう。

「お待たせ致しました」

菜々子は、三本のアロマボトルを梱包《こんぽう》した小袋が入った紙袋を女性に差し出した。

ひったくるように紙袋を手にした女性が、急ぎ足で店を出た。

「感じ悪ぅ。デルモかな？」

いつの間にかスタッフルームから出てきていたさとみが、唇をへの字に曲げた。

「その言いかた、バブル時代の人みたいよ」

菜々子は笑いながら言うと、鳴っている電話を取った。

「ありがとうございます。ドゥースでございます」

『あの、彼女がほしがっているので、アロマオイルかエッセンシャルオイルをプレゼントしようと思ってるんですけど、違いってなんですか？』

受話口から、若い男性の声が流れてきた。

プレゼントを探す男性からの問い合わせは珍しくなく、週に一、二本はあった。

「使用目的はなんでしょう？」

菜々子は訊ねた。

『マッサージに使うようなことを言ってました』

「それなら、マッサージオイルをお勧めします。エッセンシャルオイルは植物から抽出された天然由来の原液ですから、肌への刺激が強過ぎますし、アロマオイルは香りを楽しむものですので、マッサージには向きません。マッサージオイルなら、エッセンシャルオイルがキャリアオイルで希釈されているので……」

菜々子は言葉を切った。

さっきの感じの悪い女性が、険しい形相で現れた。

『希釈って、なんですか？』

「あ、ごめんなさい。原液を薄めることを希釈というのですが、肌にも優しいんです。だから、マッサージが目的ならばマッサージオイルをお勧めします」

女性はドゥースの紙袋をさとみに突きつけながら、なにか抗議をしていた。

『わかりました。ありがとうございます！』

男性が電話を切ると、菜々子はさとみと女性のもとへ歩み寄った。

「これを見てください！」

菜々子を認めた女性が、アロマボトルの入った梱包袋を紙袋から取り出し、レジカウンターに置いた。

「あの、なにか……」

梱包袋を手に取り中身を覗いた菜々子は絶句した。

イランイランのボトルの上部が割れていた。

「割れた商品を売りつけるなんて、どういうつもりなんですか⁉」

女性が物凄い剣幕で詰め寄ってきた。

「いえ……梱包するときには割れていませんでした」

困惑しながら、菜々子は言った。

「だったら、どうして割れてるんですか！」

女性のヒステリックな声に、来店客を告げるチャイムが重なった。

「いらっしゃいま……あ、お疲れ様です」

さとみが言葉を切り、頭を下げた。

店に入ってきた男性を見た菜々子の心臓が跳ね上がった。

一糸乱れぬツーブロックの七三分けの髪、ノーフレイムの眼鏡、赤と緑のタータンチェックのジャケット……入ってきたのは客ではなく、村雨だった。

「お客様となにかあったのか？」

異変に気づいた村雨がさとみに訊ねた。

「お客様も、梱包するときにアロマボトルが割れていなかったのを見ていらっしゃいましたよね？　それに、もし割れていたら梱包袋に入れるときに気づきま……」

「私が嘘を吐いていると言いたいんですか⁉」

女性の叫び声が、店内の空気を切り裂いた。

「いえ、そういうわけでは……」

「じゃあ、どういうわけなんですか！　私が自分で割ったのに、あなたのせいにしているって言いたいんですか⁉」

　女性の怒りがヒートアップした。

「待ってください。お客様のせいにしているわけではなく、私は事実を言っているだけです」

　菜々子は、勇気を振り絞り反論した。どちらが割ったかはっきりしないときには客の顔を立てて謝るべきかもしれないが、今回は明らかに自分ではないとわかっていた。

「だから、それが私の責任にしてると……」

「お客様、どうなさいました？」

　村雨が話に割り込んできた。

「あなたは？」

「失礼しました。私、社長の村雨と……」

　村雨が名刺を女性に渡そうとした手を止めた。

「この店はスタッフに、お客を嘘吐き呼ばわりするように教育してるんですか⁉」

　女性が皮肉交じりに、村雨に食ってかかった。

「えっ……いえ、あの、ウチのスタッフがなにか……」

「さっき買ったアロマオイルのボトルが割れてたから返品しにきたら、私は割ってないと彼女が言い張るんです！」

　女性客が、菜々子を睨《にら》みつけてきた。

「小谷君っ、どういうことなんだ⁉」

村雨がレンズ越しに目尻を吊り上げ、問い詰めてきた。

「お客様がお買い上げになったイランイランのボトルが割れていたのですが、梱包袋に詰めるときには割れていなかったと、もし割れていたら梱包袋に詰める前に気づきます……そうお伝えしました」

菜々子は臆せずに真実を告げた。

客の嘘を指摘するのは心地いいものではないが、だからといって罪を被るのは違う。

「君は、なにを言ってるんだ！　それじゃまるで、お客様が割ったと言っているようなものだろう！」

村雨が険しい形相で、菜々子の顔に人差し指を突きつけてきた。

「お客様のせいにしているわけではなく、私は事実を言っているだけです！」

菜々子は村雨から眼を逸らさずに、きっぱりと言った。

「その言動が、お客様のせいにしているんだよっ。さあ、早く、お客様に謝罪しなさい！」

村雨が、強い口調で命じてきた。

「私が、なにを謝るんですか？」

村雨に腹が立ち反抗しているわけではなく、菜々子には本当にわからなかった。

たとえ母が同じことを言っても、菜々子は反論しただろう。

「お客様、少々お待ちくださいませ。すぐに戻ってきますので。店長、お客様にティーコーナーでハーブティーをお出しして」

村雨が女性に媚《こ》びたように笑いながら言うと、さとみに指示した。

「ちょっとこい」

村雨が女性に見せた柔和な顔とは対照的な厳しい顔を菜々子に向け、スタッフルームに促した。

「小谷君っ、お客様にあんな態度を取るなんてどういうつもりなんだ⁉」

スタッフルームのドアを閉めるなり、村雨が鬼の形相で問い詰めてきた。

「さっきも言いました。私は、破損したアロマボトルなんて、お客様に売ってません！　第一、破損していたらオイルが漏れて、梱包袋に詰める前に手がぬるぬるになって気づくはずです」

菜々子は、基本的な矛盾を村雨にぶつけた。

「そんなこと、わかってる」

予想外の言葉が、村雨から返ってきた。

「え……でも、社長は、お客様に謝れとおっしゃいましたよね？」

意味がわからず、菜々子は訊ねた。

「ああ、言ったよ。君の家にはテレビがないのか？」

村雨が在庫をストックするケースの上を人差し指の腹でなぞり、埃《ほこり》をチェックしながら唐突に訊ねてきた。

「あります」

「だったら、彼女が竹山沙里《たけやまさり》だとわかるだろう？」

「竹山沙里って誰ですか？」

「君、あんなに有名なモデルを知らないのか⁉　最近ではドラマの主演をやったり化粧品のＣＭに出たり、テレビで観ない日はないくらいの売れっ子だぞ？」

村雨が驚きの声を上げた。その間も、埃をチェックする指の動きは止まらなかった。

「すみません。私、ドラマとか見なくて。芸能人の名前に疎いんです」

嘘ではなかった。正確に言えばここ五年間にかぎってはの話だ。

広告代理店に勤めていた頃は、テレビ局や制作会社と仕事をすることが多かったので、芸能界について普通の人よりも遥《はる》かに詳しかった。

だが、その仕事が茶々丸を孤独に旅立たせてしまった。

茶々丸がいなくなってから、菜々子はテレビを一切観なくなった。そうすることが茶々丸へのささやかな償いとでもいうように……。

「信じられないね。たくさんのＣＭにも出ていて、映画にドラマに引っ張りだこの竹山沙里を知らないなんて」

村雨が呆れたように言いつつ、トイレのドアを開けた。

前傾姿勢になり、便座を上げると便器に顔を近づけた。

「竹山さんって方が有名なのはわかりましたけど、今回のこととなにか関係があるんでしょうか？」

まさかとは思ったが、菜々子は訊ねた。

「関係は大ありだよ！　あんな超有名人がウチの商品を気に入ってくれてSNSで取り上げてくれたら、宣伝効果は計り知れない。一億の広告費に相当するだろう。だが、逆ならどうなると思う？　彼女がドゥースのスタッフに嘘吐き呼ばわりされたことをSNSに投稿したら、どれだけの損害を被ると思う？」

村雨が便座を荒々しく下ろし、菜々子に険しい顔を向けた。

菜々子の危惧は当たった。

「私は竹山さんを嘘吐き呼ばわりしていません！　真実を言っているだけです！」

——正しいことを主張するだけが、正しいとはかぎらないのよ。とくにあなたは、人より何倍も気をつけなさい。あなたの愚直さは、ときとしてあなたの身を滅ぼすから。

不意に菜々子の脳裏に、母の言葉が蘇った。

「小谷君、わかってくれないか？　別に、君が謝ることで損失はないだろう？　損失どころか、謝ってくれたら臨時ボーナスを出してもいい。一万、いや、三万……」

トイレから出てきた村雨が、一転して宥《なだ》めるような口調になった。

「お断りします！」

菜々子は、強い口調で村雨を遮った。

「私が、どんなに頼んでもか？」

村雨が押し殺した声で訊ねてきた。

「いくら社長の頼みでも、やってないことをやったとは言えません」

「クビだ」

「え……？」

村雨の言葉に、菜々子は絶句した。

「クビになったら、君も困るだろう？　どっちを選ぶ？　僕の言うことを聞いて臨時ボーナスを貰うか？　それとも断って無職になるか？」

村雨が嗜虐《しぎゃく》的な薄笑いを浮かべながら、菜々子に二者択一を迫ってきた。

「私は、クビになるようなことはしていません！」

「どうして、そう言いきれる？」

「だって、私は割れたアロマボトルをお客様に売ってはいませんし……」

「証拠は？」

村雨が挑戦的な口調で菜々子に質問してきた。

「証拠!?」

菜々子は素頓狂な声で繰り返した。

「ああ、証拠だ。アロマボトルが割れていなかったというのは君の言いぶんだろう？竹山さんは割れていたとおっしゃっているんだ。公平に見て、五分五分だ。だが、サービス業はお客様が九十パーセント悪くても、スタッフは謝らなければならない。スタッフがお客様にたいして異を唱えることが許されるのは、百パーセントお客様に非があるときだけだ。そのためには、お客様に非があるという証拠が必要だ。店長は、破損していないアロマボトルを君が梱包袋に詰めているところを見てたのか？」

村雨が意地の悪い顔つきで、菜々子に訊ねてきた。

「いえ……店長は見ていません」

「見ていない⁉　それは困ったなぁ。ということは、君がシロだと証明できないということになるかねぇ？」

村雨が人を食ったような笑みを浮かべた。

悔しいが村雨の言う通りだ。

自分の言いぶんを証明できる手立てが……あるかもしれない。

「防犯カメラの映像を確認させてください！」

思い立ち、菜々子は言った。

梱包袋に詰める際のアロマボトルが映っているかどうかは微妙なところだが、確認してみる価値はある。

「なに⁉」

村雨の血相が変わった。

「もしかしたら、アロマボトルが破損していなかったことが証明できるかもしれません」

「それで、竹山さんに防犯カメラの映像を見せて言うつもりか？　ほら、あなたが嘘を吐いていました、私は悪くありませんでした、と」

村雨が冷たい怒りを宿した瞳で菜々子を見据えた。

「そういう言いかたをするつもりは……」

「どういう言いかたをしても、竹山さんを激怒させることに変わりはない！」

村雨が強い口調で菜々子を遮った。

「社長は、スタッフがお客様にたいして異を唱えていいのは、百パーセントお客様に非があるときだけだ。そのためには、お客様に非があるという証拠が必要だ……そうおっしゃいましたよね？」

菜々子は納得できずに、村雨に反論した。

「ああ、たしかに言ったよ。だが、それは一般論としての話で、君にそうしていいとは言っていない。なにより、今回のケースは一般論には当て嵌《は》まらない。一般論というのは、相手が普通の客の場合だ。君の言いぶんが通っても、彼女がウチの店にたいして悪感情を抱いてSNSにネガティヴな投稿をすればどれだけの損害を被るか、さっき説明しただろう？」

村雨がなに食わぬ顔で言いながら、洗浄スプレーを手にふたたびトイレに入った。

「相手が誰であっても、私はやってもいない罪を被る気はありません！」

菜々子は、前屈みになり便器に洗浄スプレーを噴霧する村雨の背中に断言した。

「小谷君。僕がこの世で一番嫌いなのは、汚れを眼にすることだ」

村雨が振り返り、唐突に言った。

「誰がどうやって汚したのかということに興味はない。僕の興味はただ一つ、いかに早く跡形もなく目の前の汚れを取り除くかということだ。竹山さんの購入したアロマボトルが破損していたという事実は、僕の中では汚れを眼にしたのと同じだ。君が原因の汚れか、竹山さんが原因の汚れかに興味はない。僕の興味は、いかに早く跡形もなく汚れを取り除くかということだ」

村雨が淡々とした口調で言った。

「早くこのクレームトラブルを処理するという意味ですか？」

「そうだ。竹山さんを汚れの原因にして取り除こうとすれば跡形なく、というわけにはいかなくなる。だから、どちらかを取り除く必要に迫られたら、僕は君を選ぶ」

菜々子の胸に、嫌な予感が広がった。

「それは、私をクビにするということですか？」

「察しがいいじゃないか。だが、安心していい。君が謝罪すれば竹山さんは納得するし、汚れも消える。だから、君をクビにする必要もなくなる。念のために教えておくが、これは提案じゃなくて命令だ。わかったなら、ついてきなさい」

村雨は一方的に言うと、スタッフルームを出た。

「ちょっと、待ってください……」

菜々子は村雨のあとを追った。

「お待たせ致しまして、申し訳ありません。スタッフが自分の過ちを認めました。小谷君、こっちにきてお客様に謝罪しなさい」

竹山沙里に諂《へつら》っていた村雨が、厳しい顔で振り返ると菜々子に手招きをした。

菜々子は渋々と、ソファに座りハーブティーを飲んでいる竹山沙里に歩み寄った。

「ほら、小谷君、早く謝りなさい」

村雨が菜々子を促した。

「社長、もう少し小谷さんの話を聞いたほうが……」

「君は黙ってなさい！　小谷君、さあ！」

口を挟むさとみを一喝し、村雨が三度《みたび》菜々子に謝罪を促した。

「私は……」

菜々子は、言葉の続きを呑み込んだ。ここで反論してしまえば、菜々子は間違いなくクビになるだろう。

来週から、新しい家族が増えることになった。各種予防接種、フィラリア等の予防薬、健康診断、トリミング、ドッグフード……柴犬を迎え入れると、なにかと出費が多くなる。

広告代理店時代は給与がよかったのである程度の貯《たくわ》えはあるが、職を失えばそう遠くない日に貯金は底を突く。家賃を払えなくなりマンションを追い出されることになれば、柴犬と二人路頭に迷うことになる。

いま、クビになるわけには……。

「認めたんですよね？　自分が嘘を吐いていたって。早く謝ってくださいよ」

竹山沙里が、勝ち誇ったような顔で言った。

「小谷君、早く！」

村雨が強い口調で命じてきた。

心を無にして謝ればいいだけ……そうすれば、すべてが解決する。ここで意地を張って潔白を証明しても、プラスになることはなにもない。

ときには、長い物に巻かれることも……。

不意に、菜々子の脳裏に茶々丸の顔が浮かんだ。

「私は嘘を吐いてないので、お客様に謝るつもりはありません！　謝るべきなのは、嘘を吐いているお客様のほうだと思います！」

菜々子がそう言った直後、さとみが頭を抱え村雨が表情を失った。

「なっ……」

竹山沙里が絶句した。

「小谷君！　なにを言ってるんだ！　いますぐ謝らないとクビだぞ！」

我に返った村雨が伝家の宝刀を抜いて前言撤回を迫ってきた。

「落ち度もないのにクビだと言われるなら、仕方ありません。有名人だからと特別扱いするような社長のもとで、働きたいとも思いませんから！」

菜々子は啖呵《たんか》を切ると、スタッフルームに入った。

後ろ手で閉めたドアに、背中を預けた。

また、やってしまった。

だが、茶々丸に恥じるような人間にはなりたくなかった。

後悔はない、と言いたいところだが……。

「すぐに仕事をみつけなきゃ……」

菜々子は柴犬の顔を思い浮かべながら呟いた。

4

真丘動物病院の待合室のベンチソファに座った菜々子は、スマートフォンのディスプレイをみつめていた。

梅《うめ》さん、大五郎《だいごろう》、龍馬《りょうま》、力《りき》、勇作《ゆうさく》、日の丸《ひのまる》——。

この一週間、思いつくかぎりの名前候補をメモ機能に保存した。名前候補は全部で二十五個考えていた。一つだけ決めているのは、柴犬の名前は和名にするということだった。

本当は、名前候補は二十六個あった。真っ先に思い浮かんだ名前だ。一番つけたい名前であり、一番つけたくない名前でもある。

「早く決めなきゃ、あの子が困ってしまうわ」

菜々子は独り言《ご》ちた。

「待たせたね。どうぞ」

診療室のドアが開き、真丘が笑顔で菜々子を促した。

菜々子は診療室に入り、真丘のあとに続いた。

「さあ、ご対面だよ」

真丘が言いながら、入院室のドアを開けた。

柴犬が菜々子を認め、お尻を振りながら駆け寄ってきた。

「元気になったね！」

菜々子は腰を屈め、両手を広げた。

柴犬が後足で立ち上がり、菜々子の肩に前足をかけると物凄い勢いで口を舐めてきた。

「メイクが取れるからやめて……」

菜々子は言葉とは裏腹に、嬉々《きき》とした表情で言った。

「兵役から一年ぶりに帰還した飼い主と再会した子みたいな歓迎ぶりだね」

真丘が眼を細めた。

「タイムタイム！」

菜々子は言いながら立ち上がり、柴犬から逃げた。柴犬は笑いながら、菜々子を追いかけてきた。

「さあさあ、もうそのへんにして。これから菜々子ちゃんとは、いくらでも一緒にいられるんだから」

真丘が柴犬を抱き上げ、デスクチェアに座った。

「君も座りなさい」

真丘に促され、菜々子は飼い主用の椅子に腰を下ろした。

「この子の怪我は完治したんですか？」

菜々子は訊ねた。

「うん。もともと、軽傷だったしね。それより、菜々子ちゃんに言っておかなければならないことがある。どうやらこの子は、前の飼い主に虐待を受けていたようだ」

真丘が悲痛な顔で言った。

「え⁉　虐待ですか⁉」

菜々子は驚きの声で繰り返した。

「傷跡が残っているわけではないからたしかなことは言えないが、ベルトに恐怖心を抱いているようなんだ。私がベルトを緩めようとしてバックルに手をかけたとき、物凄く怯えた顔になってね。確認するために別の日にベルトを見せたら、やはり激しく怯えてね。恐らく、日常的にベルトで叩かれていたんだろう。かわいそうに」

真丘は柴犬の首筋を撫でながら言った。

「許せないっ。なんてひどいことを……」

菜々子の声は怒りに震えた。

「まったくだ。物言えぬ純粋な子を虐待するなんて、人間のやることじゃないな。そういうことだから、ベルトはこの子の眼に入らないようにしてほしい」

「わかりました……」

菜々子は柴犬をみつめた。

真丘の膝の上でお座りをしている柴犬も、尻尾を振りながら菜々子をみつめていた。

人間に虐待されて捨てられても、また人間を信用する柴犬に菜々子の胸は震えた。

「幸いなことに、この子は君によく懐いている。年もまだ三、四歳だろう。残りの犬生はまだまだ長い。この子達は健気《けなげ》なもので、人間に虐待され続けていても最後の一日だけ優しくされれば、幸せな気持ちで旅立っていくんだよ」

真丘がしみじみと言った。

茶々丸は、どうだったのだろうか？　誰もいない暗い部屋で、孤独のうちに息を……。

「ところで、名前は決まったのかい？」

真丘の質問に、開きかけた悲痛な記憶の扉が閉まった。

「あ、いろいろ候補はあるんですけど……」

菜々子はそう言いながら、柴犬の名前候補を連ねたスマートフォンを真丘に渡した。

「いい名前ばかりだ……でも、本命が入ってないね」

名前候補を視線で追いながら、真丘が言った。

わかっていた。真丘の言う本命の意味が……。

「私はてっきり、茶々丸にすると思っていたよ」

真丘が顔を上げた。

「茶々丸に申し訳ない気がして」

菜々子は俯《うつむ》いた。

「おや、どうして申し訳ないのかな？」

「茶々丸の最期を知っていますよね？　私が新しい子に茶々丸の名前をつけると……」

「過去のことにしてしまったような気がして申し訳ない……そう思っているんだね？」

真丘が菜々子を遮り言葉を続けた。

菜々子は頷いた。

「いま頃、茶々丸は怒っているよ。菜々子ちゃんは、ちっとも僕のことをわかってないってね」

「えっ？」

菜々子は顔を上げた。

「茶々丸は、菜々子ちゃんの笑顔が好きだったんだよ。自分の名前を呼ぶ菜々子ちゃんを見て、悲しむどころか喜んでいると思うよ」

「茶々丸が喜んでる……？」

「うん。茶々丸が望んでいるのは、君が笑顔でこの子と過ごすことだからね」

真丘の言葉に、菜々子の胸は熱くなった。

「あなたも、そう呼んでほしい？」

菜々子が語りかけると、柴犬がジャンプして菜々子の膝に乗った。

「危ないよ！　落ちたらどうするの！」

菜々子は柴犬をしっかりと抱き締めながら、思わず大声で窘《たしな》めた。

ごめんね……柴犬はまるでそう言っているかのように、菜々子の顔を舐めた。

「茶々丸も喜んでいるよ」

真丘が柔和な顔で頷いた。

「小武蔵《こむさし》！」

不意に菜々子は叫んだ。

「え？」

真丘が怪訝な顔を菜々子に向けた。

「この子の名前、小武蔵にします！」

「やっぱり、茶々丸に罪の意識を感じているのかい？」

「違います。小さな侍……この子を見て、インスピレーションを受けました。茶々丸の名前をつけたい気持ちは山々ですけど、この子はこの子として接してあげないと不憫《ふびん》です。捨てられて今度こそ幸せな犬生を歩もうとしている子に、私の心の穴埋めをさせるわけにはいきません。私は、この子はこの子として幸せにします！」

菜々子は満面に笑みを浮かべ、立てた親指を真丘の顔の前に突きつけた。

「そうか。菜々子ちゃんがそこまでこの子……武蔵のことを考えてのことなら、大賛成だよ」

真丘が優しい瞳で小武蔵をみつめた。

「武蔵じゃなくて、小武蔵です！　小が重要なんですよ～」

菜々子は悪戯っぽく言いつつ片目を瞑《つぶ》った。

「これは失礼。ところで菜々子ちゃん、今日、仕事は休んだの？」

思い出したように真丘が訊ねてきた。

「あ、はい……お休みしました」

菜々子は、反射的に答えてしまった。

――菜々子ちゃん、考え直して。私も一緒に謝ってあげるから。

――ありがとう。でも、社長に謝る気はないわ。

――生活はどうするの？　私達の年齢だと、新しい仕事なんて簡単にはみつからないわよ。

――だとしても、あの人のもとでは働けないわ。貯えも少しあるし、なんとかなると思うから。


「なら、今日はゆっくり小武蔵の相手をしてあげられるね」

「ええ……」

菜々子はうしろめたい気持ちから、言葉を濁した。

「いま、リードとハーネスを持ってくるから」

「持ってきてます！」

菜々子は小武蔵を床に下ろすと、エコバッグから黄色いリードとハーネスを取り出した。

「おや？　それはたしか……」

真丘が懐かしそうな顔でハーネスをみつめた。

「はい。茶々丸のつけていたものです」

もう二度と、犬と暮らすことはないと思っていた。

もう二度と、このリードを握ることも……。

「やっぱり、茶々丸のほうが大きかったわね」

菜々子は小武蔵のサイズに合わせて、ハーネスのベルトを調節した。

「似合うじゃない！　イケメン度が上がったわね〜」

菜々子は声がうわずらないように気をつけながら、小武蔵の背中をポンポンした。

茶々丸のハーネスをつけた小武蔵を見て、気を抜けば涙が溢《あふ》れてしまいそうだった。

テンションの上がった小武蔵が、リードを引きずりながら入院室のフロアを駆け回った。

「こらこら、危ないから……」

「好きにやらせておこう。前の飼い主のときには、喜びを表すこともできなかったのかもしれないからね。大好きな人と出会えて、喜びを抑えきれないいんだろう」

真丘の言葉が胸に刺さった。

——私がベルトを緩めようとしてバックルに手をかけたとき、物凄く怯えた顔になってね。

蘇る真丘の言葉が、菜々子の胸をさらに深く抉《えぐ》った。

この子は陽気な笑顔の裏で、どんなつらい経験をしてきたのだろう……。

「捨てられてよかった」

不意に、真丘が呟いた。

「え？」

菜々子は小武蔵から真丘に視線を移した。

「お互いにとって、最高の相手に巡り合えたんだからね」

真丘が菜々子をみつめ、笑顔で頷いた。

「お互いにとって最高の相手……」

菜々子は真丘の言葉を噛み締めるように繰り返した。

☆

「じゃあ、来月、念のために健康チェックをするから時間があるときに寄ってくれ」

外まで見送りにきた真丘が言った。

「わかりました。あの、この子の治療費や入院費は、本当にお支払いしなくても大丈夫ですか？」

小武蔵を抱っこした菜々子は、改めて真丘に訊ねた。

「これまでは私が保護していたんだから、お金を取るわけにはいかないよ。君はこの子を引き取ってくれたわけだし、私のほうが礼をしたいくらいさ」

「なんだか、申し訳ないです」

「次からはちゃんと貰うから。もう、この子は菜々子ちゃんの家族だからね」

真丘が小武蔵の頭を撫でながら言った。

「ありがとうございます！　では、お言葉に甘えますね。散歩させながら帰っても大丈夫ですか？」

「怪我は完全に治ったから大丈夫。小武蔵もこれまで狭いところにいたからストレス発散になると思うよ」

「わかりました！　よかったね！　散歩していいって！」

菜々子は言いながら、小武蔵を地面に下ろした。小武蔵は、戸惑うことなく歩き始めた。

歩きながら、物珍しそうに周囲に首を巡らせていた。もしかしたら、散歩するのはずいぶんとひさしぶりなのかもしれない。

リードから伝わってくる躍動感……五年ぶりの感覚に、菜々子の胸に込み上げるものがあった。

犬種も大きさも年も違うのに、菜々子は茶々丸と歩いているような錯覚に襲われた。

感傷に浸ってばかりはいられない。家族が一人増えたのだ。一日も早く仕事を探さなければならない。

まさかドゥースを辞めることになるとは思っていなかったので、どこに面接に行けばいいのかわからなかった。

履歴書は用意しているが、三十七歳の女性を雇ってくれる職種はかぎられている。

菜々子のキャリアを考えれば広告代理店を当たるのが無難だが、茶々丸の最期に立ち会えなかったトラウマがある。

もちろん給料は高いに越したことはないが、小武蔵を迎え入れたいま、最優先すべきなのは定時に帰れるということだ。

「資格の一つや二つ、取っておけばよかったわ」

菜々子が独り言ちると、小武蔵が歩みを止めた。

小武蔵は、菜々子を見上げていた。

「なに？　無職の私を心配してくれてるの？　大丈夫よ。お前のご飯代くらいはなんとかなるから」

菜々子は腰を屈め、小武蔵の顔を両手で挟み鼻にキスをした。

小武蔵が後足で立ち上がり、菜々子の顔を舐め始めた。

「だから、メイクがグチャグチャのおブスになるからやめて～！」

菜々子は尻もちをつき、くしゃくしゃな笑顔で叫んだ。

親子連れの母親が、子供の手を引き早足で通り過ぎた。

「変な人だと思われてるわ。通報される前に行くわよ！」

菜々子は起き上がり、小武蔵を促すと逃げるようにその場を離れた。

商店街に入った途端、小武蔵が急に駆け出した。

耳を後ろに倒して全力疾走する小武蔵に、菜々子の記憶が猛スピードで巻き戻った。

「もっとゆっくり……」

菜々子は言葉の続きを呑み込んだ。

あのときと同じ……菜々子は映像のリプレイシーンを観ているような錯覚に襲われた。

小武蔵はさらにスピードを上げた。

「まさか……だよね?」

菜々子は小武蔵に語りかけながら、懸命について行った。

金物屋、和菓子屋、書店、美容室……菜々子の視界の端で、懐かしい景色が流れた。

小武蔵は商店街の中ほどで足を止めた。

海苔屋の店先に置かれたクッションソファに寝そべっていたフレンチブルドッグの姫が、弾かれたように立ち上がると小武蔵に歩み寄ってきた。

小武蔵も姫に歩み寄り、互いに鼻面をつき合わせて匂いを嗅ぎ始めた。

デジャブ……いや、これは前にも見た光景だ。

小武蔵と姫が挨拶する姿に、茶々丸と姫の姿が重なったのだ。

まるで、再現映像を観ているようだった。

違いは、五年前には茶々丸より年下だった姫が、小武蔵より年上になっているということだ。

「あら! 菜々子ちゃんじゃない! ひさしぶりね〜!」

店の奥から、驚いた顔の紀子が現れた。

以前より髪の毛に白いものが多く交じっていたが、ふくよかな笑顔は変わりなかった。

「おばちゃん、ずっと顔を出せなくてごめんね」

菜々子は気まずそうに切り出した。

「真丘先生から茶々丸ちゃんが亡くなったことを聞いていたから、菜々子ちゃんのこと心配していたのよ。いままで、どうしていたの？」

紀子の菜々子をみつめる温かな眼差しが、興味本位の言葉ではないことを証明していた。

「前のマンションからは引っ越したけど、同じ池尻大橋に住んでいるの」

「まあ……。つらくて、顔を出せなかったの？」

「ごめん。おばちゃんと姫ちゃんの顔を見ると、どうしても茶々丸のことを思い出してしまうから……」

菜々子はうなだれた。

「どうして菜々子ちゃんが謝るのよ。あなたが一番つらい思いをしたんだからさ。ところで、この柴ちゃんは新しく迎えた子？」

紀子が菜々子から小武蔵に視線を移して訊ねた。

「真丘先生の病院の前に捨てられていた子で、いま迎えに行ってきたの。名前は、小武蔵よ。柴犬って小さな武士みたいな雰囲気があるでしょ？　だから小武蔵！」

菜々子は屈み、姫にプレイバウを仕掛ける小武蔵の高々と上げた尻をポンと叩いた。

「小武蔵ちゃん、素敵な名前ね。まあまあ、姫もはしゃいじゃって！　茶々丸ちゃんがいなくなってから、いろんなワンコが近寄ってきても、こんなふうに立ち上がって尻尾を振ることはなかったわ。まるで、茶々丸ちゃんの生まれ変わりみたいね！」

紀子が瞳を輝かせて、胸の前で手を叩いた。

「ううん、違うわ」

菜々子は、きっぱりと言った。

「え？」

紀子が怪訝な顔を菜々子に向けた。

「たしかに似てるところは多いけど、茶々丸と小武蔵は別のワンコよ」

紀子にだけでなく、自分に向けた言葉でもあった。

小武蔵に茶々丸を重ねることで、心の傷を癒してはならない。それは茶々丸にも小武蔵にも失礼なことだ。

「そうよね〜。生まれ変わりなんて、そんなことあるもんじゃないわよね！　変なことを言ってごめんねぇ」

紀子が陽気に笑った。

プレイバウで誘う小武蔵に、姫も同じ体勢で向き合っていた。

高く上げたお尻の先で、長い小武蔵の尻尾が大きく、短い姫の尻尾が小さく左右に揺れていた。

「でも、初対面とは思えないわね〜」

紀子が二頭を見て、しみじみと言った。

「これから、また、毎朝寄るね！　さ、小武蔵、行くよ！」

菜々子は紀子に手を振り、姫と遊び足りなそうにしている小武蔵のリードを引いた。

「また明日！　気をつけてね！」

紀子の声を背に、菜々子は商店街を奥に進んだ。

「お友達できてよかったね。あの子は姫ちゃんっていう子で、あなたの前にいた茶々丸と、とても仲良しだったのよ」

菜々子が声をかけると、弾む足取りで歩いていた小武蔵が笑いながら見上げた。

快活な小武蔵を見ていると、前の飼い主に虐待されていたとはとても思えなかった。

「さあ、もう少ししたらお家《うち》に着くよ」

菜々子は商店街を左に曲がろうとしたが、小武蔵が抵抗して右に曲がろうとした。

「そっちじゃないよ。お家はこっちだから」

菜々子は言いながら、リードを左に引いた。

小武蔵は四肢を踏ん張り、懸命に抵抗した。

「出た！　これが柴犬の散歩拒否ね！」

菜々子は、犬歯を食い縛って梃《てこ》でも動かない小武蔵を軽く睨みつけた。

以前、柴犬のことをネットでいろいろ調べてみると、散歩中に道路で寝そべったり、お座りしたりしている画像が数多く出てきていた。

柴犬の散歩拒否は、ぬいぐるみになるほどに有名なことらしい。

「負けないわよ！　抵抗すれば意見が通ると思われたら困るからね！」

菜々子も足を踏ん張りリードを引いた。

ハーネスがずり上がり、小武蔵の首回りの被毛が逆立ちユーモラスな顔になった。

「なにそれ！　エリマキトカゲみたい！」

菜々子が大笑いして力が抜けた隙に、小武蔵がダッシュした。

「あっ、待って……」

菜々子はリードを離さないように握り直し、慌てて追いかけた。

「そっちは家と反対方向よ……新しい仕事も探さなきゃならないし、早く家に帰らなきゃ……」

全力疾走していた小武蔵が、路地裏で急に立ち止まった。

「なによ？　いきなり、どうした……カフェじゃない」

菜々子は荒い息を吐きながら、民家の一階を改装したカフェに視線をやった。

小武蔵は、白いペンキで塗られた木枠のガラス扉の前でお座りをして尻尾を振っていた。

「いま流行《はや》りの古民家カフェってやつ？　でも、こんなところにカフェなんてあったっけ？」

菜々子は扉にかかっているCLOSEDの札で視線を止めた。

オープンは十時からとなっていた。

「小武蔵、まだ開いてないよ。いま九時半だし、それにカフェにあなたは入れない……」

店内から、複数の犬の鳴く声が聞こえてきた。

菜々子はガラス扉に顔を近づけた。

白を基調としたフロアには広々としたサークルが設置してあり、十頭前後の犬がいた。サークルの中では、スタッフらしき男性が犬達にフードを与えていた。

「ドッグカフェ……じゃないよね？」

菜々子は呟いた。

小武蔵が後足で立ち上がり、肩叩きするように扉に肉球を打ちつけるとドアチャイムが鳴った。

「こらっ、だめよ！」

菜々子は慌てて小武蔵を抱っこして、扉から引き離した。

「気づかずにすみません」

小武蔵を抱っこしたまま立ち去ろうとした菜々子の背中を、男性の声が追ってきた。

「え……」

菜々子が振り返ると、大柄でよく陽焼《ひや》けした男性が笑顔で頭を下げた。

年の頃は、菜々子と同年代に見える。

「どうぞ」

男性が菜々子を促し店内に戻った。

「あの……」

菜々子は戸惑いながらも、男性に続いた。

扉越しに見ていたときの印象より、思いのほか店内は広かった。

フロアの扉側の半分が飲食スペースで、低いテーブルとクッションソファが五脚ずつ設置され、残り半分のフロアに犬用のサークルが設置されていた。

サークル内の犬達はよくしつけられており、吠えることなく菜々子と小武蔵を興味津々の顔でみつめていた。

「ワンワン吠えると印象が悪くなるので、無駄吠えはしないように教育しています。犬は、吠えるのが仕事なんですけどね」

男性が菜々子にクッションソファを勧めると、口元を綻ばせた。

「ワンちゃんを飼ってらっしゃるんですね。お名前は？」

男性が訊ねてきた。

「初対面の女性の名前を訊くんですか？」

菜々子は、訝《いぶか》しげな眼差しを男性に向けた。

「え？　ああ……この子です」

男性は気を悪くしたふうもなく小武蔵の頭を撫でた。

「あ！　ごめんなさい！　小武蔵です」

菜々子は羞恥に赤らむ顔で、小武蔵の名前を告げた。

「小武蔵君か。かっこいい名前だね！」

男性が笑顔で言いながら、小武蔵の耳の下を両手で揉んだ。

「ウチへは、誰かのご紹介で？」

「はい？」

菜々子には、男性の言葉の意味がわからなかった。

「履歴書を拝見してもいいですか？」

男性が菜々子の正面のクッションソファに座ると言った。

「え？　どうしてですか？」

「あれ？　面接の方じゃないんですか？」

今度は男性が怪訝な顔になった。

「面接!?　なんの面接ですか？」

菜々子は訊ねた。

男性の話の筋がまったく見えなかった。

「ごめんなさい。僕、早とちりしていたようです。九時半に面接の予定が入っていて、それであなたと間違って……あ、申し遅れました」

慌てて男性が名刺を差し出してきた。

保護犬カフェ　セカンドライフ
オーナー　瀬戸慶介《せとけいすけ》

「ドッグカフェのオーナーさんですか？」

菜々子は名刺に視線を向けたまま男性……瀬戸に訊ねた。

「ええと、ウチは保健所から引き取った子や虐待されていた子を人馴《な》れさせてから、この店に連れてきて里親を募るという活動をしているカフェです」

「じゃあ、あの子達は保護犬なんですね？」

菜々子はサークルに視線を移した。

「はい。テリアの雑種の子は皮膚病を患ったという理由で、ラブラドールの子は年を取って眼が見えなくなったという理由で、黒い長毛の子は土手に捨てられていて、二頭のポインターの子は猟期が終わって不要になったという理由で山に捨てられていて……ほかの五頭も、同じように人間の身勝手な理由で捨てられた子ばかりです」

瀬戸がやりきれないといった表情で言った。

「皮膚病になったからとか年を取ったからとか眼が見えなくなったからとか不要になったからとか……許せません！　そんな人達は、自分も年を取ったり病気になったりしたときに家族に捨てられればいいんだわ！　ええ！　そうよ！　自分より体が大きくて力の強い巨人に捕まって怖い思いをすればいいんだわ！」

　菜々子は憤然として立ち上がった。

　腕の中で小武蔵が、びっくりした顔で菜々子をみつめていた。

「ねえ、どうしてそんなひどいことができるのよ！」

　菜々子は瀬戸に怒りをぶつけた。

「あ、はい……僕もそう思います」

　苦笑いしながら頷く瀬戸を見て、菜々子の顔が火照った。

「ごめんなさい……私、興奮しちゃって……」

　菜々子は消え入るような声で詫びた。

　保護犬達の命を繋ぐ活動をしている瀬戸に八つ当たりするなど、顔から火が出そうなほど恥ずかしかった。

「気にしないでください。あなたみたいな動物思いの人ばかりだと、この子達みたいな保護犬も減るんですけどね」

　瀬戸がやるせない表情で、保護犬達をみつめた。

「でも、この子達はここにいるだけでも幸せですね」

　菜々子は言った。

「人間の都合で捨てられ、物のように処分される命は年間に一万を超えます。僕が一度に引き取れるのは十頭ほどです。本当はもっと引き取りたいのですが、スペースや人員の問題もあって……自分の無力さを痛感しています」

瀬戸が沈んだ声で言った。

「そんなことありません！　私も含めて普通の人達はなんとかしてあげたいと思っても、生涯に一頭か二頭引き取るのが精一杯です。瀬戸さんは十頭ずつ、保健所から定期的に保護犬達を救出しています。それだけでも、素晴らしい活動だと思います！　あ、すみません。また、興奮して大声を出してしまいました……」

「いえいえ、そう言ってくださり元気が出ました。僕達の活動は出口のないトンネルを走っているようなもので、ときどき立ち止まりながら確認する必要があるんです。ちゃんと前に進めているのか……って」

瀬戸の言葉が、菜々子の胸に染みた。

救っても救っても保健所に持ち込まれる犬猫が減らない現状に、もどかしさを感じているのだろう。

フロアに振動音が鳴り響いた。

「ちょっと、失礼致します」

瀬戸が菜々子に断り、スマートフォンを耳に当てた。

「もしもし、セカンドライフ……あ、佐伯《さえき》さん、今日、九時半でしたよね？」

「面接の人みたいね。そろそろ、帰りましょう」

菜々子は小武蔵に語りかけ、腰を上げた。

「どうかなさいましたか？　はい、はい、あ……そうでしたか。わかりました。では、お大事に」

　菜々子は出口に向かいかけた足を止めた。

「なにかあったんですか？」

　菜々子は瀬戸に訊ねた。

「今日、面接予定だった方のお子様が風邪を引いたそうです。そういう事情なので、来られないということでした」

　瀬戸が残念そうに言った。

「腕が痺《しび》れてきたので、小武蔵を下ろしても大丈夫ですか？」

　菜々子は瀬戸に伺いを立てた。

「え？　あ、はい、もちろんです。ウチの子達は、怒ったりしませんから」

　瀬戸が微笑んだ。

「さ、遊んでおいで」

　菜々子が床に下ろすと、小武蔵は保護犬達のいるサークルへと駆けた。

　小武蔵は保護犬達とサークル越しに鼻面をつき合わせて、順番に挨拶を交わしていた。

「あの、ここのお仕事って、どういうことをやるんですか？」

　菜々子は訊ねた。

「ご飯、シート交換、散歩、シャンプー……この子達の世話と来店客の対応を、僕と分担してやって貰います」

「資格とか必要ですか?」

菜々子は質問を重ねた。

「いえ、僕が動物取扱責任者の資格を取得していますから、スタッフは犬猫アレルギーでなければ採用条件を満たして……え? もしかして、ウチで働いてくれるんですか?」

瀬戸が言葉を切り、驚いた顔を菜々子に向けた。

「私でよければ、ですけど……。ちょうど、仕事を探しているところでしたし」

菜々子は、無意識に口走った。

「人手が足りていないので助かりますけど、ウチはあまり高いお給料を払えないんです」

瀬戸が申し訳なさそうに言った。

保護犬達の命を繋ぐために、瀬戸はカフェの売り上げを注ぎ込んでいるのだろう。それだけでは足りずに、持ち出しになっている可能性もある。

「構いません。その代わり、一つお願いがあります」

菜々子は、一番気になっていることを切り出した。

「なんでしょう?」

「小武蔵と一緒でも大丈夫ですか?」

「ウチの子達とも気が合うようですし、僕としては歓迎です」

瀬戸が快く受け入れてくれた。

「よかった！」

菜々子が喜びの声を上げると、保護犬達と挨拶をしていた小武蔵が駆け寄ってきた。

「この子と一緒なら、時間を気にせずに働けます」

菜々子は笑顔で言った。

小武蔵にも菜々子の喜びが伝わったのか、嬉しそうにクルクルと回転していた。

「そういうことだったんですね。仕事の間も一緒にいてくれようとする飼い主さんで、小武蔵君は幸せですね」

瀬戸の言葉が、菜々子の胸奥の傷を抉った。

茶々丸のぶんまで、小武蔵を幸せにしなければならない。

小武蔵に寂しい思いをさせないことが、茶々丸への最低限の贖罪《しょくざい》だ。

「営業時間は何時から何時までですか？」

菜々子は話題を変えた。

これ以上、「いい飼い主」としての会話を続けたくなかった。

「午前十時から午後八時までです。動物取扱業の営業時間は一部の例外を除いて十二時間以内、午後八時までの営業と定められています。あなたには……あ、まだお名前を訊いていませんでしたね」

瀬戸が思い出したように訊ねてきた。

「ごめんなさい。名前も言ってないのに雇ってくださいとか言ってしまって……これ、まだ書き終えていないものですが……」

菜々子は書きかけの履歴書をエコバッグから取り出してテーブルに置いた。

「失礼しますね」

瀬戸が履歴書を広げた。

「アロマショップにお勤めだったんですね。あ……小谷さんは、友愛堂にいらっしゃったんですか？」

予想通り、瀬戸が訊ねてきた。

無理もない。東証《とうしょう》一部上場企業の社員からアロマショップのパートという職歴は、誰でも不自然に思うだろう。

「……はい。因《ちな》みに、念のために言っておきますが友愛堂で不祥事を起こしたわけではありません」

警戒されて不採用になったら困るので、菜々子は先回りして言った。

「あ、いえいえ、そんなこと考えていません。大企業でバリバリ働いていた小谷さんに、ウチみたいなところで働いて貰ってもいいのかと不安になっただけです」

瀬戸が慌てて釈明した。

「この子との生活を優先できる職場で働きたかったんです」

菜々子は正直な思いを口にした。

「なるほど。それなら、ウチほど適している職場はありませんね」

瀬戸が少年のように無邪気に笑った。

南国系の彫りの深い顔をしている瀬戸は、よく見ると童顔だった。

「はい。昔から犬猫の保護活動に興味を持っていました。でも、たまにNPO団体に寄付したり、保護犬を引き取って飼うくらいしかできなくて。ここは保護犬のお世話をしながら小武蔵とも一緒にいられる環境なので、私にとっては理想的な職場です」

「そう言って貰えて光栄です。勤務時間ですが、午前九時から午後五時までお願いできれば助かりますが……どうでしょう？」

瀬戸が遠慮がちに訊ねてきた。

「もちろん、大丈夫です！　残業が必要なときは、遠慮なく言ってくださいね」

菜々子は言った。

「ありがとうございます。では、お言葉に甘えまして、どうしても手が足りないときにはお願いします。定休日は月曜日ですが、小谷さんは週に何日くらいシフトに入れますか？」

「いくらでも大丈夫です！」

菜々子は即答した。

「本当に助かります！　面接が駄目になってどうしようかと思いましたが、いい方に出会えてよかったです」

瀬戸が満面の笑みで言った。

「この子のおかげです」

菜々子は言いながら、正面にお座りする小武蔵に視線を移した。

「小武蔵君のおかげ……ですか？」

瀬戸が小さく首を傾げた。

「散歩中に家と反対側に走り始めて、気づいたらこの店の前にいました」

菜々子を導いたのではなく、単なる偶然かもしれない。

三キロ先の匂いを嗅ぎつける嗅覚を持つ犬なら、散歩コースに残った保護犬達の匂いを嗅ぎつけるのは朝飯前だ。

だが、小武蔵が保護犬の匂いに導かれただけだとしても、菜々子が最高の職場に出会えた事実に変わりはない。

「ああ、そういうことだったんですね。だったら、小武蔵君にお礼を言わなきゃね。小谷さんを連れてきてくれてありがとう」

瀬戸が小武蔵に頭を下げた。

小武蔵が、ふたたびクルクルと回転した。

「小谷さん、いつから出勤可能ですか？」

「私は、明日からでも大丈夫です」

「では、明日の九時にお願いします。注意事項を含め、いろいろとご説明しますから」

「了解しました！　明日から、よろしくお願い……」

スマートフォンのコール音が、菜々子の声を遮った。ディスプレイには、「真丘先生」と表示されていた。

「ちょっと失礼します」

菜々子は瀬戸に断り、スマートフォンを耳に当てた。

「もしもし？」

『菜々子ちゃん、申し訳ないんだが、いまからこっちに戻ってこられるかな？』

いつも穏やかな真丘の声が、強張っているような気がした。

「どうかされましたか？」

胸騒ぎに導かれるように、菜々子は訊ねた。

『じつは、小武蔵の元の飼い主さんがいらっしゃって、やっぱり返してほしいと言われてね』

「えっ……」

真丘の言葉に、菜々子は絶句した。

「そんなの、いまさら勝手過ぎます！　虐待して捨てておいて、気が変わったから返せなんて……小武蔵は物じゃないんですよ！」

激憤する菜々子を、瀬戸が心配そうにみつめていた。

『私もそう言ったんだが、捨てたんじゃなくて置き忘れたと言い出してね』

困り果てた口調で言うと、真丘がため息を吐いた。

「わかりました。私が、ビシッと言います！　小武蔵を虐待していた飼い主に、文句を言ってやりたいと思っていたところですから！　では、後ほど！」

菜々子は一方的に告げると、電話を切った。

「あの、もしご迷惑でなければ、僕も同行していいですか？」

瀬戸が遠慮がちに訊ねてきた。

「いえ、とんでもないです！　社長さんに、そんなご迷惑をかけるわけには……」

「せっかく決まった大事なスタッフを、失いたくないですから。それに、僕は役に立ちますよ」

瀬戸が笑顔で言った。

「じゃあ、小武蔵の援軍についてきてください！」

菜々子は瀬戸に頭を下げた。

5

「忙しいところ、悪かったね」

玄関の前で待っていた真丘が、申し訳なさそうな顔で菜々子を出迎えた。

「いえ、先生のせいじゃありません。それより、前の飼い主さんは中にいるんですか？」

菜々子は訊ねた。

「ああ、待合室で待って貰っている。ところで、こちらの方は？」

真丘が菜々子から背後の瀬戸に視線を移した。

「あ、私が今度働くことになった保護犬カフェの社長さんです。黙っているつもりはなかったんですけど、前のアロマショップは事情があって辞めたんです」

菜々子はバツが悪そうに真丘に説明した。

「なんだか急展開だね。それにしても、保護犬カフェなんて菜々子ちゃんにピッタリの職場じゃないか。ご近所かな？」

真丘が菜々子から瀬戸に顔を向けて訊ねた。

「はい、商店街から奥に入った民家で『セカンドライフ』という保護犬カフェをやっている瀬戸と言います。小谷さんの面接中に先生からのお電話があり、小武蔵君の前の飼い主さんが現れたと聞きました。小武蔵君が虐待を受けて捨てられたという話を耳にしましたので、お節介だとは思ったのですが付き添わせて頂きました」

瀬戸が歩み出て、真丘に自己紹介をし、菜々子に同行した経緯を説明した。

「君みたいな人がいてくれると、菜々子ちゃんも心強いと思うよ。とりあえず、中に入ろうか」

真丘が菜々子と瀬戸を促し、背を向けた。

「私がついてるから、大丈夫だよ」

菜々子は右手に下げたクレートの中の小武蔵に話しかけた。なにかを察しているのか、柵扉越しの小武蔵の瞳は不安そうだった。

「なにがあっても、あなたを守るからね」

菜々子は小武蔵に言うのと同時に、自らにも言い聞かせた。

☆

「私、佐久間《さくま》と申します。わざわざご足労頂き、また、ミカエルを保護してくださりありがとうございます」

待合室――小武蔵の前の飼い主は、菜々子と同年代と思しき物腰の柔らかい男性だった。

綺麗《きれい》にわけられた七三髪、仕立てのよさそうな濃紺のスーツ、スタイリッシュなノーフレイムの眼鏡……すべてが、菜々子の想像とは違った。

真丘から小武蔵が虐待されていたと聞かされていたので、勝手に粗野な飼い主像を作り上げていた。

「ミカエルというのが、小武蔵の名前ですか？」

菜々子は訊ねた。

「はい。私にとって天使のような存在なので、旧約聖書から名前を頂きました」

佐久間が柔和な笑顔で説明した。

「そんなに大切な存在なら、どうしてこの子を捨てたりしたんですか⁉」

菜々子は、厳しい口調で問い詰めた。

「立ち話もなんだから、座って話そうじゃないか」

真丘が菜々子を落ち着かせるように、ベンチソファに座らせた。

「失礼します」

佐久間も菜々子と二人ぶん間を空けて腰を下ろした。

「改めまして、佐久間と申します」

佐久間が菜々子に名刺を差し出してきた。

葵《あおい》銀行　赤坂《あかさか》支店
課長　佐久間晃一《こういち》

佐久間の若さで大手都市銀行の課長と言えば、かなりの出世コースに乗っている証《あかし》だ。

「小谷です。こちらの方は、私の勤務先の保護犬カフェの社長の瀬戸さんです」

菜々子は不愛想に自分と瀬戸を紹介した。

佐久間は物腰も柔らかく勤務先も大手都市銀行としっかりしているが、小武蔵を捨てたのは動かしようのない事実だ。

いまさら置き忘れたなどと白々しい嘘を吐いて小武蔵を連れ戻そうとする人間を、信用できるわけがない。

「はじめまして、瀬戸です。池尻大橋で『セカンドライフ』という保護犬カフェをやっています。まだ、小谷さんの名刺がないので私の名刺で失礼します」

瀬戸が佐久間に名刺を渡した。

「保護犬カフェですか。素晴らしいお仕事ですね。設備投資等で資金がご入用の際は、私にご相談ください。物言えぬ動物達の命を救う瀬戸さんのような方を、私は尊敬しています。全力で、サポートさせて頂きます」

「どの口で、そういうことが言えるんですか！」

菜々子の大声に、佐久間が驚きの表情になった。

「保護犬のことを思いやる気持ちがあるなら、小武蔵を捨てられるわけないでしょう！　いいえ、それだけじゃありません、虐待されていた可能性もあると、真丘先生から聞いてますっ。ベルトを見ると、小武蔵はひどく怯えるそうです。あなたみたいな人に、小武蔵をお返しすることはできません！」

菜々子は立ち上がり、佐久間に人差し指を突きつけた。

「まあまあ、菜々子ちゃん、落ち着いて。大声を出すと、小武蔵もびっくりするから」

真丘は菜々子を宥めながら席に着かせた。

「びっくりしちゃった？」

菜々子は屈み、クレートを覗き込んだ。

小武蔵はクレートの奥で身を丸め、小刻みに震えながら菜々子をみつめていた。

「ごめんごめん、もう、大声を出さないからね」

菜々子は、小武蔵に満面の笑みで優しく囁《ささや》きかけた。

「佐久間さん、気を悪くしないでほしい。菜々子ちゃんは裏表のないまっすぐな子だから」

真丘が佐久間に執り成すように言った。

「いえいえ、突然押しかけてしまった私が……」

「でも、菜々子ちゃんの気持ちもわかるよ。小武蔵が虐待されていたのは間違いない。それに、この病院の前に小武蔵が捨てられていたのは事実だからね」

佐久間の言葉を遮り、真丘がやんわりと言った。

「そうですね。このことを言うつもりはなかったのですが、実は、ミカエルを虐待していたのは妻です。家事や育児でストレスが溜まっていたのでしょう、私が留守のときに日常的に虐待していたようです。ある日、出勤途中に忘れ物に気づいて家に戻ったときに、妻がミカエルをベルトで叩いているのを見てしまったんです。もちろん、叱りました。もう二度と、ミカエルをストレスの捌《は》け口《ぐち》にしないように約束させました。でも、その後、ミカエルの背中を撫でているときに新しい傷があるのを発見して、妻の虐待が続いていることを知りました。それで、ミカエルの身の安全のために私がこの病院の前に……。置き忘れたなどと嘘を吐いてしまい、本当に申し訳ありません」

佐久間が悲痛な表情で頭を下げた。

「それなら、家に帰ればまた小武蔵が虐待されるんじゃないのかな？」

真丘が菜々子の疑問を代弁した。

いや、正確に言えば、佐久間の言葉を菜々子は信じていなかった。

「その点に関しては、ご心配には及びません。この件がきっかけで、いまは別居しています。だから、もうミカエルが虐待されることはありません」

佐久間が柔和な顔で断言した。

「疑うようで悪いんですけど、佐久間さんの家について行ってもいいですか？」

菜々子は口を挟んだ。

鵜呑《うの》みにできなかった。

佐久間が妻と別居していることを……いや、そもそも妻が虐待していたことを。

嘘がバレてしまうので、佐久間は菜々子の提案を呑めないはずだ。

「ええ、構いませんよ。よかったら、これからミカエルと一緒に行きますか？」

予想に反して、あっさりと佐久間は菜々子の提案を受け入れた。

「あの、小武蔵君を抱いて貰ってもいいですか？」

それまで黙っていた瀬戸が、唐突に佐久間に言った。

「え？　どういうことですか？」

佐久間が怪訝な顔で訊ね返した。

「先ほどから一度も小武蔵君のほうを見ないので、不思議に思っていました」

瀬戸が落ち着いた口調で理由を説明した。

言われてみれば、その通りだった。

普通、飼い犬を連れ戻しにきたら真っ先に顔を見ようとするはずだが、佐久間はクレートに視線を向けようともしなかった。

「ああ、そういうことですね。ミカエルとは家に帰ったらずっと一緒にいられるので、まずは小谷さんや先生に今回の経緯を説明するのが……」

「抱いてあげてください」

菜々子は佐久間を遮り、クレートの扉を開けた。

「小武蔵、おいで。あなたのパパがきてるよ」

小武蔵はクレートの奥に座り、出てこようとしなかった。

やはり、そうだった。

さっきは自分が大声を出したせいで小武蔵が驚いたのだと思っていたが、勘違いだった。

「小武蔵が出てこないので、呼んで貰えますか？」

菜々子は佐久間を促した。

「嫌がっているんだから、無理に外に出さなくてもいいですよ」

佐久間は穏やかな口調で言った。

「佐久間さんが呼べば、出てくるはずです。名前を、呼んで貰えますか？」

菜々子はふたたび、佐久間を促した。

「これから家に帰るんですから、いま無理に呼ばなくてもいいですって」

「小武蔵があなたに怯えているのが、バレてしまうからですか⁉」

菜々子は、クレートの奥で震えている小武蔵を指差しながら佐久間を問い詰めた。

「どうして、ミカエルが私に怯えるんですか？」

口調こそ穏やかだが、佐久間の顔から笑みが消えた。

「それは佐久間さんが、一番わかっているんじゃないんですか？」

菜々子は佐久間を睨みつけた。

もし間違っていたら、大変なことになる。だが、クレートの中で怯えている小武蔵の姿に菜々子は確信していた。

「もしかしたら小谷さんは、私がミカエルを虐待していると疑っているんですか？」

佐久間がそれまでとは一転した厳しい表情で、菜々子に訊ねてきた。

「はっきり言って、疑ってます。小武蔵があなたに懐く姿を見ないかぎり、お返しすることはできません！」

「菜々子ちゃん、決めつけるのはよくないよ」

真丘が菜々子を窘めた。

言い過ぎている……わかっていた。しかし、菜々子の判断で小武蔵の犬生が天国になるか地獄になるかが決まってしまうのだ。

もう二度と、小武蔵につらい思いをさせるわけにはいかない。

「菜々子ちゃんの言葉に、気を悪くしないでほしい。小武蔵のことを思ってのことだからね。悪いが、菜々子ちゃんの言う通りに小武蔵……いや、ミカエルの名前を呼んであげてくれないか？」

真丘が穏やかな口調で佐久間を促した。

「先生まで、そんなことを言うんですか？　事情は説明したじゃないですか？」

佐久間がやりきれないといった表情で真丘を見た。

「名前を呼ぶだけで、すべて解決するよ。佐久間さんの言う通りなら、ミカエルはあなたの胸に飛び込んで行くはずだからね」

真丘の言葉に、佐久間が眼を閉じた。

束《つか》の間《ま》の沈黙後、佐久間が眼を開けた。

「わかりました。それでみなさんの気が済むなら、そうしますよ」

佐久間が投げやりに言うと、クレートの前に屈んだ。

「ミカエル、おいで。パパが迎えにきたよ」

佐久間が優しく呼びかけながら、両手を広げた。

相変わらず小武蔵は、クレートの奥で体を震わせていた。

「ほら、どうしたの？　ミカエル、パパのところにおいで！　早く、こっちにきなさい！」

呼びかけに応じない小武蔵に、佐久間がいら立ちを見せ始めた。

「大声を出さないでください。小武蔵が余計に怯えてしまいます」

菜々子は改めて確信した。

佐久間は嘘を吐いている。

小武蔵を虐待していたのは妻ではなく、佐久間本人だ。

「小武蔵、こっちにおいで」

菜々子が呼びかけると、クレートから飛び出してきた小武蔵が股の間に入ってきた。

「よしよし、大丈夫だよ。怖くないからね」

菜々子は小武蔵の背中を撫でながら言った。

「ミカエルっ、こっちにこい！　お前のせいで、俺が悪者になるんだぞ！　早く、こっちにくるんだ！」

それまでとは一転した荒々しい言葉遣いで、佐久間が小武蔵を呼んだ。

「小武蔵が怯えるから、大声は出さないでください！」

すかさず、菜々子は佐久間に抗議した。

「ふざけるな！　人の飼い犬に勝手に名前をつけて、どういうつもりだ！　お前がミカエルに変なことを仕込んだんじゃないのか⁉　え⁉　どうなんだ⁉」

佐久間が物凄い剣幕で菜々子に詰め寄ってきた。

目の前の佐久間が、本当の姿に違いない。

菜々子の股の間で震えていた小武蔵が飛び出し、佐久間に向かって激しく吠え始めた。

菜々子を守るように四肢を踏ん張り佐久間の前に立ちはだかる小武蔵は、さっきまで怯えていた犬とは別犬のように勇敢だった。

「なっ……なんだお前！　いままで餌を与えてやった俺に歯向かうのか！」

佐久間が鬼の形相で小武蔵に怒声を浴びせた。

小武蔵は耳と尻尾をピンと立て、犬歯を剝き出しに必死に吠え続けていた。

「この、恩知らずな犬め！」

佐久間が叫びながら、右手に持っていた書類鞄《かばん》を振り上げた。

「小武蔵！　危ない！」

菜々子は咄嗟《とっさ》に小武蔵に覆いかぶさった。

「やめなさい！」

瀬戸の声がした。

菜々子は恐る恐る顔を上げた。

瀬戸が佐久間の振り上げた右手首を摑んでいた。

「ご主人様に牙を剝く犬には、仕置きが必要だ！　放せっ！」

佐久間が激しく身を捩り、瀬戸の手を振り払おうとした。

「小武蔵君は、あなたの奴隷じゃないんですよ！」

瀬戸が一喝し、佐久間の手から書類鞄を取り上げた。

「俺の犬を俺がどうしようが、お前らには関係ねえだろう！」

佐久間が七三髪を振り乱し、充血した眼を見開き暴れた。

「これ以上騒ぐなら、警察を呼ぶことになるよ」

真丘が冷静な口調で言いながら、スマートフォンを掲げた。

「警察だと⁉　ふざけんな！　呼べるもんなら呼んでみろ！　人の犬を盗んだお前らのほうが逮捕されるだけだ！」

佐久間が口角泡を飛ばして開き直った。

「捕まるのが私達か君か、試してみよう」

真丘が涼しい顔でスマートフォンの画面をタップした。

「待てっ……やめろ！」

佐久間が慌てて叫んだ。

「小武蔵を諦めておとなしく帰る、という認識でいいかな？」

真丘がスマートフォンに人差し指を当てたまま、佐久間に確認した。

「わかったから、いい加減にこの手を放せ！」

佐久間が瀬戸の手を振り解《ほど》き、書類鞄を奪い返した。

菜々子は、相変わらず吠え続ける小武蔵を佐久間から引き離した。諦めたと見せかけて、殴りかかってくる危険性があるからだ。

「俺の犬を奪った上に暴力を振るって、このままで済むと思うなよ！」

佐久間が菜々子と瀬戸を睨みつけ、捨《す》て台詞《ぜりふ》を残して動物病院をあとにした。

「大丈夫だった⁉　あなただって怖かったのに、守ってくれてありがとうね」

菜々子が腰を屈めて言うと、小武蔵が後足で立ち上がり顔を舐めてきた。

「社長もありがとうございました！　社長って強いんですね！　喧嘩《けんか》なんてしない人に見えるのに、びっくりしました！　もしかして、昔、ヤンチャしてたとか？」

菜々子は瀬戸を見上げ、心に浮かんだままを口にした。

「ヤンチャも喧嘩もしてませんよ。学生時代にボート部だったので、腕力と握力が少し強いだけです」

瀬戸が苦笑しながら言った。

「彼の本性が、小武蔵を連れて帰る前にわかってよかったよ」

真丘が安堵の吐息を漏らした。

「それにしてもわからないのは、連れ戻しにくるならどうして小武蔵を捨てたんでしょう？」

菜々子は、疑問に思っていたことを口にした。

「私も、それは不思議に思っていたよ。奥さんが虐待していたという彼の話が本当ならわかるが、嘘だったわけだしね」

真丘が思案の表情で言った。

「逆じゃないですか？」

瀬戸が口を挟んだ。

「逆って、どういう意味ですか？」

菜々子は怪訝な顔を瀬戸に向けた。

「夫に虐待されていた小武蔵を奥さんが内緒で連れ出し、動物病院の玄関に置き去りにした。そのことに気づいた夫が、小武蔵君を連れ戻しにきた。こう考えれば、辻褄《つじつま》が合いませんか？」

瀬戸の推測に、菜々子はしっくりきた。

「なるほどね。たしかに、その可能性が高いね」

真丘が納得したように頷いた。

「小武蔵君、えらかったね〜。かっこよかったよ。ママをしっかり守ったね！」

瀬戸が屈み、小武蔵の両耳の下を揉みながら褒めた。

小武蔵が力強く尻尾を振りながら、気持ちよさそうに眼を細めた。

「しばらくは、気をつけたほうがいい。彼は瀬戸社長の名刺を持っているから、保護犬カフェの場所を知っている。また、小武蔵に嫌がらせをしにくるかもしれないからね」

真丘が菜々子に言った。

「今度小武蔵になにかをしようとしたら、逆に引っぱたいてやります！」

菜々子はファイティングポーズを作った。

いままで小武蔵を虐待していたという事実だけでも許せなかった。

佐久間にたいし怯えていたのに、菜々子のために小武蔵は勇気を振り絞り立ち向かってくれた。

これからは、菜々子が小武蔵を守る番だ。

「おいおい、やめてくれよ。菜々子ちゃんなら、本当にやってしまいそうで怖いよ」

真丘が本気とも冗談ともつかぬ口調で言った。

「あたりまえじゃないですか！　引っぱたいてだめなら、キックも入れてやりますよ！」

菜々子は鼻息荒く言った。

「この子は、これだからね。君のほうでカバーしてやってくれないか」

真丘が苦笑しながら、瀬戸の肩に手を置いた。

「私のほうも、最大限にサポートさせて頂きます。だから、安心して」

瀬戸は真丘から小武蔵に視線を移し、微笑みながら頷いた。

小武蔵が口を尖《とが》らせ、天を仰ぐと吠えた。

「頼んだぞ、と小武蔵が言ってます」

菜々子は冗談めかして合いの手を入れた。

「おやおや、小武蔵はずいぶん上から目線だね」

真丘の言葉に、菜々子と瀬戸は顔を見合わせて噴き出した。

ふたたび、小武蔵の吠え声が待合室に鳴り響いた。

☆

「テリーはシニアで歯が悪いので、フードをほかの子の倍の時間かけてふやかします。あと、眼も見えないので香りのいいサツマイモをトッピングしてあげます。咀嚼力《そしゃくりょく》も落ちているので、誤嚥《ごえん》を避けるためにトッピングする素材をすり潰します」

瀬戸がテリーの前にステンレスボウルを置きながら菜々子に説明した。テリーはラブラドールレトリーバーの十歳の雄で、高齢の盲目犬の世話が大変だという理由で保健所に持ち込まれた子だという。

午前九時。保護犬カフェ「セカンドライフ」の朝食の時間だ。

今日は、菜々子の初出勤日だった。

「ゆっくり食べな」

瀬戸がテリーの首筋を優しく撫でた。

「みんな、病気になったり、年を取ったり、飽きられたり……人間の勝手な都合で捨てられた子達ばかりです。つらく哀しい思いをしたこの子達に、一分でも多く幸せな思い出を作ってあげるのが僕の役目です」

瀬戸が温かな眼差しをテリーに注ぎながら言った。

「社長は立派ですね。気持ちではそうしてあげたいと考える人は多くても、なかなか行動に移せる人はいませんよ」

本心だった。

二十四時間、三百六十五日、保護犬のために活動する瀬戸を心から尊敬した。

「小谷さんだって、小武蔵君を引き取ったじゃないですか。僕と同じですよ」

瀬戸が、サークル越しにテリーのご飯を物欲しそうにみつめている小武蔵に視線を移した。

「いえ、私は小武蔵だけで精一杯です。社長みたいに、こんなに多くの保護犬達を助けることはできませんから。あなたは食べたでしょう？　もう、食いしん坊なんだから」

菜々子は瀬戸に言いつつ小武蔵を抱き上げ、テリーから引き離した。

「数じゃありません。困ってる子を目の前にしたときに小谷さんは行動して、こうして立派に小武蔵君を育てています。それに、ウチでみんなの世話をしてくれることにもなりました。僕と同じですよ」

瀬戸が柔和に眼を細めて頷いた。

「メッキが剝がれないように、精一杯頑張ります！　この子はワイルド君ですよね？」

菜々子は、テリーの隣でフードを待つ黒い長毛の雑種犬に視線を移した。

「はい。ワイルドは土手に繋がれているところを保護しました。手紙が添えられていて、大きくなり過ぎて飼えなくなったから、誰かこの子を幸せにしてあげてください、と書いてありました。本当に、信じられない話です。この子達は物ではなく、僕達と同じ、喜びも哀しみも感じる、血が通い魂の宿る生き物なんです。大きくなったからって捨てるなんて……。ご飯をちゃんと与えられていなかったのか、保護したときはガリガリに衰弱していたので、逞《たくま》しく育ってほしいという願いを込めてワイルドと名付けました」

「ご飯もあげずに繋いで捨てるなんて……」

菜々子の声は怒りに震えた。

瀬戸が保護してくれたから事なきを得たが、もし誰にも発見されずにいたら……と考えるだけで胸が張り裂けそうだった。

「哀しいかな、そういう人は跡を絶ちません。昨日も言いましたが、毎年一万頭以上の犬猫が殺処分されています。僕らにできることは、この子達の命を一頭でも多く繋ぐことです」

瀬戸はやりきれない表情で言いながら、ワイルドの前にステンレスボウルを置いた。

「そうですね。私も微力ですが、協力します！」

菜々子一人が協力したところで、一万頭の命を救えるわけではない。だが、この店で十頭ずつは救える。その十頭が里親に引き取られれば、新たな十頭の命を繋ぐことができる。

そうやって地道に、五十頭、百頭と増やしてゆけばいい。

みなが犬猫の命を人間と同等に扱う世の中になれば、一万頭……いや、死を待つ一万頭の純粋な命を救うことが可能になる。

小武蔵がお座りして、菜々子を見上げていた。

一点の曇りもない瞳……信頼しきった瞳。


大丈夫よ。もう、怖い思いをさせないから。


菜々子はアイコンタクトで語りかけた。

「ありがとうございます。ワイルドの注意事項ですが、リードにたいして恐怖心を抱いてます」

「リードにたいして恐怖心を？」

菜々子は瀬戸の言葉を鸚鵡返《おうむがえ》しにした。

「ええ。土手にリードで繫がれていたときの恐怖心が蘇るんだと思います。なので、ワイルドは首輪にではなくハーネスにリードをつけます。正確に言えば、ワイルドはリードが怖いというよりも、装着される行為に恐怖心を抱いています。散歩のときには、予《あらかじ》めリードのついたハーネスをワイルドに装着します」

「そういうことだったんですね」

菜々子は、ステンレスボウルに鼻面を突っ込み勢いよくフードを食べるワイルドに、悲痛な顔を向けた。

――傷跡が残っているわけではないからたしかなことは言えないが、ベルトに恐怖心を抱いているようなんだ。私がベルトを緩めようとしてバックルに手をかけたとき、物凄く怯えた顔になってね。確認するために別の日にベルトを見せたら、やはり激しく怯えてね。恐らく、日常的にベルトで叩かれていたんだろう。

菜々子の脳裏に真丘の声が蘇った。

小武蔵もワイルドと同じように、佐久間にベルトで叩かれていたときの恐怖が心に刻まれているのだろう。

「顔」

不意に、瀬戸が言った。

「え?」

「この子達は人間の心を読む天才です。僕達が哀しい気持ちでいると、この子達にその感情が伝わります。人間にひどい目にあわされても、恨むどころか心配してくれるんですよ。犬は、人間を愛することしかできません」

瀬戸の言葉が、菜々子の胸に染み渡った。

「でも、最初から、というわけではありません。この子達も保護してきたばかりのときは、なかなか心を開いてはくれませんでした。テリーは一ヶ月、ワイルドは三ヶ月、ゲンコツに至っては半年かかりました」

瀬戸がワイルドの隣で物欲しそうな顔でご飯を待つパグに視線を移した。

「ゲンコツ？」

ユニークな名前を、菜々子は繰り返した。

「ゲンコツ……握り拳のことをラテン語でパグナスと言います。そこから、パグという名前になったそうです。つまり、パグの顔が握り拳に似ているというのが由来ですね。だから、ゲンコツと名付けました」

「初めて知りました！　たしかに、丸い頭と皺々の額がゲンコツに似てますね！　この子は、どういった経緯で保護したんですか？」

ゲンコツが半年もの間、瀬戸に心を開かなかった理由が気になった。

「繁殖です。悪徳ブリーダーのもとで三年間、くる日もくる日も交配をさせられていたんです。交配以外のときは散歩にも連れて行って貰えず、クレートに閉じ込められっ放しでした。ご飯もろくに与えられずに、糞尿《ふんにょう》が垂れ流しの不衛生な環境で金儲《かねもう》けのために子供を産む機械にさせられていたんです。子供が産めなくなった用済みのゲンコツは保健所に持ち込まれ、殺処分二日前に僕が保護しました。三年間、一日の大半をクレートで過ごしていた影響で、ウチにきたときは既に後足が変形していました」

瀬戸がゲンコツの後足を指差した。

ゲンコツの後足は、内側に曲がっていた。

「ひどい……」

菜々子は怒りに震える声を漏らした。

許せなかった。

三年間、交配以外のときは糞尿塗れのクレートに閉じ込められる生活……空の色も風の心地よさも花の香りも知らない生活。

どんなに苦しかっただろう……どんなに寂しかっただろう。

「ほら、また暗い顔になってますよ」

瀬戸の声で、菜々子は我に返った。

ゲンコツはステンレスボウルにひしゃげた鼻を突っ込み、無我夢中にフードを食べていた。

「心を開くまで時間はかかりましたが、いまは存分に犬生を謳歌《おうか》してますよ」

瀬戸が優しい眼差しで、ゲンコツをみつめた。

「小武蔵君は、どのくらいで小谷さんに心を開きましたか？　真丘動物病院の前に捨てられていたのを、小谷さんが発見したんですよね？」

思い出したように瀬戸が訊ねてきた。

「ええ。小武蔵は、真丘先生がクレートの扉を開けたら一直線に私に駆け寄ってきました」

後足で立ち上がり、菜々子の膝を前足で引っかきながら笑顔で見上げる小武蔵の姿が脳裏に鮮明に蘇った。

「えっ、本当ですか？　小武蔵君は前の飼い主に虐待されていたのに、それはびっくりです。普通は、虐待されていた子は引き取られてから数ヶ月は心を開かないものですよ」

瀬戸が言葉通り、驚いた顔で言った。

「真丘先生も、同じようなことを言ってました」

茶々丸の生まれ変わりではないかとも……。

菜々子は眼を閉じ、記憶を巻き戻した。

——返しなさい！　洗濯したばかりなんだから！

下着をくわえてリビングルームを走り回る茶々丸を、菜々子は追いかけた。

茶々丸は尻尾を振りながらリビングルームを飛び出し、後足を滑らせながら廊下を走ると寝室に入った。

——その下着高いのよ！　一万円もしたんだからね！

必死に下着を奪い返そうとする菜々子を嘲笑《あざわら》うかのように、茶々丸は掛け布団に潜り込んだ。

――散歩から帰ってきて、足も洗っていないのに！

菜々子もベッドに乗り掛け布団を捲《めく》った。

茶々丸は俊敏な動きでベッドから降り、寝室を飛び出すと玄関に向かった。

――進路を誤ったわね！　袋の犬よ！

沓脱《くつぬ》ぎ場でドアを背に逃げ道を探す茶々丸の前に、ＰＫのときのゴールキーパーさながらに両手を広げて菜々子は立ちはだかった。

――観念しなさ……あ！

茶々丸が低い姿勢で、菜々子の股の間を潜《くぐ》り抜けた。

慌てて向きを変えた菜々子の足が縺《もつ》れ、尻もちをついた。

――痛っ！

尾骶骨《びていこつ》を痛打した菜々子が声を上げると、逃げ回っていた茶々丸が下着をくわえたまま戻ってきた。

下着を足元に落とし、茶々丸が菜々子の顔を舐めてきた。

――あなたねぇ……心配するなら、最初から逃げないでくれる？

菜々子は茶々丸を軽く睨みつけた。

――もう、涎《よだれ》でびちゃびちゃじゃない……。

菜々子は下着を手に取り、半べそ顔で言った。

――それにしてもあなたは、昨日ウチにきたばかりだとは思えないわね。もう、何年もいるみたいにやりたい放題ね。

茶々丸が首を傾げて菜々子をみつめていた。

菜々子は茶々丸に呆れた口調で語りかけたが、本当は嬉しかった。悪戯をするほど、茶々丸が菜々子を信頼してくれていることが……。

「犬を飼ったのは、小武蔵君が初めてですか？」

瀬戸の声が、菜々子の回想の扉を閉めた。

「いえ、茶々丸という保護犬を飼ってました。茶々丸も真丘動物病院の前に捨てられていたんです。小武蔵と同じで、茶々丸も会ってすぐに私に懐いてくれました。私の……大切なソウルメイトです」

菜々子は言葉を嚙み締めるように言った。

「そうでしたか。小谷さんが茶々丸君のことを現在進行形で語っているのを聞いて、特別な存在だということがわかりました。小武蔵君がすぐに小谷さんに心を開いた理由も、わかるような気がしました。小谷さんは、虹の橋の話を知ってますか？」

瀬戸が訊ねてきた。

「はい。先に旅立ったワンコやニャンコが、虹の橋のたもとで元気な頃の姿に戻って、仲間達と遊びながら飼い主がくるまで待っているというお話ですよね？」

以前、アニマルヒーラーの書いた「愛犬愛猫の死後の世界」というペットロスに苦しむ人に向けた本に、虹の橋についての話が書いてあったのだ。

「ちょっと待ってください」

菜々子はスマートフォンを取り出し、「虹の橋」とタイトルをつけたフォルダをタップした。

「これ、虹の橋について書かれたページを写真に撮ったものです」

茶々丸を失った苦しみに耐えきれなくなったときに、読んで気休めにしていたのだ。


愛するパートナーが旅立っても、哀しむ必要はありません。

なぜなら、彼らは虹の橋のたもとで、地上にいたときよりも生き生きと暮らしているからです。

虹の橋のたもとは色とりどりの花が咲き乱れる広大な草原が広がっていて、病気で死んだ子も事故で死んだ子も年老いて死んだ子も、元気な姿に戻り駆け回っています。

そこにはたくさんの仲間達がいて、美味しいご飯や新鮮な水が豊富にあり、いつも暖かな陽光が降り注いでいます。

彼らは、愛するあなたが魂の世界に旅立つときまで十年でも二十年でも待ってくれています。

愛するあなたが肉体を脱ぎ捨てると彼らが迎えにきてくれて、再会を喜びながら魂の世界に続く虹の橋を一緒に渡ります。

魂の世界……天国と呼ばれる場所で、あなたとパートナーは心ゆくまで過ごします。

「あ！　僕も虹の橋の話を知ったのは、この人の講演会に行ったときです」

瀬戸が声を弾ませた。

「なんという偶然！」

菜々子も声を弾ませた。

「アニマルヒーラーさんが言っていたことで印象深かったのは、虹の橋のたもとにいる子達は飼い主が哀しみから抜け出せなかったり、間違った道を歩みそうになったりしたときには、地上に戻してほしいと神様にお願いし、生まれ変わり姿を変えて寄り添ってくれるそうです」

「素敵なお話ですね。本当にそうだったらいいのに……」

茶々丸を思い出し、菜々子の涙腺が熱くなった。

菜々子はハンカチを取り出し、瀬戸にわからないように目頭を押さえた。

「僕はクレートを開けた瞬間に小武蔵君が小谷さんに駆け寄ったという話を聞いて、アニマルヒーラーさんの生まれ変わりの話を思い出しました」

瀬戸の言葉が、菜々子の心を震わせた。

菜々子は、お座りして尻尾を振りながら菜々子を見上げる小武蔵に視線を移した。

あなたは、もしかして本当に……。

突然、小武蔵がジャンプして菜々子のハンカチを奪い駆け出した。

「あっ、こら、待ちなさ……」

菜々子は追いかけようと踏み出しかけた足を止めた。

ハンカチをくわえ逃げ回る小武蔵に、下着をくわえて逃げ回る茶々丸の姿が重なった。

小武蔵の姿が、涙で滲んだ。

6

「アイスコーヒーとカフェオレを三卓にお願いします」

厨房《ちゅうぼう》の小窓から麻美《あさみ》が、注文されたドリンクの載ったトレイを差し出してきた。

麻美は瀬戸の妹で調理師免許を持っており、セカンドライフの厨房担当だった。三十歳だが、服装や髪形によっては大学生と言っても通用する童顔だ。

「了解です！」

菜々子はトレイを手に、三卓の二十代前半と思しきカップルのもとに向かった。

「お待たせしました」

菜々子は慎重な手つきで、アイスコーヒーを男性の前、カフェオレを女性の前に置いた。

飲食店で働くのは初めてで、二日目にバランスを崩してトレイからアイスティーのグラスを落として割ってしまった。

午前十一時。店内はカップル客のほかに、初老の男性がホットコーヒーを飲みながら、保護犬フロアのサークルで思い思いにくつろぐ保護犬達を眺めていた。

セカンドライフはカフェの体裁を取っているが、お茶やスイーツを目当てに来店する客は稀《まれ》だ。ほとんどは、保護犬を目的に訪れる客だ。

といっても全員が里親を希望しているわけではなく、単に犬が好きで触れ合いたいという理由の客も多い。

菜々子がセカンドライフで働き始めて一週間が経つが、興味本位で保護犬をかわいがる客はいても里親希望者は一人もいなかった。

もっとも、里親に名乗りを上げたからといって、すぐに保護犬を引き渡すわけではない。


——里親になるには、いくつかの条件があります。基本的に、一人暮らしの高齢の方はお断りしています。

里親の資格条件を説明する瀬戸の言葉が、脳裏に蘇った。

——一人暮らしのお年寄りこそ、ワンコが必要だと思うんですけど。

菜々子は素直な疑問を口にした。

——僕も小谷さんと同じ気持ちです。でも、現実問題として、犬を飼うには散歩と世話が必要です。この子達の余生が十年として、六十五歳の方なら七十五歳、七十歳の方なら八十歳……散歩や世話が十分にできなくなるからです。ほかに、この子達が病気になった場合には物凄い労力がかかります。冷たい言いかたに聞こえるかもしれませんが、この子達の世話を十分にできる年齢と健康状態の方でなければ引き渡しはできません。

瀬戸が複雑な顔で言った。

たしかに、瀬戸の言うとおりだった。

孤独死した居住者の部屋で犬猫の屍《しかばね》が発見されたというニュースを耳にするたびに、菜々子の胸は引き裂かれそうになったものだ。

——一目惚れした、かわいいから、という理由で、その場のノリで里親になりたいという方もお断りしています。この子達は、かわいいだけでは飼えません。言うことを聞かなかったり、吠えたり、怒ったり、病気になったり……感情のある生き物だから、かわいくない姿もたくさん見せてしまいます。そんな姿さえも愛《いと》しいと思えるような方のもとで、幸せな犬生を送ってほしいのです。

瀬戸の言葉は、菜々子の胸に深く刺さった。

人間は生後間もない子犬が老犬になってかわいがる気持ちが変わっても、犬は老犬になっても病気になっても子犬のときのままの瞳で飼い主をみつめているのだ。

ほかには、アルコール依存症やギャンブル依存症ではないか、DV癖があるかどうかの見極めも会話や挙動の中から探り、ときには、近所に聞き込みもするという。

最初に説明を受けたときには驚いたが、考えてみれば犬の大切な命を預けるのだから慎重になるのは当然だ。

逆にそれくらいの気持ちがなければ保護犬の譲渡にかかわってはならないと、菜々子は瀬戸から教えられたような気がした。

「すみません。ワンちゃん見てもいいですか？」

カップル客の女性が、菜々子に訊ねてきた。

「もちろんです。ウチは保護犬カフェですから。こちらにどうぞ」

菜々子はカップル客を保護犬フロアに案内した。

保護犬フロアに現れた菜々子の足元に、ワイルドと遊んでいた小武蔵が纏《まと》わりついてきた。

「かわいい柴犬ちゃん！　この子も保護犬ですか？」

女性が小武蔵を見て訊ねた。

「元は保護犬ですけど、私の飼い犬です。この黒い子がこのお店で保護している子です」

「なんだ、雑種か……」

菜々子はワイルドの頭を撫でながら言った。

女性の呟きに、菜々子はムッとした。

落ち着いて。あなたの悪い癖よ。

菜々子は己に言い聞かせた。

思ったことをストレートに口にしてきた性格で、友愛堂でもドゥースでもトラブルを起こしてきた。

菜々子を雇ってくれた瀬戸に、迷惑をかけるわけにはいかない。

「この子は頭がよくて、とても良い子ですよ」

菜々子は腰を屈め、ワイルドの頭を撫でた。

小武蔵が後足で立ち、菜々子の頬を舐めてアピールしてきた。

「でも、私、部屋が狭いのでもっとちっちゃい子がいいな」

女性は言いながら、サークルを見渡した。

「あ！　かわいい！　ねえねえ、こっちにきて！」

女性が彼氏の手を引き、ゲンコツのサークルの前に屈んだ。

「鼻ぺちゃでかわいい！　ねえ、この子ほしいんだけど」

女性が弾む声で彼氏に言った。

ゲンコツが短い尻尾を振りながら女性を見上げた。

「いいけど、世話はお前ができるの？　俺はバイトとバンドが忙しいから散歩とか無理だよ」

彼氏が困惑顔で言った。

「うん。大丈夫。カズはなにもしなくていいから」

女性が笑顔で言った。

「お二人は一緒に住んでいるんですか？」

菜々子は二人に訊ねた。

「はい。私達、来年結婚するんです」

嬉しそうに女性が言った。

「おめでとうございます。でも、ゲンコツを飼って彼氏さんは大丈夫なんですか？」

菜々子は女性から彼氏に視線を移した。

彼氏が困ったように女性を見た。

「大丈夫です。この子のお世話は、私が全部やりますから。ねえ、ゲンコツちゃん」

女性が彼氏の代わりに言うと、ゲンコツの頭を撫でた。

ゲンコツが、鼻をブフブフと鳴らして喜んだ。

「犬を飼うということは、子供が生まれるのと同じです。子供の面倒を母親だけがみて、父親はみないというわけにはいきませんよね？」

菜々子は、咎《とが》める口調にならないように気をつけた。

犬を迎え入れることにたいして、このカップルのような考えを持っている者は珍しくない……いや、犬は家族という意識を持っている者のほうが少ないのかもしれない。動物にたいする愛護活動への理解が深まってきたとはいえ、ほかの先進国に比べて日本はまだまだ遅れている。

「子供と犬は違いますよ。犬はペットですから」

女性があっけらかんとした口調で言った。

女性の発言に悪気がないのはわかるが、悪気がなくても飼われた犬が不幸になる場合があるのも事実だ。

「犬は人間の心に敏感な生き物ですから、一緒に住む人の一人が苦手に思っているとそれが伝わってしまいます。もう一度、彼氏さんとよく話し合ってから……」

「カズ、苦手って言っても嫌いじゃないんでしょう？」

女性が菜々子を遮り彼氏に訊ねた。

「あ、ああ、嫌いじゃないよ。でも、散歩とか世話とかは勘弁してくれよ。それなら飼ってもいいけど」

彼氏が渋々といった感じで言った。

「わかった。約束する。あの、この子を抱っこしても……」

菜々子に訊ねかけた女性が、ゲンコツの変形した後足に気づき息を呑んだ。

「この子の後足、どうしたんですか？」

女性が菜々子に訊ねてきた。

「ゲンコツは繁殖用の犬として、交配のとき以外は三年間クレートに閉じ込められっ放しの生活を強いられていたので、その後遺症です」

菜々子が言うと、ふたたび女性が息を呑んだ。

「かわいそうだけど、足が動かないんじゃ……ねえ？」

女性が助けを求めるように彼氏を見た。

「足が動かないんじゃ無理だろ」

彼氏が素っ気なく言った。

怒りの感情から、意識を逸らした。

出て行きなさい！

喉元まで込み上げた怒声を、菜々子は呑み下した。

「そうね。これじゃ散歩もできないし。ほかの子にしよう」

女性がゲンコツに興味を失ったように、ほかのサークルに視線を移した。

女性を見上げるゲンコツの哀しそうな顔に、菜々子は我慢の限界を超えた。

「ちょっと、あなた達……」

「君達に渡す子はいない」

瀬戸の厳しい声が菜々子を遮った。

「それに、ゲンコツは歩行器をつければ走ることもできる。かわいそうでもなんでもない。この子達には人間の気持ちが伝わるから、勝手に盛り上がって勝手に傷つけるのはやめてくれ」

瀬戸のこんなに怒った顔を見るのは初めてだった。

「私……そんなつもりで言ったんじゃありません」

女性が半泣きの顔で言った。

「そんな言いかた、ひどいですよ。ナオが泣いちゃったじゃないですか」

彼氏が瀬戸を非難した。

「この子も、心で泣いてるよ」

瀬戸がゲンコツを抱き上げた。

「え？」

女性と彼氏が怪訝そうに顔を見合わせた。

「料金はいらないから、帰ってくれ」

瀬戸が言うと、二人はぶつぶつと文句を言いながら店を出た。

「私より先に社長が怒るなんて、びっくりしました」

菜々子は率直な思いを口にした。

「お恥ずかしい。ゲンコツの気持ちを考えると、我慢できなくなって……」

瀬戸はバツが悪そうに頭を掻《か》いた。

「こう見えて、兄は熱い男なんですよ」

麻美がクスクスと笑いながら厨房から出てきた。

「お前は余計なことを言わないでカフェフロアに……」

「もう、里中《さとなか》さんは帰ったわよ」

麻美が瀬戸を遮り言った。

里中とは、初老の男性客のことなのだろう。

「え？　ゴタゴタで気づかなかったよ。ご挨拶もできなかったな」

瀬戸が申し訳なさそうに言った。

「あのお客様は、昔からの常連さんですか？　犬好きに見えますけど、いつも眺めているだけで保護犬フロアに行きませんよね」

菜々子がセカンドライフで働き始めてから里中は三度来店していたが、保護犬と触れ合うことはなかった。

「里中さんが最初にウチを訪れたのは、半年くらい前です。小谷さんが言うように、この子達を優しい眼で眺めているだけで保護犬フロアに足を踏み入れようとしないので、理由を訊ねたことがあるんです。十五年連れ添ったシーズーが二年前に旅立ってから、もう犬は飼わないと決めたそうです」

「二度とつらい思いをしたくなかったんですね」

菜々子は、しみじみとした口調で言った。

茶々丸を失ってからの深い闇……里中の気持ちが痛いほどわかった。

テリーとタオル引きをする小武蔵に視線を移した。小武蔵はときおり、菜々子のほうを横目で見ていた。

小武蔵との運命的な出会いがなければ、菜々子も一生犬を迎えることはなかっただろう。

「もちろん、それもあるでしょう。でも、里中さんが言うには、一番の理由は六十五歳という年齢だそうです。糖尿病も患っており、自分の思いだけで保護犬を迎えてしまったら、その子を不幸にしてしまいそうな気がする……と」

「さっきみたいなワンコを物扱いするカップルに、里中さんの爪の垢《あか》を煎じて飲ませたいわね」

麻美が吐き捨てた。

「まだまだ、そういう考えの人のほうが多いからな。長い道のりだけど、動物を物扱いするような人達の意識を変えていくのが僕らの役目だと思っている」

瀬戸が力を込めて言った。

「出た！　熱血先生！」

すかさず麻美が茶化した。

「無駄口ばかり叩いてないで、厨房に戻って在庫チェックをしろ」

瀬戸が麻美にたいして、手で追い払う仕草をした。

「はいはい。邪魔者は消えますよ。菜々子さん、半分は聞き流さないと兄の動物愛に胃もたれしますよ」

麻美が菜々子に片眼を瞑り、保護犬フロアをあとにした。

「まったく、小学生の頃となにも変わってないな」

瀬戸がため息を吐きながら、小さく首を横に振った。

言葉とは裏腹に、麻美の背中を見送る瀬戸の眼差しは優しさに満ちていた。

「仲のいいご兄妹《きょうだい》ですね」

菜々子は思いのままを口にした。

「僕が十五歳、妹が八歳のときに両親を失いまして、叔父夫婦の家に引き取られたんです。両親は中華料理店を営んでいて、二人で車に乗って材料の買い出しに出かけたときに居眠り運転のトラックに正面衝突されて……即死でした。突然の両親の死を共有することで、普通の兄妹よりも絆《きずな》が深くなったのかもしれませんね」

瀬戸が言葉を嚙み締めるように言った。

「あ、私、ごめんなさい！　変なこと訊いてしまって……ああ、いえ、変なことって、ご両親の事故のことじゃなくて……」

菜々子はしどろもどろに言葉を並べた。

「平気ですよ。もう二十年以上も前のことですから」

瀬戸が笑った。

「ありがとうございます。そう言ってもらえると助かります。でも、ここのワンコは幸せですね。優しいお二人に出会えたんですから」

本心だった。

犬は出会った人間によってその犬生が天国か地獄かが決まる。人間も親を選べないというが、たとえ不幸な家庭に生まれたとしても成長すれば家を飛び出すこともできる。だが、犬はひどい飼い主に出会ったら、成犬になっても自力で運命を変えることはできない。

だからこそ、人間が救ってあげなければならない……地獄に落とすのも人間なら、天国に導くのも人間なのだから。

「そう言ってもらえると、嬉しいです。いままでやってきたことが間違っていなかったんだなって。それから、二人じゃなくて三人ですよ。小谷さんもいますからね」

瀬戸が微笑んだ。

「いいえ、私なんてまだまだなんのお役にも立てていませんから。これから、この子達が幸せになれるように微力ですがお手伝いさせていただきますので、よろしくお願いします！」

菜々子は潑溂とした声で言うと頭を下げた。

「頭をあげてください。僕らのほうこそ、小谷さんみたいな方がウチにきてくれて感謝しています。こちらこそ、よろしくお願いします」

瀬戸に出会えて、本当によかった。

いまとなっては、ドゥースをクビになったことに感謝していた。

初めて家に連れて帰る途中で、小武蔵が菜々子をセカンドライフの前に引っ張ってきたのだ。

いつの間にか、小武蔵が足元にお座りして菜々子を見上げていた。


あなたが導いてくれたのね。


菜々子は心で小武蔵に語りかけた。

小武蔵が口を窄《すぼ》めて得意げに吠えた。

☆

「社長が戻ってくるまで、もうちょっと待ってね」

菜々子はリノリウムの床にモップ掛けしながら、サークルの縁に前足をかけて散歩を催促するミルクに声をかけた。

ミルクはクリームの短毛の中型犬の雑種で、ピンと立った三角の耳と長い口吻《こうふん》から察してシェパードの血が入っているのかもしれない。六歳の雄で、一年前に瀬戸が保健所から引き取ったという。元の飼い主が夜逃げしたマンションの部屋に置き去りにされていたミルクは、発見した管理人の通報を受けた保健所に保護されたのだ。セカンドライフに迎え入れてから三ヶ月ほどは心を開かなかったというが、いまではワイルドと一、二を争う暴れん坊だ。

ほかの保護犬達も、そわそわし始めていた。

十頭の保護犬は、瀬戸と麻美で手分けして散歩させている。

瀬戸はテリー、ゲンコツ、フブキ、サクラの四頭、麻美はモナカ、マロン、バニラの三頭だ。

ゲンコツは歩行器をつけており、テリー、フブキ、サクラは十歳を超えたシニア犬なので、若く体力のある保護犬とは散歩するときの距離も速度も違う。

一方、麻美が受け持っている三頭は五キロ以下の小型犬なので、中型犬とは歩幅が違うから一緒には散歩できないのだ。

最終便のワイルド、ミルク、テイオーの三頭は八歳以下の中型犬で、スピードもスタミナも備えており、散歩の距離も一番長いコースだ。

瀬戸と麻美が散歩に出ている間は一時的に店を閉め、菜々子は空いているサークルの中を掃除していた。

サークルは保護犬が一番長い時間を過ごす場所なので、常に清潔に保つ必要があった。トイレの際に散った尿やフードの食べかすを放置すると菌が繁殖してしまい、免疫力の落ちているシニア犬が感染症にかかる危険性が高くなるからだ。

保護犬達はサークル内に戻しているので、遊び相手がいなくなった小武蔵はつまらなそうに床にうつ伏せになりゴムボーンを齧っていた。

「あなたは私と帰りにたっぷりお散歩できるんだから、我慢してね」

菜々子はテリーのトイレトレイに水で薄めたアルコールスプレーをかけながら、小武蔵に言った。

スマートフォンの時計を見た。

ＰＭ６：15

いまは夏で日中は三十度を超える日が続いているので、体高が低く毛皮を纏った犬達が熱中症にならないように、午後の散歩を通常の四時よりも二時間遅い六時からに変更していた。

「もうすぐ、社長のほうは戻ってくるわね」

菜々子は独り言ちた。

瀬戸の連れているグループは長距離は無理なので、二十分ほどで済むコースを散歩させていた。

ドアチャイムが鳴った。

「ほら、帰ってきたわよ。次は、あなた達の番ね」

菜々子は最終便の保護犬達に言いながら、ドアに足を向けた。

「お帰りなさ……」

カフェフロアから歩いてきた男を見て、菜々子は言葉の続きを呑み込んだ。

現れたのは、瀬戸ではなく佐久間だった。小武蔵は佐久間の姿を認めるとフロアの隅へと逃げた。

「ミカエル、迎えにきたぞ」

佐久間はニヤニヤしながら小武蔵に歩み寄った。

「勝手に入ってこないでください！」

菜々子は、佐久間の前に立ち塞がった。

「ここは保護犬カフェだから、里親希望者は入ってもいいはずだが？　それに、俺はミカエルを連れ戻しにきたんだ。どけよ」

佐久間が不敵な笑みを浮かべながら、菜々子に言った。

「いまは営業中ではないし、あなたは小武蔵の飼い主ではありません！　出て行ってください！」

菜々子は臆することなく、きっぱりと言うとドアのほうを指差した。

「人の犬を勝手に連れ去っておきながら、図々《ずうずう》しい女だな。盗人猛々《ぬすっとたけだけ》しいとは、お前のことだ。痛い目にあわないうちに、早くどけ」

ドスの利いた声で、佐久間が命じてきた。

異変を察知したワイルド、ミルク、テイオーが佐久間に向かって競うように吠え立てた。

「出て行かないと、警察を呼びますよ！」

菜々子はスマートフォンを佐久間に掲げてみせた。

「盗人が警察を呼べるものなら、呼んでみろ！」

佐久間に物凄い力で肩を突かれた菜々子は、尻餅をついた。

それまでフロアの隅で震えていた小武蔵が、猛然と佐久間に飛びかかった。

「だめよっ、小武蔵！」

菜々子は叫んだ。

小武蔵は佐久間の右足の脛《すね》に咬みついた。

「痛《い》てててて！」

佐久間が絶叫した。

菜々子は立ちあがり、慌てて小武蔵を佐久間から引き離すと背後から抱き締めた。

「痛えっ、痛ぇよ！　柴犬に咬まれた！　痛ぇよ！」

佐久間が右足を抱えながら、大袈裟《おおげさ》に痛がった。

「あなたが小武蔵を無理矢理連れて行こうとするから悪いんですよ！」

菜々子は言い放った。

「お前、なにを言ってるんだ！　俺はこの柴犬に咬まれた被害者だぞ！」

佐久間が小武蔵を指差して叫んだ。

さっきから佐久間が、ミカエル、ではなく柴犬と呼び始めたことに菜々子は胸騒ぎを覚えた。

「もう一度言います。帰らないと、本当に警察を呼びますよ！」

菜々子はスマートフォンを佐久間に突きつけた。

「なら、俺は……」

佐久間も言いながら、スマートフォンを取り出した。

「保健所に通報しようか？」

「なんですって⁉」

菜々子は耳を疑った。

「犬が人を咬んだら、二十四時間以内に保健所……あ、東京は動物愛護相談センターだったな。動物愛護相談センターに咬傷《こうしょう》事件が発生したことを届ける義務がある。民法七一八条を知ってるか？」

佐久間はニヤニヤしつつ、スマートフォンを操作し始めた。

菜々子の胸騒ぎが激しくなった。

「いいか？　よく聞けよ。動物の占有者は、その動物が他人に加えた損害を賠償する責任を負う。治療費、通院交通費、休業による損害、衣類のクリーニング代や弁償代、怪我がなければ失うことのなかった利益や収入、後遺障害による損害、慰謝料……これらを被害者である俺はお前に請求できる」

「なにが損害賠償よ！　冗談じゃないわ！」

菜々子は血相を変えて叫んだ。

「はやまるな。どれどれ、犬の咬傷事件の裁判記録はどこだ……あった。平成十五年十月二十四日に出された咬傷事件の判例では、犬に咬まれた当時小学五年生の被害者が傷を負い後遺障害が残ったため、飼い主にたいして五十万二千二百七十五円の支払い命令。平成十四年一月十一日の判例では、営業先の会社で飼われていた中型犬に腕を咬まれ傷を負った被害者に、治療後も痺れなどの後遺障害が残ったため、飼い主にたいし七十四万三千四百三十四円の支払い命令が出た。どうだ？　俺が動物愛護相談センターに通報すれば、お前と柴犬は犯罪者と犯罪犬になるんだぞ？」

スマートフォンから菜々子に顔を向けると、佐久間が薄笑いを浮かべながら言った。

「ふざけないで！　この判例とあなたの場合は違うわ！」

「どこが違う？　俺は自分の飼い犬を盗んだ女の職場を訪れ、返してほしいと訴えた。女は柴犬をけしかけ俺に怪我をさせた。柴犬に咬まれた右足には痺れが残ってしまった。俺は右足の痺れで通院することになり、仕事を休まなければならなくなった。十分に咬傷事件の被害者としての資格はあると思うがな。おっと、そうだ！　証拠を残しておかないと」

佐久間は思い出したように屈み、ズボンの右足の裾を捲《まく》った。

「大変だ！　出血してるぞ！」

佐久間は大袈裟に声を上げながら、白く貧弱なふくらはぎにできた傷にスマートフォンを向けてカメラのシャッターを切った。

よく見ると、うっすらと血が滲んでいた。

「そんなのかすり傷じゃないですか⁉　それに、小武蔵をけしかけていませんし、先に私を突き飛ばしたのはあなたのほうです！」

菜々子は一歩も引かずに応戦した。

「じゃあそういうふうに、動物愛護相談センターの職員の前で言ってみるか？　俺がお前を突き飛ばした証拠などないし、柴犬に咬まれたのは事実だ。もう一つ、いいことを教えてやろうか？　事が大きくなれば困るのはそっちだ。保護犬カフェで犬がお客を咬んだという評判が広がってみろ？　咬んだ柴犬と飼い主のお前が罰を受けるのは当然だが、ここの経営者も相当なダメージを被るだろうな。ま、営業停止は免れないはずだ」

「そんな……」

菜々子は絶句した。

瀬戸のことは頭から抜けていた。

「社長は関係ありません！　これは、私とあなたの問題です！」

内心は動揺していたが、佐久間に弱みを見せたくはなかった。

「保護犬カフェのスタッフの犬がお客さんを咬んだ。社長が無関係では済まないことくらいわかるだろう？　だが、ミカエルを引き渡せば今日のことはなかったことにしてやってもいい」

「小武蔵は、あなたには渡しません！」

菜々子はきっぱりと言った。

瀬戸に迷惑がかかるのは困るが、だからといって小武蔵を卑劣な男に渡すわけにはいかない。

「じゃあ、事が大きくなって、あの偽善男の店が潰れてワンコロ達が保健所に逆戻りしてもいいってことだな？」

佐久間が卑しく笑いながら言った。

「あなたって人は……」

卑劣極まりない佐久間に、腸《はらわた》が煮え繰り返る思いだった。

できるなら、小武蔵よりもよほど佐久間に咬みついてやりたかった。

「さあ、どうする？　ミカエルを返してなにもなかったことにするか？　それとも、ここを潰してミカエルを保健所送りにするか？　好きなほうを選んでいいぞ」

佐久間が生き生きとした顔で、二者択一を迫ってきた。

小武蔵が佐久間に唸《うな》った。

「こんな最低の人を相手にしちゃだめ」

菜々子は小武蔵に言い聞かせた。

「言ってくれるじゃないか。どっちにするか、早く決めてくれ」

「あなたみたいな弱い者いじめをする人に、小武蔵は渡しません。わかりました。これから警察に行って白黒はっきりさせましょう！」

菜々子は佐久間を睨みつけた。

「保護犬カフェで働いているくせに、無知なんだな。まさか、知らないわけじゃないよな？　咬傷事件を起こした犬が殺処分になる可能性があることを」

佐久間の言葉が、菜々子の胸に突き刺さった。

「小武蔵が、殺処分の対象になるわけないじゃない！」

菜々子は、不安を打ち消すように叫んだ。

虐待していた元の飼い主に掠《かす》り傷《きず》を与えたからといって、小武蔵が殺されるはずがない。

「『東京都動物の愛護及び管理に関する条例』の第三〇条で、人を咬んだ犬の飼い主に知事は殺処分を命じることができると定められているんだよ」

佐久間の声が、凍てつく頭の中でこだました。

脅しに決まっている。小武蔵は佐久間に虐待されていたのだ。

無理矢理連れ戻しにきた佐久間を小武蔵が咬んだのは、人間で言えば正当防衛だ。

菜々子は自らに言い聞かせた。だが、もし、佐久間がでたらめを並べ立てて動物愛護相談センターの職員がそれを信じてしまったら……。

菜々子の胸に、打ち消したはずの不安が広がった。

普通に考えれば、この状況で殺処分などありえない。だが、可能性が一パーセントでもあるかぎり菜々子の不安は消えなかった。

相変わらず小武蔵は、菜々子の腕の中で犬歯を剝き出し佐久間を威嚇していた。

「なんだ？　その顔は？　また、俺を咬みたいのか？　ほれ？　ほれ？　ほれ？　咬んでみろよ」

佐久間は挑発的に言いながら、小武蔵に左腕を突き出した。

小武蔵の唸り声が大きくなった。

「だめよ！」

菜々子は小武蔵を抱き締める腕に力を込めた。次に小武蔵が佐久間を咬んだら、殺処分が現実味を帯びてくる。

策略に嵌《はま》ってはならない。

佐久間の狙いは、菜々子が小武蔵を引き渡すしかない状況を作ることなのだ。

「どうした？　唸ってるだけで、咬む勇気がないのか？　咬める勇気が出るように、もう一度この女を突き飛ばしてやろうか？　お？」

憎々しい表情で、佐久間は小武蔵への挑発を続けた。

「知事は、動物が人の生命、身体若しくは財産を侵害したとき、又は侵害するおそれがあると認めるときは、当該動物の飼い主に対し、殺処分を命じることができる。『東京都動物の愛護及び管理に関する条例』の第三〇条だ。人に説明するときは、自分に都合のいいように話をはしょるな」

いつの間にかテリー、ゲンコツ、フブキ、サクラの散歩から戻ってきていた瀬戸が佐久間に言った。

「またお前か？　はしょってもはしょらなくても、人を咬んだ犬が殺処分になることには変わりないだろうが！」

佐久間が開き直ったように言い返した。

「変わりはあるさ。話は途中からしか聞いてないが、お前が小谷さんに暴力を振るったのを見て、小武蔵君は咬みついた。危険な目にあうご主人を守るための行為で、いわば正当防衛だ。少なくとも小武蔵君の行為は、『動物が人の生命、身体若しくは財産を侵害したとき』には当たらないから殺処分になる可能性は一パーセントもない」

瀬戸が自信満々に言いきった。

「そんなもの、咬まれた後遺障害が出たと主張すればいいだけの話だ。ミカエルを返さないなら店を潰すまでだ。話を聞いてたんだろ？　保健所に通報されたくなかったら、さっさとミカエルを……」

「通報したいなら、お好きにどうぞ」

瀬戸が佐久間を遮り、余裕の表情で言った。

「は⁉　お前、そんなこと言っていいのか⁉　強がらないほうがいいぞ！　俺が保健所に通報すればミカエルは……」

「お前、意外とまぬけだな」

瀬戸がふたたび佐久間を遮り、天井の隅を指差した。

菜々子は瀬戸の指先を視線で追った。

小さなダルマのような形をした、白い機械が取り付けてあった。

「ペット用の見守りカメラだ。この子達になにか異変があったときにすぐに対応できるように、映像がスマートフォンに転送されているのさ。僕が映像を見たのはお前が小谷さんに暴力を振るったあとだが、データにはすべて保存されている。動物愛護相談センターでも警察でも、通報したければ好きにしろ。この映像を見せたらどっちの立場が不利になるか、銀行マンならわかるだろう？　今回だけは見逃してやるが、次に小谷さんと小武蔵君の前に現れたら映像を警察に持ち込むからな。わかったら、さっさと出て行ってくれ」

瀬戸は厳しい表情で言うと、出入り口を指差した。

「泥棒女と共謀してる奴がえらそうにしやがって……このままで済むと思うな！」

佐久間は捨て台詞を残し、店をあとにした。

「助けていただいて、ありがとうございます！」

菜々子は小武蔵を背後から抱き締めたまま、瀬戸に頭を下げた。

「いいえ、気づくのが遅くなってすみません。もっと早くに映像を見ていたら、小谷さんが怖い思いをしなくて済んだのに……」

瀬戸が申し訳なさそうに言った。

「とんでもない！　十分に早かったです！　それに、小武蔵が守ってくれましたから。ありがとうね！」

菜々子が言うと、小武蔵が振り返りペロペロと顔を舐めてきた。

「だけど、もう絶対にだめだよ。あの人になにを言われても、私がなにをされても、咬んじゃだめ。わかった？」

小武蔵に言うと、より激しく菜々子の顔を舐めてきた。

「今日のところは追い返せましたが、小武蔵君への執着ぶりと小谷さんへの逆恨みを見ると、警察に事情を話して映像を見せておいたほうがいいかもしれませんね。明日、一緒に警察署に行きましょう」

瀬戸が心配そうに菜々子に言った。

「そうですね。私はともかく、小武蔵になにかがあったら困りますから」

「小谷さんにも、なにかがあったら困ります！」

急に大声を出す瀬戸に、菜々子は驚いた。

不意に、心臓の鼓動が早鐘を打ち始めた。

「あ、いや、ごめんなさい、お、大声を出してしまって。せ、せっかく出会えた大切なスタッフが危険な目にあうと困りますから」

瀬戸がしどろもどろに詫びながら、菜々子に釈明した。

「あ……はい。だ、大丈夫です。ありがとう……ございます」

菜々子もしどろもどろになっていた。

「じゃあ、この子達をサークルに戻して貰ってもいいですか？　僕は最終便のメンバーの散歩に行ってきますから」

瀬戸は早口に言うと、四頭のリードを菜々子に渡してワイルドのサークルにそそくさと向かった。

そんな瀬戸の姿を見て、菜々子の口元は自然と綻んだ。

視線を感じた。

小武蔵が、菜々子を凝視していた。

「な、なによ、そんな眼で見ないでくれる？」

菜々子が言うと、小武蔵が菜々子から離れて右の後足を上げて壁にマーキングした。

「こら！　そんなところでシーシーしちゃだめでしょ⁉」

菜々子が叫ぶと、小武蔵が笑いながら逃げた。

捕まえてみて！　とでも言っているように菜々子を振り返りながら逃げ回る小武蔵の姿に、茶々丸の面影が重なった。

7

池尻大橋の商店街を抜けた小武蔵が右に曲がった。

「そっちはやめようよ」

菜々子は、目黒川《めぐろがわ》沿いに向かおうとする小武蔵に声をかけた。

小武蔵がきて三ヶ月が経つが、こっちのコースに行ったことはなかった……というより、行かなかった。

小武蔵は立ち止まり、きょとんとした顔で振り返った。

「こっちにも素敵な遊歩道はあるでしょう？」

菜々子の声を無視するように、小武蔵はふたたび目黒川沿いの方向に歩き始めた。

「そっちはいやだって」

菜々子はリードを引っ張ったが、小武蔵は四肢を踏ん張り抵抗した。今日の小武蔵は珍しく強情だった。

小武蔵は柴犬にしては我を通さずに、手のかからない子だった。

「今日にかぎって……あ……」

小武蔵がダッシュし、リードが菜々子の手からすり抜けた。

「待ちなさいってー！」

遊歩道を駆ける小武蔵を、菜々子は追った。

目黒川沿いの通りに入ると小武蔵が止まり、してやったりの表情で菜々子を待った。

「負けたわ」

菜々子はため息を吐きながら、小武蔵のリードを拾った。

考えてみれば、小武蔵が行ったことのないコースを散歩したがるのは自然の流れだ。犬は……とくに柴犬は好奇心が強い犬種なのだ。菜々子の都合で小武蔵の行く手を遮るのは、人間のエゴでしかない。

目黒川沿いの桜並木……最後に歩いた六年前は、歩道に桜色の絨毯《じゅうたん》が敷き詰められていた。

春の目黒川沿いを歩くときの茶々丸はいつにも増してテンションが上がり、桜の花びらを踏み散らしながら走り回った。

花粉症の菜々子は鼻を啜《すす》りながら、必死に茶々丸を追ったものだ。

中型犬の運動能力に勝てるわけがなく、二、三十メートルほど走ると息切れした。菜々子に限界が近づくと茶々丸は必ず歩を止め、鼻に花びらのついた顔で笑いながら振り返ったものだ。

視界を流れる桜色が茶色に変わった——茶々丸の疾走する姿が小武蔵に変わった。

茶々丸より小柄だが、小武蔵のスピードもかなりのものだった。下腹部に重い痛みを感じ、菜々子は足を止めた。生理痛に似ていたが、先週終わったばかりだ。

気ばかり若くても体は正直だ。茶々丸と最後に同じコースを走ったときより、六つ年を重ねているのだ。

心配そうな顔で振り返る小武蔵の鼻についた花びらに、菜々子は噴き出した。

「お鼻に、お土産がついてるわよ」

菜々子が笑いながら言うと、小武蔵が首を傾げた。

茶々丸との思い出が蘇るのが怖くて、目黒川沿いの散歩コースには一人のときも足を踏み入れなかったが、思ったよりも悲しみに引きずり込まれることはなかった。

いや、一人ならば決まった電柱にマーキングをする茶々丸の姿、ハトの群れに突っ込んで行く姿、木の枝をくわえて歩く姿を思い出し、つらい気持ちになったに違いない。

小武蔵のおかげだ。

小武蔵といると、蘇る茶々丸との思い出も不思議と楽しいものばかりだった。

もしかしたら小武蔵は本当に……。

菜々子は、マジマジと小武蔵の顔をみつめた。

ふたたび、腹部に鈍痛が広がった。

菜々子は腰を屈めた。

小武蔵が菜々子の膝に両前足を置き、頬を舐めてきた。

「大丈夫。走ったせいよ。少し休めば落ち着くから」

菜々子は言いながら、縁石に腰を下ろした。

小武蔵は心配なのか、菜々子にくっついてお座りした。

「よかったわ。今日が休みで」

菜々子は言った。

セカンドライフでは定休日の他は、スタッフがローテーションで休みを取っていた。三ヶ月の間に三人のボランティアが手伝いにきてくれるようになったので、ローテーションはかなり楽になった。

菜々子と麻美は週に一回は休みを貰っていたが、瀬戸は一度も休みを取っていなかった。保護犬を世話する人数が増えれば、瀬戸も休みを取りやすくなるはずだ。

佐久間も、あれから現れることはなかった。瀬戸がきつく警告した効果があったのだろう。

菜々子のデニムのヒップポケットの中で、スマートフォンが震えた。

ディスプレイに、麻美の名前が表示されていた。

「もしもし?」

『お休み中にごめんなさい。菜々子さん、いま、どこですか?』

受話口から流れてくる麻美の声は切迫していた。

「小武蔵と、目黒川沿いを散歩していました。どうかしましたか?」

嫌な予感に導かれるように菜々子は訊ねた。

『テリーが、もう、だめかもしれません』

麻美の声が震えた。

「え……」

菜々子は絶句した。

テリーは一週間ほど前から肝機能が低下して体調を崩していたが、昨日あたりから元気を取り戻しつつあった。

『朝、セカンドライフにきたらぐったりしていて、それで、兄が知り合いの獣医師さんを呼んで……』

麻美が嗚咽交じりに言った。

「いますぐ、向かいます！」

菜々子は電話を切り、立ち上がると駆け出した。

お願い、逝かないで……。

菜々子は下腹部の痛みも忘れて、全速力で走った。

小武蔵が菜々子を追い抜き、先導するように池尻大橋の商店街に向かった。

☆

「テリーは……」

息を切らした菜々子がドアを開けると、サークルの中に胡坐《あぐら》をかきテリーを抱き締める瀬戸の姿が眼に飛び込んできた。

テリーは、瀬戸の腕の中で穏やかな顔で眠っているようにも見えた。そうではないと、傍らで立ち尽くす麻美の涙が教えてくれた。

「敗血症による多臓器不全でした」

瀬戸はテリーに優しい眼差しを向けながら言った。

「敗血症……」

菜々子は呟いた。


――茶々丸は敗血症になった可能性が高い。敗血症というのは、簡単に言えば細菌が血液中に入り血圧低下、血流不足、臓器の機能不全を引き起こし、重篤化すれば死に至る病気なんだ。健康な動物なら細菌が血液に入っても免疫系の働きで排除できるけど、免疫力が落ちていると敗血症にかかりやすくなるのさ。


脳裏に蘇る真丘の言葉が、菜々子の胸を震わせた。

「テリーはシニアで免疫力が落ちていたから、散歩のときに感染した可能性が高いと先生に言われました。でも、僕は後悔していません」

瀬戸が、きっぱりと言った。

「以前の飼い主さんはテリーの眼が見えなくなってからは、一年以上散歩に連れて行かなかったようです。テリーは歩けるし、犬はもともと視力が弱く嗅覚と聴覚が優れているので、盲目になっても人間ほど歩行に支障を来《きた》しません。もちろん、飼い主さんが細心の注意を払いながら付き添うという前提ではあるけれど。ウチにきてから半年間、朝夕、二回の散歩のときのテリーは花の匂いを嗅ぎ、小鳥の囀《さえず》りを聞き、そよ風を頬に受け……いつも、とっても幸せそうな顔をしていました。テリーが好きな散歩を、僅か半年ではあったけれど欠かさずにさせてあげることができて、本当によかったです」

瀬戸がテリーの脇腹を撫でながら、柔和な顔で眼を細めた。

「テリーはセカンドライフで最期を迎えられて、幸せだったと思います」

瀬戸を慰めたわけではなく、菜々子の本音だった。

眼が見えなくなったからという人間側の勝手な理由で、一年以上も屋内に閉じ込められていたテリーにとって、瀬戸と過ごした半年は十年分の幸せに相当するだろう。

なにより、瀬戸の腕の中で最期を迎えられたのだから……。

菜々子は眼を閉じた。

お気に入りだった食パンの特大クッションに横たわる茶々丸の姿が瞼の裏に……硬く冷たくなった体の感触が腕に蘇った。

封印していたはずの感情に、心が震えた……瞼が震えた。

足に衝撃を受けた。

眼を開けた。

小武蔵が高々と尻を上げ、振り返り菜々子を見上げていた。

茶々丸の得意技のヒップアタック……。

小武蔵の顔に悪戯っぽさはなく、真剣な表情で菜々子をみつめていた。

「なにか言いたいの？」

思わず声をかけるほど、小武蔵の瞳はなにかを訴えていた。

小武蔵が真顔から一転して笑顔になり、ふたたび尻を脛にぶつけてきた。

不意に、菜々子の胸に懐かしさが込み上げた。一番幸せだった頃の気持ちを思い出した。

なにげない日常……なにげない茶々丸とのじゃれ合い。

ふっと、心が軽くなった。

すぐに、自責の念に駆られた。

茶々丸を孤独に死なせた罪を、生涯、忘れてはならない。

「いつまでも泣かないで。テリーが心配して虹の橋のたもとに行けなくなるぞ」

瀬戸が穏やかな笑みを麻美に向けながら言った。

「だって……あんまりだよ。せっかく大好きな散歩ができるようになったのに……」

麻美が声を震わせた。

「テリーは幸せな思いだけを抱いて、次のステージに進んだんだよ。ここで過ごしたのは半年だけど、重要なのは時間の長さじゃない。嬉しい、楽しいと思える瞬間があれば、穏やかな気分で旅立てるのさ。見てごらん、テリーの顔を」

瀬戸の言うように、テリーは微笑んでいるように見えた。

「それに、また会えるよ」

「え？　テリーに会える？」

瀬戸の言葉に、麻美が怪訝な顔で訊ねた。

「この子達はね、愛情を受けた人間のことを忘れないんだ。いつの日か、姿を変えて会いにきてくれるさ」

「生まれ変わるってこと？」

麻美の問いかけに瀬戸が頷いた。

「それは三年後かもしれないし、十年後かもしれないし、もっと先かもしれない。でも、愛した人が会いたいと切に願えば、性別や犬種は変わっても愛された犬は必ず姿を見せてくれると思う」

瀬戸が麻美から視線を小武蔵に移した。

菜々子を見上げながら、小武蔵が力強く吠えた。

菜々子の心臓の鼓動が早鐘を打った。

「小谷さんも、そう思いませんか？」

瀬戸が菜々子に顔を向け、微笑んだ。

☆

「ほら、遅刻しちゃうから遊んでないで返してちょうだい」

菜々子は言いながら、小武蔵が振り回していたデニムを引っ張った。

小武蔵は唸りながら、デニムの裾を咬み引っ張り返した。

「あなたと遊んでいる暇はないんだって！」

強く言うと、ようやく小武蔵がデニムの裾から口を離した。

アラームをかけ忘れ、目覚めたのは七時半だった。

セカンドライフのオープンは十時だが、保護犬達の散歩、ご飯、トイレシート交換などがあるので八時半には店に入るようにしていた。

「こっちにきて」

菜々子がハーネスを装着しようと近づくと、小武蔵が股の間をすり抜け洗面所に走った。

「待ちなさいって……」

下腹部に鈍痛が広がった。テリーが旅立った日に初めて痛みを感じたが、それからはおさまっていた。

今度こそ生理がくるのかもしれない。

小武蔵がランドリーバスケットを引っ繰り返し、散乱した洗濯物の中からバスタオルをくわえ頭を激しく振った。

「散らかさないで！」

菜々子がバスタオルの端を掴むと「待ってました」と言わんばかりに、小武蔵が後足に重心をかけて引っ張り返した。

「だから、遊んでるんじゃないって！」

菜々子が力を入れて引っ張ると、小武蔵が橇《そり》のようにフローリング床を滑った。

「は・な・し・な・さ・い！」

菜々子が思い切り引くと、小武蔵の口からバスタオルが抜けた。

小武蔵は洗面所に引き返し、散乱している洗濯物に飛び込み下着の匂いをクンクンと嗅ぎ始めた。

「ほらまた！　やめなさいっ、下着なんて汚いから！」

小武蔵は執拗《しつよう》に下着を嗅ぎ続けていた。

「やめなさいったら！」

菜々子は下着を取り上げた。

呆気なく下着を渡した小武蔵に、菜々子は拍子抜けした。

「あなたねぇ、こんなに洗濯物を散らかして……」

菜々子は言葉の続きを呑み込んだ。

小武蔵が、じっと菜々子をみつめていた。

「なによ？　そんな眼で見ないでよ。あなたが、悪いんだからね」

菜々子は言い聞かせた。

小武蔵は相変わらず、菜々子をみつめていた。

円《つぶ》らな丸い瞳……心配そうな瞳。

「急に、どうした……ヤバい！」

菜々子は小武蔵を抱き上げリビングに戻ると急いでハーネスとリードをつけ、トートバッグを手に玄関を飛び出した。

小武蔵をアスファルトに下ろした。

「さあ、急ぐわよ！」

菜々子が駆け出すと、小武蔵が四肢を踏ん張り抵抗した。

「ちょっと、もう、いい加減にしてよ！　遅刻するんだって……あ！」

ハーネスからするりと抜け出した小武蔵が、反対方向に駆け出した。

「待ちなさい！　そっちじゃないわよ！」

菜々子は血相を変えて追いかけた。小武蔵は菜々子を振り返りながら走った。

菜々子が追いつけるスピードで逃げているので、遊んでいるのだろう。

「お願いだから、止まって！」

菜々子の声を無視して、小武蔵は商店街をセカンドライフと反対方向に逃げ続けた。

「車に撥ねられちゃうから！」

菜々子が追いつきそうになると、小武蔵はスピードを上げて距離を開けた。

その繰り返しで、数十メートル進んだ。

「本当に遅刻しちゃうから……」

急に小武蔵が止まり、お座りした。

「今日のあなたは……悪ふざけが……過ぎるわよ」

菜々子は息を切らしながら、外れたハーネスを小武蔵に再装着した。

「仕事が終わったら、いくらでも遊んであげるから」

菜々子は小武蔵に言い聞かせ、リードを引いた。

小武蔵はお座りしたまま、動こうとしなかった。

「本当に本当に、怒るわよ」

菜々子は、低い声で言った。

それでも、小武蔵は動こうとしなかった。

これまでに何度も悪ふざけをしてきた小武蔵だが、菜々子が本当に困ることはしなかった。

今日の小武蔵は、いったい……。

菜々子は小武蔵の背後に視線を移した。

「白泉産婦人科」と書かれた看板があった。

「産婦人科？　私はどこも悪くないわよ。さ、行きましょう……」

小武蔵は、頑として立ち上がらなかった。

「強制執行よ！」

菜々子は小武蔵を強引に抱き上げた。

「観念しなさい」

宙で四肢をバタつかせる小武蔵を抱えたまま、菜々子はきた道を戻った。

☆

「遅れてすみません！」

菜々子はドアを開けるなり、頭を下げた。

壁かけ時計の針は、八時三十五分を指していた。

「大丈夫ですよ。九時までに間に合えば」

保護犬達に朝ご飯を出しながら、麻美が微笑んだ。

「いえ、みんなのお世話がありますから」

菜々子は小武蔵を床に下ろし、麻美が持つトレイからドッグフードの入ったステンレスボウルを手に取り、ゲンコツ、モナカ、マロン、バニラのサークルに置いた。

四頭とも小型犬だが、個体によって年齢や食欲が違うのでドッグフードの量はまちまちだ。

テリーのサークルには、大好きなザリガニのぬいぐるみをくわえたテリーの遺影と骨壺《こつつぼ》が置かれていた。遺影の横には水とテリーの好物だったリンゴ、そしてザリガニのぬいぐるみが置かれていた。

「次の保護犬がくるまでの間です」

瀬戸が菜々子に言った。

「この子達が虹の橋のたもとに旅立つたびに、いつもこうしているんですか?」

菜々子は訊ねた。

「遺影や骨壺がなくても、テリーは心の中に永遠に生きてますけどね。テリーだけじゃありません。ハナ、太郎、チョコ、ノア、クロ、ノンノ、ゴン、金太郎、ヒラリ、シロ、ケンタ、ミニ、チビ……セカンドライフを始めて十三頭の子達を見送りましたが、みんな心の中に生きてます。みんなのことを忘れたことは、一日もありません」

瀬戸の微笑みに、胸が締めつけられた。

菜々子が茶々丸のことを片時も忘れたことがないように、瀬戸も、愛し愛された子達のことを胸に刻んでいるのだ。

頬を熱いものが伝った。

「小谷さん、どうしたんですか!?」

瀬戸が驚いた顔を菜々子に向けた。

「いえ、茶々丸のことを思い出してしまって……すみません。湿っぽくしちゃって」

菜々子は泣き笑いの表情で、頬を濡《ぬ》らす涙を手の甲で拭った。

「とんでもない。僕のほうこそ、つらい記憶を思い出させてしまいすみません」

瀬戸が詫びた。

「社長が悪いわけではないですから。私が茶々丸に申し訳なく思っているだけ……」

菜々子は言葉の続きを呑み込んだ。

足元でお座りした小武蔵が、菜々子を見上げていた。

小武蔵の瞳に、茶々丸の瞳が重なった。

口を開いたが、言葉が出なかった。

菜々子は金縛りにあったように立ち尽くし、小武蔵をみつめ返した。

☆

「小谷さん、昼食を摂ってきてください」

ワイルドとタオル引きをしながら、瀬戸が言った。

「はい。じゃあ、お先に」

菜々子は言うと、先にトイレに向かった。

下着を下げた菜々子は、中腰のまま動きを止めた。

下着に付着する赤い染み……生理なのか？

菜々子は便座に腰を下ろし、用を済ませた。便器に溜まった水が、赤く染まっていた。

菜々子は首を傾げた。

いつもとは、なにかが違った。

生理の出血にしては、量が多過ぎた。

不意に、下腹部に差し込むような激痛が走った。

菜々子は前屈みになり、顔を顰《しか》めた。

額に脂汗が滲んだ。小武蔵に引っ張って行かれた産婦人科を思い出した。

あのときの小武蔵は頑なだった。

偶然なのか？　それとも……。

菜々子の胸に、えも言われぬ不安が広がった。自分が健康でいなければ、小武蔵の面倒を見られなくなってしまう。

菜々子は水を流し、トイレを出た。

「出ている間、小武蔵をよろしくお願いします」

菜々子は瀬戸に頭を下げた。

「小武蔵君の遊び相手は一杯いますから、ごゆっくり」

瀬戸が小武蔵の頭を撫でながら言った。

「いつもすみません。社長には足を向けて寝られません」

菜々子に職を与えてくれた上に小武蔵の面倒まで見てくれている瀬戸には、本当に感謝していた。

「水臭いことを言わないでください。小谷さんも小武蔵君も、ウチの家族ですから」

瀬戸が微笑み、菜々子と小武蔵を交互に見た。

「家族って、菜々子さんが奥さんで小武蔵君が子供ってこと？」

麻美が悪戯っぽい顔で、茶々を入れてきた。

「ば、馬鹿……お前、なにを言ってるんだ。小谷さんに、し、失礼だろう」

瀬戸が動揺に顔を強張らせ、しどろもどろに言った。

菜々子の顔は、お酒を一気飲みしたように熱くなった。

「あら、菜々子さん、失礼でしたか？」

麻美がニヤニヤした顔を、菜々子に向けた。

「失礼だなんて、とんでもない！　あ、いえ……私が奥さんに相応しいとかそういう意味じゃなく、社長みたいな素敵な方が……素敵って変な意味じゃなく、人間的にって意味ですっ。えっと……なに言ってるんだろう……つまり、私なんかが奥さんだなんて、逆に社長に失礼だということを言いたかったんです！」

菜々子は顔を朱に染め、懸命に説明した。

小武蔵がちぎれんばかりに尻尾を左右に振り、笑いながらコマのようにクルクルと回った。

「なによっ、あなたまで冷やかす気？」

菜々子は小武蔵を睨みつけた。

麻美が噴き出した。

「冗談ですよ。でも、お似合いですよ」

麻美が菜々子に片目を瞑り、逃げるように厨房に駆けた。

「おいっ……すみません。妹が変なこと言って……」

瀬戸が気まずそうに謝ってきた。

「いえ、私のほうこそ、なんか、失礼な感じになってしまってすみません」

菜々子も気まずそうに謝った。

「嬉しかったですよ。少なくとも僕は」

瀬戸は照れ臭そうに早口で言うと、保護犬達のトイレシートの交換を始めた。

「えっ……いまのって……」

菜々子の鼓動が高鳴った。頭を振り、馬鹿げた考えを打ち消した。

特別な意味があっての言葉ではなく、瀬戸の気遣いだ。それに菜々子にとっての瀬戸は恩人であり、そういう対象ではなかった。

小武蔵が菜々子を見上げ、激しい勢いで吠えていた。さっきまでの笑顔はなく、真剣な顔でなにかを訴えかけるように吠え続けていた。

不意に、白泉産婦人科の看板が頭に浮かんだ。

菜々子は腰を屈め、小武蔵と向き合った。

「さっきの病院に行ってくるから」

菜々子が言うと、ふたたび小武蔵が笑顔になり尻尾を振った。

「なによ？　私が病院に行くのがそんなに嬉しいわけ？」

菜々子はムッとした表情で言った。

「って、あなたに言ってもわからないか。とにかく、みんなに迷惑をかけないように、いい子でお留守番をしててね」

菜々子は小武蔵の額にキスをして、立ち上がった。

「では、小武蔵をよろしくお願いします！」

菜々子は瀬戸に言うと、小武蔵に手を振り出入り口に向かった。

小武蔵が見送りのつもりなのか、菜々子の後をついてきた。

「無事を祈ってね」

菜々子は小武蔵に笑顔で言い残し、セカンドライフをあとにした。

8

待合室のベンチソファに、菜々子は座っていた。

二週間前に受けた細胞診の検査の結果を聞きに、菜々子は白泉産婦人科を訪れていた。

あれから下腹部の痛みも出血もなかった。生理不順の影響だったのかもしれない。

菜々子はスマートフォンに送られてきた保護犬達のリストをチェックした。送られてきたのは、殺処分が三日以内に迫った保護犬ばかりだった。

テリーの空いたサークルに迎え入れる子の候補だ。

瀬戸と麻美も同じリストを見ていた。

今日中に三人で打ち合わせをし、引き取る保護犬を決めるのだった。

リストで送られてきた保護犬は十五頭……この中の一頭しか救えないことに、菜々子の胸は痛んだ。

いや、日本全国ではこの二百倍近い保護犬が殺処分されている。

菜々子は己の無力さを呪った。

できれば、すべての保護犬を救いたかったが到底無理な話だ。


――僕達と同じような行動をする人が一人でも多く増え、いつの日か命を奪われる保護犬達がいなくなるまで、こつこつと頑張りましょう。東京タワーもスカイツリーも土台から始まっているわけですからね。


瀬戸の言葉が脳裏に蘇った。

瀬戸の言う通り、菜々子にできるのは目の前にいる保護犬を一頭でも多く救うことだ。

「小谷さん、お入りください」

看護師に促され、菜々子は診療室に入った。

「細胞診の結果が出ました」

診療室の椅子に菜々子が座ると、保坂《ほさか》医師が言った。

「どうでしたか？」

検査の結果を聞くときはもっと緊張するかと思ったが、意外にも菜々子はリラックスしていた。

この二週間、体調がいいせいもあったのかもしれない。

「検査の結果、子宮頸《けい》癌でした」

保坂医師の言葉に、頭の中が白くなった。

「癌……ですか？」

自分の声が、どこか遠くから聞こえてきたような気がした。

「はい。まだ、内診や画像検査をしていないのでステージはわかりません。ですが、出血していたことを考えるとＣＴやＭＲＩ検査を急いだほうがいいでしょう」

「その検査で、ステージがわかるんですか？」

掠れた声で、菜々子は訊ねた。頭の中は、小武蔵のことで一杯だった。

もし癌が進行していたら小武蔵は……。

菜々子は、すぐに不吉な考えを打ち消した。

ネガティヴな思考に支配されたら、治るものも治らなくなってしまう。

「リンパ節転移の有無、遠隔転移……つまり、肺や肝臓などへの転移の有無などを検査します。MRI検査では、子宮の筋肉に癌がどの程度浸潤しているか、卵巣に病変が認められるかを調べます。ウチにはその設備がないので、付き合いのある総合病院に紹介状を書きます」

　淡々と説明する保坂医師の言葉は、どこか他人事《ひとごと》のように聞こえた。

　夢であってほしい……目が覚めたら自宅のベッドの上であってほしい。

　菜々子の現実逃避を打ち消すように、保坂医師が訊ねてきた。

「あの、検査はいつ受けられますか？」

「え？」

「CTとMRI検査です。できるだけ、早いほうがいいです」

「……検査にかかる時間は、どのくらいですか？」

　菜々子は訊ね返した。

「検査自体は一時間ほどで終わりますが、準備やら待ち時間も含めると、余裕を持って三、四時間は見ておいたほうがいいかと思います」

　それくらいならば、小武蔵をセカンドライフに預けて行くことができる。

　問題は、瀬戸になんと言うかだ。さすがに、子宮頸癌のステージを調べるための検査を受けに行くとは言いづらかった。

もしかしたら、セカンドライフをやめさせられるかもしれなかった。

だが、隠し通せるものではないし、癌の進行次第では入院ということもありえる。とにもかくにも、まずは検査を受けて病状を把握するのが最優先だ。

「明日でも大丈夫です」

「明日は無理だと思いますが、なるべく早く予約が取れるようにお願いしておきます」

保坂医師が言った。

いまだに、信じられなかった。

これは現実なのか？

「先生、私、いまは死ねません！」

菜々子の大声に、保坂医師がノーフレイムの眼鏡の奥の眼を見開いた。

「落ち着いてください。たとえステージⅢ期であったとしても、五年生存率は五十パーセント以上です。ステージⅢ期では子宮外に癌細胞が浸潤しているので、骨盤や背中にも痛みが走ります。小谷さんの症状を聞いているかぎり、ステージⅢ期である可能性は低いと思います」

保坂医師の言葉を聞いても、菜々子は安心できなかった。

肉体が癌細胞に侵されていることだけでも、菜々子にはショックが大き過ぎた。

「お願いします……私の癌を治してください！」

菜々子は保坂医師の瞳を見据えて懇願した。

小武蔵を路頭に迷わせるわけにはいかない。

「とにかく、落ち着いてください。現代では、癌は不治の病ではありません。まずは、検査を受けてからです」

保坂医師が冷静な声音で言った。

菜々子は眼を閉じ、震える息を吐いた。

いまはどんな慰めも、菜々子の精神安定剤にはならなかった。

「わかりました。検査日の連絡を待っていればいいんですね？」

「はい。予約が取れ次第、ご連絡致します」

「……よろしくお願いします」

菜々子は魂が抜け落ちたように力なく言うと、椅子から腰を上げ頭を下げた。

☆

白泉産婦人科から戻ってきたときには、十時四十分になっていた。

セカンドライフのドアの前に立った菜々子は、入るのを逡巡《しゅんじゅん》していた。

瀬戸には、実家の母が上京しているので少し家に戻ると嘘を吐いていた。心苦しかったが、いまは本当のことは言えない。

菜々子はドアの前に立ち、深呼吸を繰り返した。

「ただいま戻りました！」

勢いよくドアを開けながら菜々子が店内に入ると、保護犬達の吠え声の合唱が出迎えた。ワイルドとサークル越しにタオル引きをしていた小武蔵が、菜々子を認めると駆け寄ってきた。

小武蔵はじゃれつくことなく、菜々子の足元にお座りして見上げた。

菜々子は屈み、小武蔵の顔を両手で挟んだ。小武蔵が、まるで今日の出来事を知っているかのように深い瞳で菜々子をみつめた。


大丈夫だよ。僕がついているからね！


小武蔵の瞳が、菜々子に語りかけているようだった。

心が震えた、唇が震えた、涙腺が震えた……菜々子は瀬戸に涙を見られないように、小武蔵を抱きしめた。


もしかして、病気を教えてくれたの？


菜々子は心で問いかけた。

小武蔵が尻尾を振りながら、菜々子に体重を預けてきた。

言葉はなかったが、確信した。

小武蔵が、菜々子を産婦人科に導いてくれたことを……。

ありがとう……ありがとうね。あなたを絶対に一人にしないから！

菜々子は、思いを込めて小武蔵に伝えた。

小武蔵の寄りかかる体重が重くなった。

菜々子は小武蔵を抱き締めた。

「どうしました？」

瀬戸が訊ねてきた。

「いえ、なんか、込み上げてきちゃって……」

菜々子は曖昧な笑みを浮かべた顔を、瀬戸に向けた。

「お母様のことで、なにかあったんですか？」

瀬戸が心配そうに訊ねる。

「いえ、母は元気です。でも、しばらくは東京にいるみたいなので、今日みたいに中抜けしたり、少し早く上がらせて頂くことは何回かあるかもしれません」

菜々子は、瀬戸に嘘を吐く罪悪感から眼を逸らしながら言った。

放射線治療を受けるのに週に何回通院しなければならないかもわからなかったが、とりあえずいまは誤魔化すしかなかった。

瀬戸に真実を打ち明けるかどうかは、総合病院で精密検査を受けて子宮頸癌のステージが判明してからだ。

一番軽い症状のステージだと、五年生存率は九十九・一パーセントだ。

治療も卵巣を温存して子宮の一部を切除するだけなので一週間の入院で退院できる。

一週間程度なら、母を実家に送っていくという理由で休暇を取れる。

だが、放射線治療となれば最低でも二ヶ月は通院しなければならない。さすがに、それだけの期間、遅刻と早退を繰り返すのはまずい。

「全然大丈夫です！　僕や麻美がカバーしますから、この機に親孝行をしてあげてくださいね」

瀬戸が笑顔で頷いた。

微塵《みじん》の疑いも抱いていない瀬戸を欺き、菜々子の胸は痛んだ。

9

「ステージⅡ期……ですか？」

「成徳《せいとく》総合病院」の診察室の椅子に座った菜々子は、松島《まつしま》医師の言葉を繰り返した。

白泉産婦人科から紹介状を書いてもらった菜々子は、一週間前にＭＲＩ検査とＣＴ検査を受けた。

ステージⅡ期という結果に、菜々子の胸は安堵と不安が綯《な》い交《ま》ぜになっていた。

安堵……癌が末期でなかったことに。

不安……初期のステージⅠ期でなかったことに。

「ええ。詳細に言えば、ステージⅡ　A1期です。病変の大きさが四センチ以内で、骨盤壁には達していないⅡ期の中では初期の状態です」

松島医師は、シャウカステンに並べられたCT画像とMRI画像の影をペン先で指しながら説明した。

「手術で完治できますか？」

菜々子は気になっていることを質問した。

手術ならば一週間程度の入院で職場復帰できるので、実家に帰るという理由で休みを貰うつもりだった。

だが、放射線治療となれば病気を隠し通すことはできない。

「いえ、子宮外に癌が進展していますので放射線治療となります」

松島の言葉に、菜々子は眼を閉じた。

恐れていたことが現実になった。

瀬戸に子宮頸癌だと告げれば、セカンドライフに勤められなくなるかもしれない。

「放射線治療は、どういう感じになりますか？」

菜々子は眼を開け訊ねた。

まずは、菜々子自身が正確な治療スケジュールを把握する必要があった。

瀬戸にどういうふうに切り出すかは、それからの話だ。

「子宮と周囲のリンパ節の範囲に、前後左右の四方向から照射します。これを外照射と言います。治療に要する時間は十分くらいです。月曜から金曜まで毎日、合計二十五回から二十八回の治療を行います。外照射が終われば、週に一、二回のペースで三回から五回ほど腔内《くうない》照射を行います。腔内照射とは、膣《ちつ》と子宮の中にアプリケーターというチューブを挿管して、子宮内から放射線を当てる治療法です。治療中に痛みや熱さを感じることはありませんのでご安心ください」

松島医師が淡々と説明した。

医師にとって子宮頸癌は珍しくない病なのだろうが、菜々子には未知の恐怖でしかなかった。

子宮頸癌の五年生存率はⅡ期では八十パーセント近くあるが、裏を返せば命を落とす可能性も二十パーセント近くあるということだ。

不意に、小武蔵の顔が浮かんだ。

小武蔵には、菜々子しかいない。

病になど負けてはいられない。

「あの、副作用はありますか？」

菜々子は気を取り直して訊ねた。

副作用があまりに重ければ、セカンドライフでの勤務に支障を来してしまう。

その前に、瀬戸が雇い続けてくれればだが……。

「個人差もあるので、小谷さんに副作用が出るかどうかは断言できません。副作用の種類としましては、照射開始後数週間以内に起こる急性反応と数ヶ月から数年経ってから起こる晩期合併症があります。急性反応が起こった場合、倦怠《けんたい》感、下痢、吐き気、照射部位の皮膚炎、粘膜炎、直腸炎、膀胱《ぼうこう》炎などの症状が出る場合もありますが、放射線治療終了後には自然治癒します」

倦怠感は気力でカバーできても、下痢や吐き気がひどければ保護犬達の世話を満足にできなくなるかもしれない。

「わかりました。放射線治療はいつから始めるのですか？」

菜々子は、スマートフォンのカレンダーアプリを立ち上げながら質問した。

不安や恐怖にばかり囚《とら》われていれば、体力の前に気力が萎えてしまう。

小武蔵のためにも、気持ちを強く持たなければならない。


病は気から！

菜々子は自らを奮い立たせるように、心で叫んだ。

☆

「急がなきゃ！」

菜々子は池尻大橋の商店街を駆けながら、スマートフォンの時計を見た。

ＡＭ11：45
――上京している母を東京駅まで送っていくので、明日は遅れてしまいます。お昼までには出勤しますから。

瀬戸と約束した時間には間に合うが、罪悪感が菜々子の気を急《せ》かした。

セカンドライフの建物が見えてきた。

ガラス扉に、後足で立った小武蔵が張り付いていた。

「遅くなりました！」

菜々子が店内に入ると、小武蔵が後足で跳ねながら肉球タッチを膝に連発してきた。

「わかった、わかった……落ち着いて」

菜々子が腰を屈めると、小武蔵が物凄い勢いで顔を舐めてきた。

「そんなに舐めると、メイクが落ちるでしょ……やめなさいって」

いつにも増して、小武蔵の歓迎は熱烈だった。

「小武蔵君は、ママっ子ですね」

保護犬フロアから現れた瀬戸が、笑顔で言った。

「あ、おはようございます！　今日は、お時間をいただきありがとうございました！」

菜々子は立ち上がり、頭を下げた。

「お母様を無事に、送っていけましたか？」

なにげない瀬戸の言葉が、菜々子の胸に刺さった。

「そのことで、お話があるのですが……」

菜々子は切り出した。

一回目の放射線治療は、来週の月曜日の午前十時に決まった。

たとえ解雇されるにしても、これ以上、瀬戸を欺き続けるわけにはいかない。

「とりあえず、こちらへ」

瀬戸が、カフェフロアのテーブルへ菜々子を促した。

「麻美はいま、買い出しに行ってます」

瀬戸が言いながら、窓際の席に着いた。

菜々子が瀬戸の正面に座ると、足元に小武蔵がお座りした。

「なにか問題でもありましたか？」

瀬戸が、心配そうな顔で訊ねてきた。

「私、社長に嘘を吐いてました。すみません！」

　菜々子は、テーブルに額がつくほどに頭を下げた。

「小谷さん、顔を上げてください。嘘を吐いていたというのは、どういうことか話してもらえますか？」

　瀬戸が穏やかな口調で菜々子を促した。

　優しくされるほどに、菜々子の罪悪感に拍車がかかった。

「母が上京していたというのは嘘でした」

「どうして、そんな嘘を吐いたんですか？」

　相変わらず、瀬戸の口調は優しかった。だが、理由を聞いたら瀬戸も菜々子を解雇せざるを得ないだろう。

　普通のカフェなら、情に厚い瀬戸は菜々子を雇い続けてくれるに違いない。しかし、セカンドライフには保護犬達がいる。

　命を預かっている職場で、重病を患っているスタッフがいると大事故に繋がるリスクがあった。

　たとえば保護犬達の散歩中に、体調が急変しリードを離したり、倒れたりする可能性も考えられる。高齢者や持病のある人に、保護犬を譲渡しない理由と同じだ。

「実は、体調が悪くて病院で検査を受けたのですが、子宮頸癌でした」

「え……」

瀬戸が絶句した。

「幸いなことにステージⅡなので、放射線治療を受ければ完治すると言われました」

菜々子は瀬戸が深刻になり過ぎないように、病状を説明した。

「それはよかった……」

瀬戸が安堵の表情で呟いた。

「ただ、放射線照射を月曜日から金曜日の平日に受けなければならなくて、約二ヶ月は往復の時間を入れると三時間くらいは治療に取られてしまいます」

「放射線治療を受けながら、動けるんですか？」

瀬戸が訊ねてきた。

「個人差により、倦怠感、吐き気、下痢などの副作用が出る場合もあるそうです。ほかは、入浴も食事も制限はありません」

菜々子は、松島医師から受けた説明を瀬戸に伝えた。

「副作用は心配ですね」

瀬戸が考え込む表情になった。

保護犬達にもしものことがあったら……と危惧しているのだろう。

さっきまで菜々子にじゃれついていた小武蔵が、なにかを訴えかけるような瞳で瀬戸をみつめていた。

小武蔵が瀬戸を見上げる横顔……頰のハート形の斑に、茶々丸のハート形の斑が重なった。
菜々子の鼓動が高鳴った。
同じ動物病院の前に捨てられ、同じ位置に同じような形をした斑がある二頭。
たしかに、偶然にしては出来過ぎだ。だが、これは菜々子の願望に違いない。
小武蔵が茶々丸の生まれ変わりであってほしいと……。

セカンドライフや白泉産婦人科にあなたを連れて行ったのは誰？

声がした。
二ヶ所とも、菜々子を導いたのは小武蔵だった。
ただの気まぐれ？
いや、あのときの小武蔵は意思を持って菜々子を導いたように思えた。

斑の位置や形が同じじゃなくても、感じない？

また、声がした。

この子が猫でもウサギでも、瞳を見たら蘇るはずよ。

菜々子は思い出した。

懐かしい手触りを、匂いを、温《ぬく》もりを、息遣いを……。

「もし副作用がひどいときは、遠慮なく言ってください。放射線治療の間は、ゆったりとしたシフトを組みましょう。店は僕や麻美、それからボランティアの子達で回しますから心配しないでください」

瀬戸の言葉に、菜々子は我に返った。

小武蔵が尻尾をぶんぶん振りながら、瀬戸の膝に飛びついた。

「え……。私、やめなくてもいいんですか⁉」

菜々子は、思わず大声で訊ねた。

「どうして、小谷さんがやめなければならないんですか？」

瀬戸が不思議そうな顔で訊ね返してきた。

「もしかしたら、散歩中に具合が悪くなってこの子達を危険な目にあわせてしまうかもしれません」

菜々子は一番の懸念を口にした。

「小谷さんには、店内の仕事を頼みます。僕か麻美のどちらかはいますので、急に副作用の症状が出ても対応できますから。小谷さんの体調が悪いときは早退してもらって、小武蔵君はここで預かりますよ」

瀬戸は屈託のない笑顔で言いながら、小武蔵の頭を撫でた。

「私を雇い続けてもらえるだけでも申し訳ないのに、小武蔵のお世話まで頼むなんて……」

「前にも言ったじゃないですか。小谷さんも小武蔵君も家族ですから。遠慮は無用ですよ」

「社長……」

菜々子の目尻から溢れた涙が、頬を伝った。

子宮頸癌と宣告され、得体の知れない恐怖と不安に囚われていた菜々子の心に、瀬戸の優しさが染み渡った。

それまで瀬戸にじゃれついていた小武蔵が、菜々子の膝に前足をかけて心配そうな顔で見上げた。

「泣かないでください。小武蔵君が心配しますよ」

瀬戸がポケットティッシュを菜々子に差し出してきた。

「ありがとうございます。でも、お言葉に甘えてもいいんでしょうか？」

菜々子はティッシュペーパーを頬に当てながら、瀬戸に訊ねた。

「いくらでも、甘えてください。いつか、逆に僕や麻美が小谷さんに甘えるときがくるかもしれませんし。でも、家族とはそういうものじゃないですか？　これからも、よろしくお願いします」

瀬戸が笑顔で、右手を差し出してきた。

「こちらこそ、よろしくお願いします！」

瀬戸の右手を、菜々子は両手で握り頭を下げた。

「痛っ……」

瀬戸が顔を顰めた。

「あっ、ごめんなさい！　つい、力が入っちゃって……」

菜々子は慌てて両手を離した。

「小谷さんって、怪力ですね」

瀬戸が珍しく、悪戯っぽい顔で冗談を口にした。

「私が怪力じゃなくて、社長の手が繊細過ぎるんです！」

菜々子も冗談めかして、瀬戸を睨みつけた。

間を置き、瀬戸が噴き出した。

釣られるように菜々子が噴き出すと、小武蔵が甲高い声で吠えながらフロアを駆け回り始めた。

☆

「わぁ……キレイ！　小武蔵、見てごらん！」

せせらぎに沿った緑道の丸太のベンチに座った菜々子は、東京にしては珍しい闇空に煌めく星屑《ほしくず》を指差した。

菜々子の足元にお座りしている小武蔵が、空を見上げた。

「どこかに、茶々丸はいるのかな……」

菜々子は呟きながら、星屑を眺めた。

十時を過ぎた緑道にはほとんど人気はなく、せせらぎで鯉《こい》が跳ねる水音や草むらから聞こえる虫の鳴き声が静寂さを際立たせていた。

夏の酷暑から解放されて冬の寒さが訪れるまでのいまの季節が、ちょうど犬達にとって過ごしやすい気温と湿度だ。

こうして静寂に身を置いていると、歩いて十数分の距離に渋谷の街があることが信じられなかった。

十数時間前に、子宮頸癌のステージⅡ期と告げられたことも……。

小武蔵が立ち上がり、飛び跳ねながら地面に向かって吠え始めた。

菜々子は眼を凝らした。

小さなトカゲが、草むらに向かって逃げて行く姿が見えた。

「ありがとうね」

菜々子が声をかけると、口惜《くや》し気な顔で草むらのほうを見ていた小武蔵が振り返った。

「あなたが病院に連れて行ってくれなかったら、病気の発見が遅れて大変なことになっていたわ」

菜々子の足元に戻ってきた小武蔵は、嬉しそうな顔で見上げた。

「それから、セカンドライフもね。本当に素敵な人達がいる職場に連れて行ってくれたわ。あの子達のお世話ができるのも嬉しいし」

菜々子は、感謝の気持ちを小武蔵に伝えた。

小武蔵がジャンプし、菜々子の膝に乗ってきた。

「危ないでしょう⁉　怪我したらどうするの⁉」

菜々子は小武蔵の頬を両手で挟み、瞳をみつめながら言った。

小武蔵が菜々子の手を振り払い、顔を舐めてきた。

「こらっ、聞いてるの？　やめなさい……くすぐったいから……もう、こうしてやる！」

菜々子は小武蔵を足元に下ろした。

小武蔵が笑いながら、後足で地面を蹴った。

「まったく、あなたって子は楽しませてくれるわね」

菜々子は噴き出した。

子宮頸癌と宣告されてから憂鬱な気分が続いていたが、小武蔵と触れ合っているときだけは明るい気分になれた。

「私、来週から頑張るね！　早く病気を退治して、完全復活するから待っててね！」

菜々子は、小武蔵に力こぶを作ってみせた。

小武蔵が菜々子を励ますように力強く吠える声が、静寂な空間に響き渡った。

10

池尻大橋の商店街——セカンドライフに向かう菜々子の足は、鉄製のスニーカーを履いているように重かった。

足を踏み出すたびに、外照射した骨盤の周辺と腟内照射した陰部の周辺が、軽い火傷《やけど》をしたようにヒリヒリと痛んだ。

いや、ようにではなく軽い火傷と同じ状態だ。だが、我慢できないほどの痛みではなかった。

それよりも、倦怠感がひどかった。副作用なのか緊張が解けた安堵のせいなのかわからないが、小学生の頃にプールで泳いだあとのように全身がだるかった。

リニアックと呼ばれる放射線治療装置に入る前は、恐怖と不安で全身に力が入り過ぎて松島医師にリラックスするように言われた。

治療が始まると痛みを感じることはなく、十時から始めた放射線照射は十時半には終わった。

実際の照射時間は、十五分もなかった。

「最初だから、慣れてなくて疲れただけよ」

菜々子は自らに言い聞かせ、背筋を伸ばし速足で歩いた。

瀬戸や麻美に、不安を与えるわけにはいかない。

「ただいま生還しました！」

菜々子は冗談交じりに言いながら、元気よくドアを開けた。

「あ……すみません」

驚いた顔で振り返ったカフェフロアの客達に、菜々子は頭を下げた。

「菜々子さん、大丈夫でしたか⁉」

厨房から現れた麻美が、心配そうな顔で真っ先に訊ねてきた。

「はい！　ご心配かけてすみませんでした。店のほうは大丈夫でしたか？」

菜々子は首を巡らせながら訊ねた。

カフェフロアには、男性客と二人連れの女性客の三人がいた。

「菜々子さんがくる前は、一人でこの倍のお客さんをこなしていましたから」

麻美が力こぶを作ってみせた。

「すぐに仕事に入ります。社長に挨拶してきますね」

菜々子が保護犬フロアに向かうと、ワイルドやミルクと追いかけっこをしていた小武蔵が駆け寄ってきた。

「ただいまー！」

菜々子が屈み両手を広げると、小武蔵が飛び込んできた。ワイルドとミルクが小武蔵に続いた。

小武蔵に加えて中型犬二頭の体当たりに、菜々子は尻もちをついた。

「痛っ……」

照射で炎症を起こしている骨盤を床に痛打し、菜々子は声を上げた。

「小谷さんっ、大丈夫ですか⁉」

慌てて駆け寄ってきた瀬戸が、心配そうに訊ねながら菜々子の手を取り立ち上がらせた。

「すみません……」

菜々子はバツが悪そうな顔で言った。

「お前達、いきなり飛びかかったら危ないだろう？」

叱られたワイルドとミルクは、うなだれて上目遣いに瀬戸を見上げた。

「小武蔵に釣られただけですから、叱らないであげてください」

菜々子は瀬戸に言うと、ワイルドとミルクの頭を撫でた。

「あ、治療のほうは、どうでしたか？」

思い出したように瀬戸が訊ねてきた。

「はい。思ったよりさらっと終わりました」

「体調のほうは、なんともありませんか？」

「少しだるい程度で、大丈夫です！」

菜々子は潑溂とした表情で言った。

「それはよかった。でも、用心のために今日は家でゆっくり休んでください。二時にはボランティアの子もきますから」

「いえ、本当に大丈夫です！　家に閉じこもっていると、余計に具合が悪くなりそうですから。それに、メルシーとも仲良くなりたいので」

菜々子はテリーが使っていたサークルの前に行き、腰を屈めた。

「みんなと遊ばないの？」

菜々子は、サークルの隅で大きな体を丸めて座るメルシーに語りかけた。

メルシーは虹の橋のたもとに渡ったテリーのあとに迎え入れた、テリアとシェパードの血の入った六歳の雌の中型犬だ。

瀬戸、麻美、菜々子の三人で、殺処分までの日数が少ない保護犬を優先的に選んだのだった。

メルシーの最初の飼い主は、小型犬だと思い迎え入れたという。

テリアの血が濃く出ていた小柄なパピー時代と打って変わって、成犬になる頃にはシェパードの血も現れて二十キロを超える大きさになったメルシーは、飼い主の友人に譲られた。

二番目の飼い主は酒に酔うとメルシーに殴る蹴るの暴行を加え、挙句の果てに保健所に持ち込んだ。

人間不信になったメルシーは、セカンドライフにきてからもスタッフに心を開かなかった。

「こっちにおいでよ。サークルを出て、小武蔵達と遊ぼう！」

菜々子はメルシーに手招きした。

セカンドライフは午前と午後にフリータイムという時間を設け、保護犬達を三、四頭ずつ順番に一時間ほどサークルの外に出していた。

フリータイムの時間は決めていなかった。

決まった時間にしてしまうと、その時刻が近づくと保護犬達が騒ぎ始めるからだ。

因みにいまは、ワイルド、ミルク、テイオーの中型犬三頭がサークルの外に出ていた。

このあと、モナカ、マロン、バニラの小型犬、次にゲンコツ、フブキ、サクラの障害犬とシニア犬の順でフリータイムとなっていた。

メルシーは菜々子のほうを見てはいるが、サークルの隅から動こうとしなかった。

小武蔵がガムボーンをくわえて歩み寄ってきた。メルシーのサークルの前で立ち止まり、ガムボーンをくわえたまま柵の隙間に差し入れた。

メルシーが鼻をヒクヒクさせ、しばらくすると立ち上がり、ゆっくりとガムボーンに近づいてきた。

菜々子は瀬戸と顔を見合わせた。

メルシーが遠慮がちにガムボーンの端をくわえると、小武蔵が後足に体重をかけて引っ張った。

呆気なく、メルシーの口からガムボーンが外れた。

小武蔵が尻尾を振りながら、ふたたびガムボーンを柵の間に差し入れた。

メルシーがガムボーンの端をくわえると、さっきと同じように小武蔵が後足に体重をかけた。

今度はメルシーもガムボーンを離さずに、引っ張り返した。

瀬戸が菜々子の隣に座り、囁いた。

「いい感じになってきましたね」

「この子の積極的な姿は初めてですね」

菜々子も囁き返した。

小武蔵とメルシーは、互いにガムボーンを引っ張り合った。体重で勝るメルシーのパワーに、小武蔵がガムボーンを口から離した。

メルシーはガムボーンをくわえたまま、サークル内を誇らしげに歩き回っていた。

瀬戸がサークルの扉を開けると、小武蔵が飛び込んだ。

入れ替わるようにメルシーがサークルを飛び出し、保護犬フロアを駆け回った。

小武蔵がガムボーンを奪おうとメルシーを追いかけると、ワイルドとミルクが後に続いた。

逃げ回るメルシーを追いかける三頭にテイオーも加わり保護犬フロアは大運動会になった。

第二章

1

「小武蔵、行くよ！」
菜々子は小武蔵にハーネスを装着して抱っこし、外に出た。
小武蔵を地面に下ろすと、ダッシュした。菜々子も駆け出し、あとを追った。
子宮頸癌になったことが嘘のように、菜々子の体調はよかった。
放射線治療を始めて半月が経った。
菜々子に大きな副作用は見られず、セカンドドライフを休むこともなかった。
二、三十メートル走ったあたりで、突然、眩暈《めまい》に襲われた。
菜々子は立ち止まり、前屈みにしゃがんだ。視界が歪《ゆが》み、立ち上がれなかった。

駆け寄ってきた小武蔵が、心配そうに菜々子の顔を覗き込んできた。
急に、どうしたのだろうか？
体に力が入らず、意識が遠のきそうになった。
小武蔵が吠えながら、駆け出した。
「どこに……行くの……危ないから……駄目よ……」
菜々子は眩暈に抗いながら、小武蔵に声をかけた。
小武蔵の背中が、どんどん遠くなってゆく……遠くなってゆく……。
菜々子の全身から、すぅっと血の気が引いた。
視界がぼやけ、やがて闇に包まれた。

☆

小鳥の囀りが聞こえた。
菜々子は眼を開けた。
目の前に青ペンキで塗ったような青空が広がった。
菜々子は上体を起こした。
息を呑んだ。
果てしなく広がる草原に咲き誇るピンク、レッド、イエロー、ブルーの花々。

草原を駆け回る犬達、日向《ひなた》ぼっこする猫達、跳ね回るウサギ達、木の枝の上で木の実を頬張るリス達、大空を舞う小鳥達。

ここはいったい?

軽井沢《かるいざわ》かどこかの高原?

いや、そんなはずはない。

菜々子はセカンドライフに向かう途中だったのだ。

ならば夢か?

それもない。

目覚めて、支度して、家を出たことをはっきり覚えている。

じゃあ、ここはいったい……。

走り回る犬の群れから一頭が、菜々子に向かって走ってきた。

茶色の被毛で鼻の周りが黒い雑種の中型犬……。

「え……」

駆け寄ってくる中型犬を見て、菜々子は息を呑んだ。

近寄ってくる中型犬の右頬……ハート形の白い斑。

「まさか……」

中型犬……茶々丸が、菜々子の胸に飛び込んできた。

「茶々丸……どうして?」

問いかける菜々子の顔を、茶々丸がペロペロと舐めた。

「会いたかった……」

菜々子は茶々丸を抱きしめた。

茶々丸の懐かしい匂い、懐かしい舌の感触、懐かしい被毛の手触り……。

「ごめんね、最期のときに一緒にいてあげられなくて……」

菜々子は嗚咽交じりに言った。

「寂しかったでしょう……本当にごめん……」

頬を伝う涙が、茶々丸の被毛を濡らした。

茶々丸を抱きしめる腕が震えた……心が震えた。

茶々丸の鼓動を感じた。

菜々子の鼓動と重なってゆく……。

二人が一体になれた気がした。

いや、昔から一体だった。

そんな茶々丸を一人で旅立たせたのは……。


そんなふうに思わないで。

声がしたような気がした。

空耳か？

僕は寂しくなかったよ。ママは帰ってきてくれたでしょう？　それに、真丘先生のところに抱っこして連れて行ってくれたし。

間違いない。

たしかに声が聞こえた。

もしかして、茶々丸の声なのか？

「でも、そのときあなたはもう……」

僕はママと、ずっと一緒にいたよ。あのときも、いまも。

声が菜々子の言葉を遮った。

「いまも？」

そう、いまも。そしてこれからも。

声が優しく答えた。

「あなたは、ここで暮らしているんでしょう？　ここは、虹の橋のたもと？」

菜々子は訊ねてから気づいた。

ここが虹の橋のたもとということは、死んでしまったのか？

僕のことは心配しないでいいから、ママは早く戻らなきゃ。

「戻る？　どこに？」

ママのいる場所だよ。ママはまだ、ここにくるときじゃない。

「あなたと別れたくない！　茶々丸、一緒に戻ろう！」

僕は、もう戻ってるよ。

「え？　なにを言ってるの？　あなたはここにいるじゃない？」

早く僕を探して。じゃなきゃ、今度は本当のお別れになるから。

茶々丸は言い残し、犬達の群れのもとに駆け戻った。

「あなたを探す？　それは、どういう意味？　待って！」

菜々子は立ち上がり、茶々丸のあとを追いかけようとした。

靴底に強力な接着剤を塗られたように、足が動かなかった。

「茶々丸っ、待って！」


眼を開けた。

茶々丸が消えた。

ほかの動物達も、草原も消えた。

「目覚めたかい？」

聞き覚えのある声がした。

菜々子は朦朧とした意識のまま、声のほうに顔を向けた。

デスクチェアに座っていた初老の男性……真丘が立ち上がり、菜々子のほうに歩み寄ってきた。

菜々子は視線を巡らせた。

真丘動物病院の診療室のソファに、菜々子は寝ていた。

「私、どうしてここに？」

菜々子は上半身を起こしながら真丘に訊ねた。

「田中《たなか》さんが、おぶって運んできてくれたんだよ」

真丘が言った。

「田中のおじさんが？　どうしてですか？」

田中は、真丘動物病院から三十メートルほど離れた場所で営業する精肉店の主だった。

「なんにも覚えてないのかい？　菜々子ちゃんは、商店街で倒れていたんだよ。おそらく、貧血だと思う」

真丘の言葉に、菜々子の記憶の扉が開いた。

セカンドライフに向かう途中で、菜々子は突然眩暈に襲われて立ち上がれなくなったのだ。

そのまま気を失い……。

「どうして、田中のおじさんは私をここに連れてきたんですか？」

「動物病院だけど、一応医者だから私のところに連れてゆけばなんとかなると思ったんだろう」

吠えながら駆け出す小武蔵の姿が、不意に菜々子の脳裏に蘇った。

「小武蔵……小武蔵はどこですか!?」

菜々子は訊ねた。

「小武蔵も一緒だったのかい？　田中さんは、なにも言ってなかったな……」

真丘が怪訝そうに言った。

菜々子はベッドから降り、診療室を飛び出した。

「どこに行くんだい⁉　まだ無理しちゃ……」

背中を追ってくる真丘の声がフェードアウトした。

真丘動物病院を出た菜々子は、全力疾走した。

さっきも、小武蔵と急に走り出したことが原因で貧血を起こしたのかもしれない。

もしかしたら副作用の一種かもしれない。

だが、関係なかった。自らの体のことより、小武蔵の安否が気になった。

田中精肉店に向かって走りながら、小武蔵を探した。

「おじさーん！　おじさーん！」

菜々子は二十メートルほど手前から、店先に立つ田中に声をかけた。

「お、菜々子ちゃんじゃないか⁉　そんなに走って大丈夫か⁉」

田中がびっくりした顔で、菜々子に駆け寄ってきた。

「そんなことより、小武蔵はどうしました⁉」

菜々子は、息急き切って田中に訊ねた。

「小武蔵？　なんだいそれは？」

田中が怪訝な顔で首を傾げた。

「柴犬です！」

「あ！　あのワンコロか！」

田中が手を叩き、大声を張り上げた。

「小武蔵に会ったんですね⁉」

「ああ、店に戻ろうと歩いていたらワンワン吠えてきて、急に向きを変えて走り出すからついて行ったら、菜々子ちゃんが倒れてたんだよ」

「それからどうしたんですか⁉　小武蔵はどこに行ったんですか⁉」

菜々子は矢継ぎ早に訊ねた。

「菜々子ちゃんをおぶうと、ワンコロが俺の前掛けの裾を咬んで引っ張るから、ついて行ったら真丘先生の病院だったのさ。動物の先生でも医者は医者だから、菜々子ちゃんを運び込んだってわけだ。菜々子ちゃんのことで頭が一杯で、ワンコロのことはすっかり忘れてたよ」

田中が、胡麻塩《ごましお》頭を掻き毟《むし》りながら言った。

「忘れてたって……小武蔵は一緒に動物病院に入らなかったんですか⁉」

菜々子は咎める口調になっていた。

「一刻も早く菜々子ちゃんを真丘先生に見せなきゃと気が急いて、ワンコロを中に入れるのを忘れ……」

「外に出たときに、小武蔵はいなかったんですか⁉」

菜々子は田中を遮り、大声で問い詰めた。

「あ、ああ……いなかったよ。いたら、ワンコロのことを忘れていねえし……」

田中がしどろもどろに言った。

「そんな……」

菜々子の頭の中は真っ白になった。

小武蔵が菜々子を助けるために田中を呼んできてくれた……真丘動物病院に田中を案内してくれた。

なのに、小武蔵は……。

「小武蔵は……どこ？」

菜々子は放心状態で呟いた。

「小武蔵！　小武蔵！　小武蔵！」

我に返った菜々子は、小武蔵の名前を連呼しながら商店街を駆けた。


――あなたと別れたくない！　茶々丸、一緒に戻ろう！

――僕は、もう戻ってるよ。

――え？　なにを言ってるの？　あなたはここにいるじゃない？

――早く僕を探して。じゃなきゃ、今度は本当のお別れになるから。

さっき見た夢での茶々丸との会話が、菜々子の脳裏に蘇った。

夢……あれは、本当に夢だったのか？

「早く僕を探して」とは、小武蔵のことなのか？

「今度は本当のお別れになる」とは、いったい、どういうことなのか？

菜々子は頭を振った。

いまは、そんなことを考えている場合ではない。

「小武蔵……どこなの!?　小武蔵ぃーっ！」

菜々子は絶叫しながら、商店街を駆け続けた。

2

「小武蔵ー！　小武蔵ー！」

小武蔵の名前を呼びながら、菜々子は首を巡らせた。

既に池尻大橋の商店街を二往復していた。路地裏まで探したが、小武蔵の姿は見当たらなかった。

商店街の道行く人々に訊ねたが、誰も小武蔵を見かけた者はいなかった。

ヒューヒューという笛のような音……喉から漏れる息の音が聞こえた。

菜々子は商店街を抜けて、山手通りを渋谷方面に走った。視界の端を流れる景色が、かなり遅くなった。

放射線治療で炎症を起こしている子宮に痛みを感じた。それでも菜々子は、足を止めなかった。大通りに出てしまったら、車に撥ねられる可能性が高くなる。もしものことが起こる前に、小武蔵をみつけ出さなければならない。

自分のせいだ。気を失ったりしなければ、こんなことにはならなかった。

押し寄せる罪悪感を、菜々子は心から打ち払った。

いまは、罪の意識に囚われている場合ではない。

一刻も早く小武蔵を……。

臀部《でんぶ》にスマートフォンの振動が伝わった。

菜々子は足を止め、スマートフォンを手にした。ディスプレイに表示される名前を見て、菜々子はスマートフォンの通話ボタンをタップした。

『小谷さん、いま、どこですか⁉　真丘先生から連絡が入りました。小武蔵君は見つかりましたか⁉』

受話口から、瀬戸の声が流れてきた。

「いえ……まだです。いま……池尻大橋から……渋谷方面を探しています」

菜々子は、息を切らせながら言った。

『道で倒れて運び込まれてきたと聞きましたが、体は大丈夫ですか⁉　呼吸が苦しそうですけど……』

瀬戸が心配そうに訊ねてきた。

「私は……大丈夫です。息が切れてるのは……小武蔵を探して……走っていたからです」

スマートフォンを耳に当てながら、菜々子は視線を巡らせた。

『小谷さんがまた倒れたら大変なので、僕が合流するまでそこで待っててもらえますか？』

「いえ、その間に小武蔵が遠くに行ってしまいます。私は渋谷周辺を探しますから、もしお願いできるなら、社長は別のところを探してください」

瀬戸に頼むのは気が引けたが、一人より二人で探したほうが小武蔵を発見できる確率が高くなる。

『わかりました。これから探します。でも、本当に無理をしないでくださいね』

「ありがとうございます。では、これで」

菜々子は電話を切ると、ふたたび走り出した。

荒い呼吸……あのときと同じだ。

血塗れになる素足、破れそうな肺……六年前に巻き戻る記憶。

冷たくなった茶々丸を抱き締め、夜の商店街を走るあのときの自分にいまの自分が重なった。

神様……今度こそ、お願いします！　小武蔵を連れて行かないでください！

茶々丸……小武蔵を守って！

☆

目黒区の西郷山《さいごうやま》公園のベンチに、菜々子は倒れ込むように座った。

小武蔵を探し始めて三時間が過ぎた。池尻大橋、渋谷、代官山を回ったが、小武蔵は見つからなかった。

途中、瀬戸から何度か連絡が入ったが結果は同じだった。

ＬＩＮＥの通知音が鳴った。

菜々子は、弾かれたようにディスプレイに視線を落とした。麻美のアイコンをタップすると、小武蔵の画像が添付されていた。

名前　小武蔵
犬種　柴犬
体重　９キロ〜10キロ
性格　陽気で人懐っこい子です。

☆池尻大橋の商店街の真丘動物病院の前でいなくなりました。
見かけた方は、下記の番号にご連絡ください。


兄から聞きました。小武蔵君のチラシを愛犬家のインスタやXに拡散します。セカンドライフの電話番号以外に、菜々子さんと兄の携帯番号を掲載しておきましたから、情報が入ると思います！

私も、手があいたら近所を探しますから気を落とさないでください！


菜々子は麻美に電話をかけた。

『菜々子さん、体は大丈夫ですか？』

電話に出るなり、麻美が心配そうに訊ねてきた。

「体のほうはなんともありません。心配をかけてすみません。チラシ、ありがとうございます」

菜々子は礼を言った。

『水臭いこと言わないでください。小武蔵君は私達にとっても家族ですから。菜々子さん、少し休んだほうがいいですよ。体調を崩したら、放射線治療を受けられなくなりますから』

「明日、明後日は土日なので大丈夫です。それに、小武蔵が見つからないのに、私だけ休んでなんかいられません……」

スマートフォンを持つ手が震え、太腿に涙が落ちてきた。

放射線治療など、どうでもいい。体調が悪くなっても構わない。小武蔵の身になにかあったら……茶々丸のときの二の舞になってしまったら、今度こそ、生きてゆけない。

『気持ちはわかりますけど、菜々子さんにもしものことがあったら小武蔵君が哀しみます。少しだけでも、休んでください。SNSの拡散力には凄いものがありますし、愛犬家の人達の結束力は強いですから、小武蔵君は必ず見つかりますよ』

麻美の気持ちはありがたかった。だが、いまの菜々子には自分の身を気遣う余裕はなかった。

「もう少し探したら休みます。それじゃあ、なにかわかったら連絡ください」

菜々子は電話を切るとベンチから腰を上げ、園内を駆けた。

麻美には申し訳ないが、休む気はなかった。

菜々子は、雑木林に足を踏み入れた。

「痛っ……」

木の枝で腕を切った。

——放射線治療で免疫力が下がっているので、口にするものや怪我には気をつけてください。細菌やウイルスに感染したら、治療を中断しなければならなくなりますから。

松島医師の言葉が脳裏に蘇った。

放射線治療の中断がなにを意味するのか、もちろんわかっていた。

わかっていたが、菜々子にとってなによりも大切なことは小武蔵をみつけ出すことだ。

「小武蔵ー！　どこなの!?　小武蔵ー！」

菜々子は大声で小武蔵の名を呼びながら、雑木林を探し回った。

顔に絡んできた蜘蛛《くも》の巣を払い除《の》けた。蜘蛛が大嫌いな菜々子は、いつもなら悲鳴をあげていたところだ。

「小武蔵……」

掌の中で震えるスマートフォン。

菜々子はディスプレイに視線を落とした。

瀬戸からだった。

「小武蔵は見つかりましたか!?」

通話ボタンをタップするなり、菜々子は訊ねた。

『いえ、でも、真丘先生から小武蔵君の情報が入りました』

「真丘先生が、小武蔵をみつけたんですか!?」

菜々子は、スマートフォンを耳に当てたまま身を乗り出した。

『小谷さん、落ち着いて聞いてください』

瀬戸の硬い声が、菜々子を不安にさせた。

「小武蔵になにかあったんですか⁉　まさか……車に撥ねられたんですか⁉」

菜々子は矢継ぎ早に訊ねた。

スマートフォンを持つ手が汗ばみ、小刻みに震えた。

『事故ではありません』

「よかった……」

菜々子は胸を撫で下ろした。

『小武蔵君は、連れ去られたようです』

「え……」

瞬間、菜々子の思考が停止した。

頭の中が真っ白に染まった。

「連れ去られたって……どういうことですか⁉」

我に返った菜々子は、問い詰めるような口調で瀬戸に訊ねた。

『真丘動物病院の隣の歯医者さんの防犯カメラに、小武蔵君が連れ去られるところが映っていたそうです』

「誰が小武蔵を連れ去ったんですか⁉」

菜々子は、思わず大声を出していた。

『いま、どこですか？』

「西郷山公園の雑木林ですけど……あの、小武蔵は誰が連れ去ったんですか⁉」

『十分以内にそちらに行きます。出口近くのベンチで待っててください。話の続きは、会ってからします』

瀬戸は一方的に言い残し、電話を切った。

「もしもし⁉　社長⁉　もしもし⁉」

菜々子はすぐに電話をかけ直したが、瀬戸は出なかった。

「誰が小武蔵を誘拐したのよ！」

菜々子は叫びながら、雑木林を出て瀬戸に指定されたベンチに向かった。

「小武蔵を無事に返してください……私は小武蔵と暮らせるだけの命があれば十分です！　どうか、小武蔵を……小武蔵を守ってください！　お願いします、お願いしますっ、お願いします！」

菜々子は天を見上げ、祈り続けた。

遊んでいる子供達、子供達の母親、デート中のカップル……みなの好奇の視線が集まった。

構わず祈り続けた。祈り続ければ、小武蔵に危害が加えられないと信じて……。

「小谷さん」

菜々子が振り返ると、瀬戸が立っていた。

「社長っ、誰が小武蔵を……」

「これから、犯人のところに行きます」

瀬戸が菜々子を遮り言った。

「え⁉　小武蔵の居場所がわかったんですか⁉」

「小武蔵君がそこにいるかはわかりませんが、犯人はいるはずです。タクシーを待たせているので、急ぎましょう」

瀬戸は菜々子を促し公園を出ると、路肩に停《と》まっていたタクシーに乗った。

菜々子も瀬戸のあとに続き、後部座席に乗った。

「社長、どこに行くんですか？」

「小武蔵君の、元の飼い主のところです」

瀬戸が厳しい表情で言った。

「えっ！　まさか……」

菜々子は絶句した。

誘拐犯は、小武蔵を虐待していた佐久間……。

「小武蔵が……小武蔵が危険です！　運転手さん、急いでください！」

菜々子は叫んだ。

早くしなければ、小武蔵がひどい目にあってしまう。早く、早く……。

「急いでくださいって、まだ行き先を……」

「早く車を出してください！」

菜々子は理性を失っていた。

一秒でも早く、小武蔵を救い出すことしか頭になかった。

「赤坂の葵銀行までお願いします」

瀬戸が行き先を告げると、運転手が舌を鳴らしながら車を発進させた。

「佐久間には僕が話をしますので、任せてください。感情的になって話がこじれたら厄介ですからね。速やかに小武蔵君を取り戻すことを最優先に考えましょう」

瀬戸が諭すように言った。

「小武蔵を連れ去ったのは、あの男に間違いないんですよね？」

菜々子は訊ねた。

画質の粗い防犯カメラの映像だと、見間違いという可能性もある。

「転送してもらった映像です」

瀬戸が言いながら、スマートフォンのディスプレイを菜々子に向けた。

抵抗する小武蔵を強引に抱き上げ、クレートに入れるスーツ姿の男性……佐久間の顔がはっきりと映っていた。

「ひどい……小武蔵になんてことを！」

菜々子の怒声が、車内に響き渡った。

「クレートを用意していたということは、計画的な犯行でしょう。どこで小谷さんと小武蔵君を見かけたかはわかりませんが、佐久間が犯人なのは間違いありません」

「証拠があるなら、警察に通報しましょう！」

「待ってください」

スマートフォンを取り出そうとした菜々子の手を、瀬戸が押さえた。

「通報しないんですか⁉」

「いえ。事を荒立てて自棄《やけ》になられたら、小武蔵君に危害が及ぶかもしれません。通報は小武蔵君を救出してからにしましょう」

たしかに、瀬戸の言う通りだった。

小武蔵を連れ戻しにきたときの佐久間の粗暴な振る舞いを見ていると、なにをしでかすかわからない。

「彼には立場があります。職場で話をすれば、ほかの行員の眼もあるので無謀な真似《まね》はできないはずです。行員にとってトラブルは命取りです。とくに、彼は課長ですから今回のことがバレたら、降格どころか解雇でしょうね」

瀬戸が冷静な口調で言った。

感情がすぐに出てしまい失敗を重ねてきた菜々子にとって、冷静沈着な瀬戸は頼もしい存在だった。

「わかりました。社長にお任せします」

小武蔵を虐待し、捨て、誘拐し……絶対に許せなかった。

いままでの菜々子なら、佐久間と顔を合わせるなり摑みかかってしまうだろう。だが、今回は耐えなければならない。広告代理店やアロマショップで、クライアントや客を怒らせてトラブルになったのとは次元が違う。

小武蔵を無事に救出するために、感情のまま動くことはできない。

菜々子は眼を閉じ、逸《はや》る気持ちを抑えた。

☆

「すみません。佐久間課長はいらっしゃいますか？」

瀬戸が案内係の女性スタッフに訊ねた。

「アポイントは、お取りになっておられますでしょうか？」

「いいえ」

「申し訳ございません。アポイントのないお客様とは……」

「佐久間課長に、飼い犬の情報が入ったらすぐに報《しら》せてくださいと言われていましたので」

瀬戸が女性スタッフを遮り、でたらめを並べた。

「佐久間課長の飼い犬……ですか？」

女性スタッフが、怪訝そうに訊ね返してきた。

「私は、保護犬施設セカンドライフの代表を務めている瀬戸と申します。佐久間課長の飼い犬の小武蔵君が、行方不明になり依頼を受けていました。小武蔵君らしき柴犬の居場所がわかりましたので、佐久間課長に確認していただこうと思いまして」

「いま、佐久間に伝えてきますので、こちらでお待ちください」

女性スタッフが、瀬戸と菜々子をベンチチェアに促し踵を返した。

「僕を嘘吐きだと思わないでくださいね」

瀬戸が、冗談とも本気ともつかない口調で言った。

「思いませんよ。でも、意外でした。社長は嘘が下手な人だというイメージがありましたから」

菜々子は、率直な思いを口にした。

「昔は、そうでした。でも、いまの仕事を始めるようになってわかったんです。あの子達を虐げたり飼育放棄したりするような人達を相手にするには、ときには嘘を吐く必要もあるって。愛情だけでは、あの子達を守ることはできないって」

瀬戸の言葉が、菜々子の胸に刺さった。

瀬戸の言う通りだ。

佐久間みたいな非道な男と渡り合うには、正直であることはマイナスにしかならない。

「でも、あの男は出てきますかね？」

菜々子は、行員フロアに視線を向けながら言った。

女性スタッフは、フロアの奥のドアの向こう側へと消えた。恐らく、奥の部屋にいるに違いない。

「小武蔵君を連れ去ったことが僕達にバレたとわかった以上、無視はできないはずです。職場で騒ぎになれば、困るのは……ほら、噂《うわさ》をすればなんとやらです」

瀬戸の視線を菜々子は追った。

行員フロアから佐久間が現れ、菜々子達のもとに歩み寄ってきた。

「佐久間です。飼い犬の件と聞きましたが、どのようなことでしょう？」

周囲の眼を気にしているのだろう、佐久間の物腰はセカンドライフで菜々子に暴言を吐いた男と同一人物とは思えなかった。

「小武蔵君の件ですよ」

ベンチチェアから立ち上がり、瀬戸が言った。

「そのワンちゃんは、お客様達が飼っていらっしゃる子ですよね？」

佐久間が柔和な笑顔で、白々しく訊ねてきた。

小武蔵を連れ去ったことが、バレていないと思っているのだろう。

「あなたと言葉遊びをするつもりはありません。単刀直入に言います。小武蔵君を返してください」

瀬戸が抑揚のない口調で言った。

「冗談はやめてください。小武蔵君とかいうワンちゃんが、ウチにいるわけはないでしょう？」

佐久間は笑顔を絶やさずに、シラを切り続けた。

佐久間は、小武蔵を虐待するために連れ去ったに違いない。

早く小武蔵を助けなければ……。

込み上げる焦燥——堪えた。

込み上げる激憤——堪えた。

菜々子は奥歯を嚙みしめ、平常心を保った。

「この動画を見ても、同じ言葉を繰り返しますか？」

瀬戸が、佐久間の顔の前にスマートフォンを突きつけた。

「えっ……」

佐久間が絶句した。

「防犯カメラの映像です。小武蔵君を連れ去っている男性は、間違いなく佐久間さんですよね？」

「お、お客様、お話の続きはこちらで……」

動揺に強張った顔で、佐久間が瀬戸を外に促した。

菜々子は立ち上がり、二人に続いて外に出た。

銀行から十メートルほど離れた路地裏で、佐久間は足を止めた。

「お前ら、職場にまで乗り込んできて、どういうつもりだ！」

行内にいるときとは打って変わった表情と口調で、佐久間が瀬戸と菜々子に食ってかかってきた。

「その言葉、あなたにそっくり返します。どうして、小武蔵君を連れ去ったのですか？」

対照的に、瀬戸は冷静な口調で訊ねた。

「俺はそんなことしてねえ！　その動画に映ってる男は、俺に似ているが別人だ」

佐久間が開き直りシラを切った。

「おかしいですね。どう見ても、映像の人物は佐久間さんなんですけどね。わかりました。では、佐久間さんと毎日顔を合わせている部下の人達に確認してもらいます」

瀬戸は一方的に言うと、きた道を引き返した。

「ちょ……ちょっと待てよ！」

佐久間が瀬戸の腕を摑んだ。

「どうしてです？　映像の人物があなたじゃなければ、見せても平気でしょう？」

瀬戸が振り返り、佐久間を試すように見据えた。

「この野郎……人の足元を見やがってっ」

佐久間が舌打ちをして吐き捨てた。

「言いたいことがそれだけなら、銀行に……」

「わかったわかった！　わかったから待て！」

足を踏み出そうとした瀬戸に、佐久間がやけくそ気味に言った。

「あなたが小武蔵君を連れ去ったことを認めるんですね？」

間髪容《い》れずに瀬戸が訊ねた。

「ああ、そうだよ」

不貞腐《ふてくさ》れた顔で佐久間が認めた。

「小武蔵を傷つけてないでしょうね！」

それまで口を出さなかった菜々子だが、たまらず佐久間に詰め寄った。

「傷つけてねえよ！　人聞きの悪いことを言うなっ」

佐久間が、逆ギレ気味に言った。

「あなたは小武蔵を虐待していた人でしょう！　疑われて当然だわ！　もし、小武蔵の身になにかあったら……」

「小谷さん」

瀬戸が、菜々子を遮り、小さく首を横に振った。

瀬戸が、菜々子の失いかけていた平常心を取り戻してくれた。

佐久間が小武蔵を連れ去ったことを認めても、それで終わりではない。

小武蔵を無事に連れ戻さないかぎり、安心はできないのだ。

「どうして、そんなことをしたんですか？　これは犯罪ですよ」

瀬戸が質問を再開した。

「どうしてって、あれは元々俺の犬だ。俺が俺の犬を取り戻すことが犯罪になるのか⁉」

ふたたび、佐久間が開き直った。

「いまから銀行に戻って行員達にすべてを話しても、同じことが言えますか？」

瀬戸の言葉に、佐久間が表情を失った。

「佐久間さん、これが最後のチャンスです。速やかに小武蔵君を返せば、銀行にはなにも言いません。ですが、あくまでも小武蔵君を返さないというのなら、葵銀行の頭取にこの動画を……」

「悪かった！　この通りだ！　許してくれ！」

佐久間が頭を下げた。

「謝罪より、小武蔵君を返してください」

瀬戸が淡々とした口調で言った。

「それが……」

頭を上げた佐久間の顔は蒼白だった。

「それが……どうしたの⁉」

菜々子は佐久間に詰め寄った。

「いなくなった……」

佐久間が消え入りそうな声で言った。

「いなくなった⁉　いなくなったって、どういう意味よ⁉」

菜々子は佐久間のスーツの襟元を摑んだ。

とてつもない胸騒ぎがした。

「家に着いて車からクレートを運ぼうとしたときに扉の鍵が開いてて、それで……」

言い淀《よど》む佐久間――胸騒ぎに拍車がかかった。

「それで、どうしたのよ⁉」

菜々子は叫んだ。

「逃げたよ……」

「逃げたってどこに⁉　どこに逃げたのよ⁉」

菜々子は、佐久間のスーツの襟元を摑んだ腕を激しく前後に動かした。

「逃げちまったんだから、知るわけないだろ……」

「どこに逃げたか……」

「小谷さん、僕に任せてください」

瀬戸が菜々子の手を佐久間の襟元から離しながら言った。

「免許証を出してください。逃げ出した場所から探します」

瀬戸が言うと、佐久間が財布を取り出し運転免許証を差し出した。

「港《みなと》区の高輪《たかなわ》で、小武蔵君は逃げ出したんですね？」

瀬戸は運転免許証をスマートフォンのカメラで撮影すると、佐久間に返しながら確認した。

「そうだ。なあ、正直に話したから、銀行のほうには内密にしてくれよ。犬コロのことでクビになったら、洒落《しゃれ》にならない……」

菜々子は、佐久間の頬を張った。

「お前っ、なにする……」

「あなたっ、自分が小武蔵になにをしたかわかってるの！」

菜々子は佐久間に激しく詰め寄った。

「小谷さん、こんな男を相手にしている暇はありません。小武蔵君を探しに行きましょう！」

瀬戸が菜々子の手を引き、大通りに向かった。

ほどなくすると、空車のタクシーが現れた。

☆

セカンドライフのロゴの入ったバンは、邸宅が建ち並ぶ高輪の住宅街を走っていた。

葵銀行の前からタクシーを拾いセカンドライフに戻り、バンに乗り換えた菜々子と瀬戸は佐久間の自宅マンションのある高輪四丁目方面に向かった。

「小武蔵ぃーー！　小武蔵ぃーー！」

菜々子は助手席の窓から顔を出し、小武蔵を探した。

五時を過ぎ、あたりはだんだんと薄暗くなってきた。日が暮れる前に小武蔵をみつけなければ……。

背筋を這《は》い上がる焦燥感……菜々子は、涙を堪えた。泣くのは、小武蔵の身になにかが起こったときだ。

小武蔵は無事に探し出せる……だから、泣く必要はない。

「佐久間の話が本当なら、小武蔵が脱走して五時間以上が経ちます。もう、この近所にはいない可能性がありますね。四丁目を離れて周辺を流しましょう」

瀬戸が言った。

三丁目、二丁目、一丁目……大通りや路地の隅々までバンを走らせているうちに、二時間が過ぎた。

菜々子はスマートフォンを取り出し、バンに乗ってから五度目の電話を麻美にかけた。

「なにか情報は入りましたか？」

電話が通じるなり、菜々子は訊ねた。

『残念ですけど、まだです』

予想通りの答えが返ってきた。

小武蔵の情報が入ったなら、麻美のほうから連絡があるはずだ。わかってはいたが、なにかをしなければどうにかなってしまいそうだった。

「そうですか……忙しいときに、何度もすみません」

『謝らないでください。家族を探すのは当然のことです。菜々子さん、気を落とさないでくださいね。離れていても、小武蔵君に気持ちが伝わってしまいますから。じゃあ、いったん切りますね』

菜々子は、しばらくスマートフォンに視線を落としていた。

麻美の言う通りだ。小武蔵は菜々子よりももっと不安な状態のはずなのに、一人で頑張っているのだ。

ディスプレイに真丘の名前が表示された。真丘には、佐久間の自宅マンションの周辺を探すと伝えてあった。

菜々子は電話に出た。

『また、会えるよ』

開口一番、真丘が言った。

「え？　なにか情報が入ったんですか⁉」

菜々子は、スマートフォンを耳に当てたまま身を乗り出した。

『いや、まだなにも』

真丘の言葉に、菜々子はため息を吐いた。

『がっかりさせたみたいだね。でも、気休めで言ったんじゃないよ。また、必ず会えるから』

「どうして、そう言いきれるんですか⁉」

思わず語気が強くなり、瀬戸が驚いた顔を向けた。

「あ、すみません……私、動転していたので真丘先生に八つ当たりしちゃって……」

『いいんだよ。大切な家族が行方不明になったんだから、動転するのも仕方のないことだ』

気を悪くしたふうもなく、真丘が言った。

「あの、また、必ず会えるっていうのは……」

『小武蔵は、菜々子ちゃんを守るために生まれてきた。いや、生まれ変わってきた。私は、そう信じているから』

菜々子のスマートフォンを持つ手が震えた。

『それなのに、君を残したまま いなくなるわけないだろう?』

真丘の優しい声が、菜々子の胸に染みた。

「ありがとう……先生」

菜々子は、掠れた声を絞り出した。

小武蔵は茶々丸の生まれ変わり……。

そうかもしれないと思うたびに、違うと言い聞かせてきた。

そうだと認めたら、孤独に逝かせた茶々丸に申し訳ないと思っていた。

そうだと認めたら、罪の意識から逃げることになると思っていた。

『そんな気分ではないだろうが、今夜は帰って休みなさい。知り合いのペット探偵にも頼んであるし、また、明日、朝から探せばいい。小武蔵のためにも、君が倒れるわけにはいかないからね』

「……本当に、ありがとうございます」

『じゃあ、これで』

真丘が電話を切った途端に、涙が溢れてきた。

「どうしたんですか？」

瀬戸が心配そうに訊ねながら、バンを路肩に寄せて停めた。

「すみません……大丈夫です」

瀬戸に心配をかけてしまうから、泣いてはいけない。わかってはいたが、涙が止まらなかった。

「小武蔵君は必ず見つかりますから」

瀬戸の気遣いの言葉が、菜々子の固く閉ざしていた心の鍵を壊した。

「私のせいで……茶々丸は死んだんです！　小武蔵に、もしものことがあったら……私は……どうすれば！」

車内に菜々子の叫び声が響き渡った。

感情を抑えきれなかった。

「茶々丸君は前に飼っていた子ですよね？」

菜々子とは対照的に、瀬戸が物静かな声で訊ねてきた。

「そうです……茶々丸が苦しんでいるときに、私は呑気に会食に出席していたんです！」

菜々子は封印していた感情のすべてをさらけ出した。

「もしよければ、僕に茶々丸君のことを教えていただけますか?」

菜々子は、六年前の悪夢を瀬戸に話した。

茶々丸を一人で旅立たせてしまった後悔、抜け殻の五年間、小武蔵との運命的な再会
……菜々子の話を、瀬戸は眼を閉じて聞いていた。

「それは、つらい思い出ですね」

瀬戸が眼を閉じたまま言った。

「え?」

菜々子は、瀬戸の思い出という表現に違和感を覚えた。

菜々子にとってあの日の出来事は忘れてはならない記憶であり、思い出と呼ぶには残酷過ぎた。

「小谷さんは茶々丸君を大切に想っていた。茶々丸君も小谷さんを大切に想っていた。互いを想い合う二人の間に起こった出来事は、楽しいこともつらいこともすべて大切な思い出ですよ」

瀬戸が眼を開け、菜々子をみつめ微笑んだ。

「すべて大切な思い出……」

菜々子は瀬戸の言葉を繰り返した。

「あ、なんか、ドラマの俳優みたいに格好をつけたことを言いましたね」

瀬戸が照れ臭そうに笑った。

「ついでに、もう少し格好をつけさせてください。茶々丸君の最期を看取れなかったことを悔いるのは……」

「わかってます。だから、それ以上は言わないでください」

菜々子は瀬戸を遮った。

それが正しいことかどうかはわからないが、茶々丸を忘れることも、ましてや自分を許すことなどできなかった。

「いえ、言います。悔いるのは、やめなくてもいいと思います」

菜々子は俯いていた顔を、弾かれたように瀬戸に向けた。

「僕も、過去に何度か同じような経験をしています。最期を看取ってあげられなかった子達のことは、いまでも思い出すと胸が痛みます。だから、後悔を無理にやめようとする必要はないと思います。それだけ、茶々丸君への愛情が深かった証です。気が済むまで、哀しんでください。でも、これだけは忘れないでほしいんです。茶々丸君も僕が看取れなかった子達も、楽しい思い出だけを胸に旅立っています。あの子達は、僕達人間にとって天使のような存在ですから」

瀬戸が微笑み、頷いた。

ふたたび、涙が頬を伝った。今度は、哀しみではなく感動の涙が……。

「あ、それから、小武蔵君に茶々丸君と同じ思いをさせたくない……そんなふうに思う必要はありませんよ」

「どうしてですか？　さっき、茶々丸にたいしての罪悪感を無理に捨てる必要はないって……」

「ええ、言いましたよ。小谷さんには、僕の言葉の意味がわかっているはずです」

瀬戸が意味深な口調で言った。

——小武蔵は、菜々子ちゃんを守るために生まれてきた。いや、生まれ変わってきた。

私は、そう信じているから。


不意に、真丘の言葉が蘇った。

「それは……」

菜々子のスマートフォンが振動した。

「麻美さんからです」

菜々子は瀬戸に告げると、通話ボタンをタップした。

『菜々子さん！　小武蔵君の情報が入りました！』

興奮した麻美の大声が、受話口から流れてきた。

「え⁉　どこですか⁉」

菜々子も、負けないくらいの大声で訊ねた。

『赤坂見附《あかさかみつけ》駅近くの焼肉店の店員さんが、裏口に野良猫用に置いていたタッパーの水を飲んでいた柴犬を、保護してくれたそうですっ。ＳＮＳの迷い犬情報を見てくれていたみたいで、写真を送ってくれました！　いま送ったので、確認してくださいっ。黄色いハーネスとリードをつけているので、小武蔵君に間違いないと思います！　焼肉店の住所もＬＩＮＥしておきましたから、確認したら迎えに行ってあげてください！』

「わかりました！　また、電話しますね！　小武蔵が赤坂の焼肉店の店員さんに保護されたそうです！」

電話を切った菜々子は興奮した口調で瀬戸に伝えながら、麻美のＬＩＮＥのアイコンを開いた。

店員らしき男性に黄色いリードを握られた柴犬……体が汚れて顔に覇気がないが、間違いなく小武蔵だった。

「小武蔵！　小武蔵が無事でした！」

菜々子は涙声で叫びながら、スマートフォンに表示された画像を瀬戸に向けた。

「住所を教えてください。赤坂に急ぎましょう！」

瀬戸がバンを発進させた。

もう少しの辛抱よ！　待っててね！

菜々子は小武蔵……茶々丸に心で語りかけた。

3

《焼肉一番星《いちばんぼし》》

菜々子は、麻美から送られてきた画像と車窓越しの店を見比べた。

「ここです！　行きましょう！」

菜々子は、助手席のドアを勢いよく開け車を降りると、焼肉店のガラス扉を引いた。

「いらっしゃい……」

「すみません！　小武蔵の飼い主です！」

菜々子は、女性スタッフを遮り言った。

こぢんまりした店内には、三組の客がいた。

「小武蔵……ああ、迷っていたワンちゃんのことですね」

女性スタッフの顔が曇った。

菜々子の胸に、嫌な予感が広がった。

「小武蔵はどこですか？」

「それが……いないんです」

女性スタッフが眼を伏せた。

「いないって、どういうことですか？」

嫌な予感に拍車がかかった。

「すみません。僕が眼を離した隙に、逃げ出してしまって……」

女性スタッフの背後から現れた若い男性スタッフが、強張った顔で説明した。

「逃げ出した……」

菜々子は、言葉の続きを失った。

「状況を、詳しく教えていただけませんか？」

瀬戸が男性スタッフに訊ねた。

「店が混んできたので、粗大ごみに出す予定だったテーブルの脚にリードを括《くく》りつけておいたのですが、戻ったときにはいなくなっていて……本当にすみません」

男性スタッフがうなだれた。

「いえ、お仕事なので仕方ありません。小武蔵君が逃げ出してから、どのくらい経ちますか？」

「十分くらいです」

「ありがとうございました！」

男性スタッフが言い終わらないうちに、菜々子は店を飛び出した。

「あ……どこへ行くんですか？」

瀬戸の声が菜々子の背中を追ってきた。

「小武蔵ーっ！　小武蔵ーっ！　小武蔵ーっ！　小武蔵ーっ！　小武蔵ーっ！」

菜々子は店の裏側に回り、首を巡らせながら小武蔵の名を連呼した。

十分くらい前なら、まだ遠くには行っていないはずだ。人通りが多いので、どこかへ隠れている可能性もあった。

居酒屋の裏に積み上げられているビールケースをどけた。

「小谷さん、勝手に動かしたらだめですよ」

瀬戸の声がした。

「小武蔵！　どこなの⁉」

リフォーム中の、建物のブルーシートを捲った。

菜々子は四《よ》つん這《ば》いになり、駐車場の車の下を覗いて回った。

「小武蔵！　小武蔵！」

「おねえちゃん、なにか落とし物？」

「一緒に探してあげようか？」

酒臭い息が、菜々子の鼻孔に忍び込んできた。

サラリーマンふうの男が二人、菜々子を挟み込むように屈んだ。

「いま忙しいから、邪魔しないでください！」

「遠慮しないでいいからさ～」

一人が、菜々子の肩に手を回してきた。

「やめてください！」

菜々子は、男の手を振り払った。

「一緒に探してやるから、終わったら飲みに行こうよ」

もう一人の男が、菜々子の尻を触ってきた。

「なにするのよ！」

菜々子は振り向きざまに、男の頬を張った。

「てめえっ、ふざけんな！」

振り上げた男の腕を、瀬戸が摑んで捻《ひね》り上げた。

「この野郎！」

瀬戸は、殴りかかってきたもう一人の男の足を右足で払い転倒させた。

「お前らに構っている暇はない。消えろ」

瀬戸は押し殺した声で命じると、腕を捻っていた男を倒れている男の上に突き飛ばした。

「かっこつけやがって……」

「くそが……」

支え合うように立ち上がった男達が、捨て台詞を残し駆け出した。

佐久間が真丘動物病院で暴れたときにも思ったが、怒ったときの瀬戸は保護犬達を相手にしているときの彼とは別人のようになる。

不思議と、怖いとは感じなかった。それは、瀬戸が暴力的な人間ではないとわかっているからだ。

瀬戸の怒りには、子熊を守る母熊のような戦う正当性を感じた。

「大丈夫ですか？」

瀬戸が、菜々子に手を差し伸べてきた。

「ありがとうございます」

菜々子は、瀬戸の手を取り立ち上がった。

「無理しちゃだめですよ。小谷さんは、放射線治療で免疫力が低下しています。怪我をして感染症にかかったら、大変なことになりますから」

「すみません。迷惑をかけてしまって……。でも、小武蔵はまだこの近辺にいるはずですから、早くみつけてあげないと」

菜々子は早口で言った。

気が急いていた。一分一秒経つごとに、小武蔵が遠くに行ってしまう……。

「わかりました。二手に分かれて探しましょう。ただし、あと一時間探してみつからなかったら、今日は家で休んでください」

「社長は戻ってください。私は、とてもそんな気分にはなれませんから」

「お気持ちはわかります。でも、小谷さんの病状が悪化したら、小武蔵君が戻ってきても面倒を見ることができなくなります。それに、あと一時間探して見つからなかったら、素人が闇雲に探してもみつかりません。ペット探偵の数を増やして、いまからこの近辺を重点的に探してもらいますので。お願いします、僕の言うことを聞いてください」

たしかに、瀬戸の言う通りなのかもしれない。

体調を崩して月曜日からの放射線治療を受けられなくなり、子宮頸癌が進行したら小武蔵の面倒を見られなくなる。

小武蔵には、自分しかいないのだ。それに、ペット捜索のプロが探したほうが小武蔵をみつけられる可能性が高い。心配だからといって、素人がガムシャラに探し回っているだけでは意味がなく、小武蔵の発見が遅れることもありうる。

「わかりました。でも、料金は私が払います」

菜々子は言った。

ペット探偵を雇う費用が高額であるだろうことは、菜々子にも想像がついた。小武蔵の捜索に一緒に動いてもらっているだけでも申し訳ないのに、金銭的な負担までかけるわけにはいかなかった。

「ペット探偵の費用は、気にしなくても大丈夫ですから」

すかさず瀬戸が言った。

「そういうわけにはいきません」

菜々子は引かなかった。

瀬戸の厚意には感謝するが、おんぶに抱っこでは菜々子の気が済まなかった。

「小谷さんはこれから、治療にお金がかかります。今後の小武蔵君との生活もありますから、ここは僕に甘えてください」

瀬戸が諭すように言った。

「でも……」

「僕が全額持つことに気が引けるというのなら、半額を負担してください。小谷さんの給料から、少しずつ返してもらいます。それなら、いいですよね？」

瀬戸が、菜々子の顔を覗き込んできた。

これ以上断るのは、瀬戸にたいして逆に失礼にあたる。

「すみません。お言葉に甘えさせていただきます」

「じゃあ、いったん車に。ペット探偵に連絡しますから、僕達は車で探しましょう」

瀬戸は言うと、踵を返した。

菜々子は頷き、瀬戸を追い越し車に向かって走った。

☆

「なにかわかりましたか!?」

セカンドライフの店内に入るなり、出迎えた麻美に菜々子は問いかけた。営業時間は終わっていたが、菜々子達が戻ってくるのを待っていてくれたのだ。

小さく首を横に振る麻美に、菜々子はうなだれた。

「そっちも、だめだったの？」

麻美が瀬戸に訊ねた。

「ああ。いま、ペット探偵の人達が捜索を開始したから、きっとみつかるよ」

瀬戸が力強く言った。

「それにしても、逃げ出すなんて……」

麻美がため息を吐いた。

「とりあえず、座って。いま、コーヒーでも出すから」

麻美に促され、菜々子と瀬戸はカフェフロアの席に着いた。

「大丈夫です。五人のプロが手分けして捜索してますから、必ずみつかりますよ」

瀬戸が、菜々子を励ますように言った。

菜々子は力なく頷いた。


小武蔵、どこにいるの？　あなたにもしものことがあったら……。


膝上に置いた手を握り締めた――震える唇を噛み締めた。

「今日のところはひとまず、コーヒーを飲んだら自宅で休んでください。明日には、朗報が入ると信じましょう」

瀬戸の言葉を信じたかった。だが、おさまらない胸騒ぎが菜々子を不安にさせた。

重苦しい空気を、固定電話のベルが切り裂いた。

「はい、セカンドライフです。え？　迷い犬の情報ですか⁉」

麻美の声に、菜々子は弾かれたように振り返った。

「え……交通事故ですか⁉」

菜々子は席を立ち、麻美のもとに駆け寄った。

交通事故……菜々子の心臓の鼓動が速くなった。

まさか、小武蔵が……。

神様が、茶々丸に続いて小武蔵まで奪うはずがない。

「犬種はわかりますか⁉　はい、はい……車に？　はい、はい……中目黒《なかめぐろ》駅近くの駒沢《こまざわ》通りですね⁉　わかりました。情報、ありがとうございます」

「小武蔵が、どうかしたんですか⁉」

麻美が受話器を置くのと同時に、菜々子は訊ねた。

「中目黒駅近くで、小型犬が車に撥ねられたそうです」

麻美が、強張った顔で言った。

「小武蔵なんですか⁉」

菜々子の顔も強張っていた。

「いえ、柴犬かどうかもわからないそうですが、撥ねられた茶色の小型犬が車のラゲッジシートに運び込まれるところを見て、もしかしたら小武蔵君じゃないかって……それで、連絡をくれたみたいです。車に運び込んだのは撥ねた車の運転手で、動物病院に連れて行くためだそうです」

「その子の怪我は、どの程度だったんですか⁉　その子は、一頭でいたんですか⁉　飼い主は、いなかったんですか⁉　中目黒の、どこの動物病院ですか⁉」

菜々子は、矢継ぎ早に質問した。

「あ、ごめんなさい……怪我の程度も、飼い主がいたのかどうかも、どこの病院かも聞いてません。私、動転しちゃってて……」

麻美が、半泣き顔で詫びた。

「いえ……麻美さんは、なにも悪くありませんから。私のほうこそ、問い詰めるようなことしてごめんなさい」

菜々子も詫びた。

麻美を気遣ったわけではなく本音だ。悪いどころか、小武蔵のために営業時間外も情報を集めてくれている恩人だ。

「行ってきます！」

菜々子は言うと、フロアを飛び出した。

「どこに行くんですか？」

瀬戸が菜々子のあとを追ってきた。

どこに行けばいいのか、当てはなかった。

中目黒駅周辺の動物病院を、手当たり次第回るつもりだった。

「僕が車で送ります！」

瀬戸の声……足が止まらなかった。

車のほうが速い……わかっていたが、菜々子は駆けるのをやめなかった。


あなたじゃない……あなたじゃないよね!?


菜々子の視界が涙に滲んだ。

滲む視界の先で、白っぽい影が動いた。

菜々子は足を止めた。

白っぽい影が、菜々子に向かってきた。

菜々子は眼を閉じ、手の甲で涙を拭った。

眼を開けた菜々子は息を呑んだ。

約十メートル先……商店街を菜々子に向かって走ってくる柴犬。

「小武蔵……」

菜々子は、掠れ声で呟いた。

泥だらけになった小武蔵が、全速力で走ってきた。

夢ではない、幻でもない……これは、現実だ。

「小武蔵！」

菜々子は叫び、腰を屈めて両手を広げた。

舌を出し、耳を後ろに倒した小武蔵が、菜々子の胸に飛び込んできた。

「よかった！　無事だったのね！」

菜々子は涙声で語りかけ、小武蔵を抱き締めた。

小武蔵はぶんぶん尻尾を振りながら、物凄い勢いで菜々子の顔を舐めてきた。

「えらい……えらいよ……一生懸命に、戻ってきたんだね……」

涙がとめどなく頬を伝った。

保護された焼肉店から逃げ出したのも、菜々子のもとに帰ってくるためだったのだ。

小武蔵の被毛は泥に塗れ、後足のまわりが赤く染まっていた。

「自力で戻ってきたんですね……」

瀬戸が菜々子の隣に屈み、うわずる声で言った。

「ちょっと見せてね」

菜々子は小武蔵の左右の後足を交互に折り曲げ、肉球をチェックした。

「まあ……」

左右とも肉球に裂傷があり、出血していた。

「長い距離を走って、肉球が切れたのでしょう。異物は入ってないようですね」

瀬戸が、小武蔵の肉球にスマートフォンのライトを当てながら言った。

「戻って消毒しましょう」

瀬戸が立ち上がった。

「さあ、小武蔵、抱っこ……」

菜々子が腕を伸ばした瞬間、小武蔵がスローモーションのようにゆっくりと横向きに倒れた。

「小武蔵！」

菜々子は膝をつき、小武蔵の体に手を伸ばした。

「触らないでください！」

瀬戸の声に、菜々子の手が止まった。

「もし、内臓から出血していたら危険です。いま、真丘先生に往診にきてもらいますから、小谷さんは小武蔵君についていてあげてください」

瀬戸は言いながら、脱いだ靴下をボールペンに巻きつけて小武蔵の口にくわえさせた。

「社長……？」

菜々子は、瀬戸に怪訝な顔を向けた。

「舌を巻き込んで、窒息しないための応急処置です」

瀬戸が冷静な口調で言った。

「電話しますから、押さえていてもらえますか？」

瀬戸がボールペンに巻きつけた靴下に視線をやりながら、菜々子に頼んできた。

菜々子は、小武蔵の口角から出ているボールペンの端を両手で掴んだ。

小武蔵の四肢は、小刻みに痙攣《けいれん》していた。

「小武蔵！　大丈夫⁉　どうしたの⁉」

菜々子は、どうしていいのかわからずパニックになった。

このまま、小武蔵が死んでしまったら……。

「四、五分でてきてくれるそうです」

瀬戸が戻ってきて、菜々子の隣に腰を下ろした。

「この子、どうしたんでしょう⁉」

菜々子は、硬い声で瀬戸に訊ねた。

数分で小武蔵の痙攣はおさまったが、動きがなくなったことで別の不安が広がった。

しかし、菜々子は、小武蔵の上下する腹部を見て微《かす》かな安堵を得た。

「僕も医者じゃないからはっきりしたことは言えませんが、一種のショック症状ではないかと思います」

瀬戸が、小武蔵を心配そうにみつめながら言った。

「ショック症状？」

菜々子は、掠れた声で鸚鵡返しに言った。

「ええ。以前、小武蔵君と同じように倒れた子がいて。そのときは急性アレルギー……

つまり、アナフィラキシーショックでした。アレルゲン性物質を摂取したり、よく知られているようにハチに刺されたりしたことで発症する場合があります」

「アナフィラキシーショックなら、すぐに治療しなければ命が危ないですよね⁉」

思わず、菜々子は大声で訊ねた。

「落ち着いてください。小武蔵君の場合は、その可能性は低いと思います。アナフィラキシーショックも意識を失う場合がありますが、顔が腫れたり呼吸困難に陥ったりする症状が現れますから」

「君は獣医師になれる素質があるよ」

駆けつけた真丘が小武蔵の傍らに屈み、右後足の付け根に人差し指、中指、薬指を当てて脈拍を取り始めた。

「先生！　小武蔵は大丈夫ですか！」

「とりあえず、中に運ぼう。お願いしていいかな？」

真丘が瀬戸に言った。

「動かしてもいいんですか⁉」

菜々子は訊ねた。

「ああ、大丈夫だよ。詳しくは中で話そう」

真丘が小武蔵を抱える瀬戸に続き、セカンドライフに入った。

保護犬フロアに行くと、いつになく保護犬達が静かに迎えた。

いつもは元気に吠えて出迎えるモナカ、マロン、バニラの小型犬トリオも、瀬戸に抱かれて運び込まれてきた小武蔵を心配そうな顔で見上げていた。

「お兄ちゃん、どうしたの……小武蔵君！」

麻美が瀬戸に駆け寄った。

「小武蔵君は、自力で戻ってきたんだ」

瀬戸が言った。

「じゃあ、中目黒の駅近くで撥ねられたのは小武蔵君じゃなかったの⁉」

「ああ、別の子だ」

「瀬戸君、ここに寝かせてくれないか」

真丘が、テーブルに載せたクッションを指差した。

ワイルドとテイオーが、珍しくクンクンと鼻を鳴らしていた。やんちゃなミルクも、クッションに横たわる小武蔵を不安そうな眼でみつめていた。

真丘は、小武蔵の歯茎と下瞼の粘膜の色をチェックしていた。

「やっぱりな」

真丘が呟いた。

「どうしたんですか？」

菜々子は真丘に訊ねた。

「簡単に言えば小武蔵は、脱水症状と貧血を起こしている。朝から晩まで長距離を走ったんだろうから、それも仕方がないね。駅伝で倒れ込んで痙攣しているランナーを見たことあるかい？　いまの小武蔵は、そのランナーの症状と同じようなものだと思えばいい」

真丘は菜々子に説明しながら、バッグから点滴パックを取り出した。

「悪いけど、持っててくれるかな？」

真丘は瀬戸に点滴パックを渡すと、今度は伸縮式の点滴スタンドを取り出し手際よく組み立て始めた。

「ありがとう」

真丘は点滴スタンドに点滴パックをセットし、小武蔵の右前足に針を刺し医療テープを巻いた。

「傷だらけになっちゃって。菜々子ちゃんに会いたくて、痛みを我慢して走ってきたんだよ。健気な子じゃないか」

真丘が、小武蔵の肉球に軟膏《なんこう》を塗りながら微笑んだ。

「小武蔵は目覚めますか⁉」

菜々子は、悲痛な顔を真丘に向けた。

「うん。点滴で水分と塩分が補給されたら体が動くようになるから。いまの小武蔵は、車でたとえればガソリンがなくなっている状態で、動けないだけだよ」

真丘の言葉に、菜々子は脱力して腰から崩れ落ちた。

もし小武蔵が死ぬようなことがあったら、菜々子には一人だけで生きてゆく自信がなかった。

本当によかった。

菜々子は掠れた声で言った。

「すみません……安心したら、足に力が入らなくなって……」

瀬戸が屈み、菜々子の体を支えた。

「小谷さん！」


「おや……」

小武蔵の体をチェックしていた真丘の顔が険しくなった。

「どうしたんですか？」

麻美が訝しげに訊ねた。

「背中と臀部の三ヶ所が内出血している」

「内出血ですか？」

麻美が訊き返した。

「ああ」

相変わらず険しい真丘の顔に、菜々子は不安を覚えた。

「走っているときに、どこかにぶつけたんですか？」

麻美が質問を重ねた。

真丘が首を横に振った。

「じゃあ、どうして……まさか……」

麻美が息を呑んだ。

「これは人為的な打撲痕だ。恐らく虐待されたんだろう」

真丘の言葉に、菜々子は反射的に立ち上がった。

「あの男が、また小武蔵を虐待したんですか⁉」

菜々子の血相が変わった。

「彼だと断言はできないが、迷っているときに受けた打撲とは考えづらい。それに小武蔵の皮膚には、ベルトのようなもので打たれたと思われる擦傷がある」

「ベルト……」


――どうやらこの子は、前の飼い主に虐待を受けていたようだ。ベルトを見せたら、激しく怯えてね。日常的にベルトで叩かれていたんだろう。


脳裏に蘇る真丘の言葉が、菜々子の胸を掻き毟った。

「打撲の程度は軽いものだから、体のほうは心配ない。だが、心の傷のほうが心配だね。さぞ、怖かっただろうに」

真丘が、小武蔵の頭を撫でながら言った。

「あの男っ、許さない！」

「小谷さん……」

「待ちなさい！」

駆け出す菜々子を止めようとする瀬戸の声を、真丘が遮った。

「止めないでください！　これからあの男の家に行って……」

「家に行ってどうするんだい？　あの男を怒鳴りつけたところで、状況はなにも変わらないよ」

真丘が諭すように言った。

「だからって、このまま許すわけにはいきませんよ！　小武蔵がどんなに怖い思いをして逃げ出してきたかを考えると……」

菜々子は、怒りと哀しみに震える声で言った。

「たしかに、小武蔵は怖かっただろうな。でも、小武蔵が逃げ出したのは佐久間って男を怖がったからだと思うかい？」

真丘が、意味深な言い回しをしながら菜々子をみつめた。

「え……どういう意味ですか？」

意味がわからず、菜々子は訊ね返した。

「小武蔵が逃げ出したのは、あの男が怖いからじゃない。菜々子ちゃんを守るためだよ」

真丘の柔和に下がった目尻の皺が深く刻まれた。

「私を守るために……」

菜々子は呟きながら、テーブルに横たわる小武蔵に視線をやった。

「ああ。そうさ。菜々子ちゃんを一人にしないために、小武蔵は満身創痍《まんしんそうい》になりながらも走り続けてきたんだよ。それなのにつまらない相手の逆恨みを買って、君にもしものことがあったら哀しむのは小武蔵だからね」

「僕もそう思います。佐久間は卑劣な男です。小谷さんは治療に専念して、奴は僕に任せてください」

瀬戸が、真丘の言葉を引き継いだ。

「でも、それじゃ社長が危険な目にあってしまいます」

「僕は男ですからご心配なく。佐久間に制裁を与えた上で、おとなしくさせる考えがあるので」

瀬戸が自信満々に言った。

「菜々子さん、ここはお兄ちゃんに任せましょう。いざというときにお兄ちゃんが頼りになることを、菜々子さんも知ってますよね？」

麻美が菜々子の肩に手を置いた。

菜々子は頷いた。

「よろしくお願いします。だけど、危ないことはしないでくださいね」

菜々子は言った。

「安心してください。僕には守らなければならない子達がいますから。この子達の居場所が、なくなるような無謀なまねはしませんよ。僕を信じてください」

瀬戸が菜々子をみつめ、力強く頷いた。

「あら、お兄ちゃん、ドラマのワンシーンみたいで素敵！」

麻美が茶化すように言った。

「ば、馬鹿……なに言ってるんだよ」

瀬戸がドギマギして言った。

「なに慌ててるの？　ドラマのワンシーンみたいで、素敵って言っただけなのに。え？　もしかして、いまの言葉、菜々子さんに特別な思いを込めてたとか？」

麻美が、クスクスと笑いながら瀬戸に追い討ちをかけた。

菜々子の耳朶《じだ》が熱くなり、鼓動が速くなった。

「お前、いい加減にしないと……」

「目覚めたかい？」

真丘の言葉に、菜々子は小武蔵に視線を戻した。

小武蔵が眼を開け、四肢を震わせよろめきながら立ち上がった。

「小武蔵！　無理しないで！」

菜々子は、小武蔵に駆け寄った。

小武蔵は、尻尾を振りながら菜々子の顔を舐めた。

「ごめんね……怖い思いをさせて……」

菜々子は小武蔵を抱き締め、首筋を撫でた。

「そして、ありがとう……本当に、ありがとう……」

菜々子の頰から顎を伝った滴が、小武蔵の被毛に落ちて弾けた。

☆

日曜日。菜々子は休みをもらっていた。

瀬戸が明日の放射線治療のために、菜々子の体を気遣ってくれたのだ。

菜々子は公園のベンチに座り、駆け回る小武蔵を視線で追っていた。

小武蔵が嬉しそうにしているのを見ていると、菜々子も幸せな気分になる。だが、今日の菜々子には気がかりなことがあった。


——今日で、佐久間と決着をつけてきます。

——決着って……大丈夫ですか？　本当に、危ないことはしないでくださいね。

——そんな馬鹿なまねはしませんよ。言ったでしょう？　この子達の居場所をなくすわけにはいきませんから。

瀬戸のことは信用している。

だが、不安だった。瀬戸を信用していないというわけではなく、佐久間が信用できないのだ。

菜々子は、ネガティヴな思考を打ち消した。悪い想念で、危惧が現実になることが怖かった。

菜々子は気持ちを切り替えた。

目の前を、五メートルのロングリードをつけた小武蔵が通り過ぎた。これで、五周目だった。ロングリードは、人気のない公園だけで使用していた。

菜々子は、ロングリードを日常的に使うことには反対だった。リードが長過ぎると、驚いて通りに飛び出して車に撥ねられたり、ほかの犬とトラブルになったりとアクシデントを引き起こす原因になるからだ。

「無理しちゃだめだよ～」

菜々子は、はしゃぎ回る小武蔵に声をかけた。

一昨日の夜、極度の疲労と脱水症状で動けなくなった犬とは思えないほど、小武蔵は元気に駆け回っていた。

犬は、回復も早い代わりに病気の進行も早い。朝、元気に菜々子を見送った茶々丸の容態が急変したように……。

菜々子は、開きそうになった暗鬱な記憶の扉を閉めた。

いつまでも、茶々丸の死を引きずっていてはいけない……一昨日、小武蔵にそう教えられたような気がした。

根拠はない。だが、命を削ってまで菜々子のもとに戻ってきた小武蔵の思いを考えると、そろそろ前を向いて歩く時期なのかもしれない。

いや、小武蔵と出会ってからの菜々子は、既に前向きになっていた。ただ、茶々丸への罪悪感がそれを否定した。

茶々丸にあんな最期を迎えさせてしまった自分が、心から笑ってもいいのか？

新しい犬を迎えて、茶々丸のときのように幸せな日々を送ってもいいのか？

自問自答の連続だった。

茶々丸のときと同じシチュエーションの出会い、茶々丸と同じ位置にある似たような模様、茶々丸と同じような仕草……小武蔵が茶々丸の生まれ変わりだと思う要素は、いくつもあった。

最愛のパートナーを失い失意の底に落ちた飼い主が、新しく迎えた子を生まれ変わりだと信じようとしても誰にも責められはしない。

だが、菜々子は違った。

小武蔵を茶々丸の生まれ変わりだと思うことで、自らの罪を許す気か？

小武蔵が茶々丸に見えるたびに、自責の声が聞こえた。

菜々子が自分を許せるとしたら、それは本当に小武蔵が茶々丸だったときだけだ。

茶々丸が小武蔵に生まれ変わったかどうかは、彼らに物が言えない以上、永遠の謎だ。

菜々子は気づいた。

大事なことを見落としていたと……菜々子と茶々丸が通じていたのは、言葉ではなく心だと。

散歩に行きたいとき、お腹《なか》が減ったとき、撫でてほしいとき、哀しいとき、嬉しいとき、膝に乗りたいとき、一緒に寝たいとき……瞳や仕草を見るだけで、茶々丸がなにを求めているかがわかった。

小武蔵が菜々子のもとに戻ってきて、激しくパンティングしながらお座りした。

走り回ったあとのアイコンタクト……茶々丸のときに、何百回も見た瞳。

普通の犬なら水がほしいサインだが、茶々丸は違った。

「お前も、そうだよね？」

不思議と、菜々子には確信があった。

菜々子は腕まくりをして、小武蔵の前に突き出した。

小武蔵が、ペロペロと菜々子の前腕を舐めた。

茶々丸は激しい運動のあと、水より先に塩分を求めた。

一分くらい菜々子の腕を舐めたあとに給水ボトルから水を飲む……それが、茶々丸のルーティンだった。

小武蔵が、菜々子の前腕を舐めるのをやめた。

菜々子は、すかさず小武蔵に給水ボトルを差し出した。小武蔵が勢いよくノズルをくわえ、水を飲み始めた。

「やっぱり、そうだったんだね」

菜々子は、泣き笑いの表情で小武蔵に語りかけた。

スマートフォンが震えた。

ディスプレイに表示される麻美の名前。

菜々子はデジタル時計に視線を移した――ＰＭ１：15
「ちょっとごめんね。電話が終わったら、またあげるから」

菜々子は小武蔵の口から給水ボトルのノズルを抜き、スマートフォンを耳に当てた。

「もしもし？」

『お休み中、ごめんなさい』

麻美の声は、心なしか強張っているように聞こえた。

「どの子か具合が悪くなったんですか？」

菜々子は訊ねた。

『いえ、いま、警察から連絡がありまして……お兄ちゃんが逮捕されたみたいで』

「え……」

予期せぬ麻美の言葉に、菜々子は絶句した。

瀬戸が逮捕？　佐久間とのトラブルが原因なのか？

それならば、逮捕されるのは佐久間のはずだ。

なにがどうなっているのか、わからなかった。

「社長が逮捕って、どういうことですか⁉」

『佐久間の自宅で揉めて……それで……通報されたようです』

麻美が動転しているのは、電話越しにも伝わってきた。

「警察署には私が行きますから、麻美さんは店にいてください。どこの警察署ですか？」

菜々子は麻美の動転に拍車をかけないように、落ち着いた口調で言った。

『……高輪中央署です』

「わかりました。あとで連絡します！　小武蔵、行くよ！　今度は私達が社長を助けなきゃね！」

菜々子はリードを通常のものに付け替え、小武蔵とともに出口に向かってダッシュした。

4

「あの、こちらに坂田さんという刑事さんはいますか？」

菜々子は、高輪中央署の受付の職員に訊ねた。

麻美から、瀬戸が佐久間の家で揉めて逮捕されたと連絡が入り、小武蔵とタクシーで駆けつけたのだった。

「坂田……ああ、刑事課の坂田警部補ですね？　どういったご用件でしょうか？」

受付の職員が、菜々子の抱く小武蔵に視線を向けながら訊ねてきた。

「瀬戸さんという方が、こちらにお世話になっていると聞いたのですが。私は、『セカンドライフ』という保護犬施設で働いている小谷と言います」

「ああ、保護犬施設のオーナーさんの件ですね？　坂田から聞いています。ところでクレートかなにかはお持ちですか？」

「すみません、急いできたもので何も持っていません」

「では、今回は特例でお通ししますが、抱っこしていてくださいね」

「はい」

「こちらへどうぞ」

職員が立ち上がり、菜々子をエレベーターに促した。

エレベーターを三階で降りた職員は、スチールドアの前で足を止めた。

「失礼します。セカンドライフの小谷さんをお連れしました」

職員がドアをノックしながら開けた。

「小谷さん！　どうしてここに？」

デスクの前に座っていた瀬戸が、驚いた顔で立ち上がった。

「麻美さんから連絡を貰って、私がきました」

「坂田と言います。妹さんに連絡したのですが、お店の方ですか？」

瀬戸の正面に座っていた、猪首《いくび》のガッチリした柔道家体型の中年男性……坂田が腰を上げ、菜々子に訊ねてきた。

「はい。瀬戸社長のお店で働いている小谷と言います」

「とりあえず、お座りください」

坂田が、瀬戸の隣のキャスター付きの椅子を勧めてきた。

「この子が、佐久間さんに連れ去られたというワンちゃんですか？」

坂田が、菜々子に抱かれる小武蔵に視線を移した。

「はい、そうです。あの、どうして社長が逮捕されたんですか？　悪いのは、小武蔵を誘拐した佐久間さんのほうです！」

菜々子は、抗議する口調で坂田に訴えた。

「佐久間さんから、通報があったんです。駆けつけたときに、瀬戸さんと佐久間さんが口論していたので、住居侵入罪で現行犯逮捕しました。瀬戸さんが言うには、スタッフの飼い犬がさらわれ、虐待されていたから抗議に行ったと。しかし、佐久間さんの言いぶんは、柴犬を誘拐したのではなく連れ戻しただけだと。この柴犬はミカエルという名前で、三年間自分が飼っていたと。佐久間さんが柴犬を購入したというペットショップに裏を取ったのですが、言う通りでした。たしかに佐久間さんは、ご夫婦で柴犬を購入したそうです」

坂田が淡々とした口調で説明した。

「それは認めます。でも、小武蔵……ミカエルのことですが、池尻大橋の商店街の動物病院の前に捨てられていたんです！　そこの獣医師さんが証言してくれますっ。小武蔵が捨てられていたこと、前の飼い主に虐待されていたことを！　佐久間さんは突然動物病院に現れて、捨てたのは奥さんがやったことだから返せと言ってきたんですっ。最初は紳士的な口調でしたけど、断ったら態度を豹変《ひょうへん》させて動物病院で暴れ始めました！その後もセカンドライフに乗り込んできて小武蔵を返せと暴れて……保護犬の散歩から戻ってきた社長が助けてくれなければ、小武蔵は怪我をしたかもしれません！」

菜々子は話しているうちに、佐久間の傍若無人な振る舞いを思い出して怒りが込み上げ、語気が荒くなった。

「落ち着いてください。だいたいのお話は、瀬戸さんから聞いてますので」

「じゃあ、どうして社長を逮捕したんですか!?　犯罪者の通報で善良な市民を取り調べるなんて、そんなの間違ってます！」

菜々子がデスクを平手で叩くと、小武蔵がびっくりした顔を向けた。

「驚かせてごめんね。でも、この刑事さんが、あなたにひどいことをした人の味方をするから頭にきちゃったの！」

「ちょっと待ってください。別に、佐久間さんの味方をしているわけではありません。ただ、瀬戸さんが佐久間さんの家に押しかけたのは事実ですし、所有者から住居侵入だと通報を受けたら警察署に連行しなければなりません」

坂田が苦笑しながら弁明した。

「じゃあ、佐久間さんが小武蔵を誘拐したり虐待したりした罪は見逃すんですか⁉」

菜々子は坂田に詰め寄った。

「見逃しませんよ。でも、小谷さんが望んでいるような罪に問えるかは別の話です。小谷さんもご存じの通り、動物愛護法が強化されたといっても、最高で五年以下の懲役または五百万円以下の罰金です。お二人の訴え通りだとしても、実際には二、三十万の罰金程度でしょう」

「小武蔵を誘拐して虐待して、二、三十万の罰金だけなんてひど過ぎます！」

菜々子は怒りを爆発させた。

「誘拐と言っても、佐久間さんの場合は飼い主です。動物病院の前に捨てたのも佐久間さんではなく、奥さんが勝手にやったことです。佐久間さんが暴れたということはさておき、飼い犬を連れ戻そうとする行為は誘拐には該当しません。なので、今回は佐久間さんを訴えるにしても虐待についてだけになりますから、二、三十万の罰金が妥当かと。見た感じ、大きな怪我もしてないようですし」

坂田の言葉に、菜々子の唇は怒りに震えた。

「なにが飼い主ですか！　あの男が小武蔵を虐待するから、奥さんが助けるために捨てたに決まってます！　見た感じ大きな怪我をしてなくても、殴られたり蹴られたりしたときに受ける心の傷はどうなるんですか⁉　この子達だって、感情があるんですよ！　刑事さんみたいな考えの人がいるから、犬や猫を物扱いする人が増えるんです！」

菜々子は、坂田に激しい口調で食ってかかった。

「小谷さん、抑えてください」

瀬戸が菜々子を諭すように言った。

「いいえ、いいんですよ。小谷さんの憤りも理解できます。私はこう見えて、愛犬家ですからね。家ではマルチーズを飼ってます。でも、現行の動物愛護法ではこれが限界です。ですが、経緯は察しているつもりです。瀬戸さんの取り調べは形式的なものですからご安心ください。あと三十分くらいで帰れます」

「そんなの当然……」

「小谷さん、ここは僕に任せてください」

なおも坂田に食ってかかろうとする菜々子を、瀬戸が遮った。

「でも、社長はなにも悪くないのに……」

「僕が佐久間の家に乗り込んで騒ぎを起こしたのは事実ですし、刑事さんも経緯をわかってくれています。スタッフの子が駐車場に車を移動させてくれましたから、待っててもらえますか？　刑事さんにお話ししたいこともありますから。僕を信じてください」

瀬戸が菜々子をみつめ、車のキーを差し出してきた。

「わかりました」

菜々子は頷きキーを受け取ると、外に出た。

僕に考えがあります――瀬戸の瞳がそう語っていた。

これまでも、瀬戸は菜々子や小武蔵のためにいろいろと協力してくれた。それに、怒りに任せて住居侵入をするような男ではない。

瀬戸が佐久間の家に押しかけたのは、なにかの計画があるからに違いなかった。

「いっぱい驚かせてごめんね」

菜々子は小武蔵を廊下に下ろし、腰を屈めた。

「でも、安心して。なにがあっても、あなたを守るから」

菜々子は小武蔵を抱き締めた。

ぶんぶんと左右に揺れる小武蔵の尻尾を見て、菜々子の胸は締めつけられた。

どんなにひどい目にあっても人間を信頼しようとしてくれる小武蔵に……愛してくれる小武蔵に……。

☆

「すみません、お待たせしてしまって」

瀬戸が謝りながら、ドライバーズシートに乗り込んできた。

菜々子の膝の上に座る小武蔵が、お帰り！　とばかりに一吠えした。

「大丈夫でしたか⁉」

菜々子は訊ねた。

「ええ。小谷さんの前でも言っていたように、坂田刑事は事情をわかってくれています。ただ、住居侵入で通報された手前があるから、手順を踏む必要があったんだと思います。それに坂田刑事が言っていたように、現行の動物愛護法では僕達の望むような刑罰で佐久間を裁くことはできません」

瀬戸が残念そうに言った。

「悔しいです……。人間じゃなければ、なにをやっても許される世の中が……」

菜々子は唇を噛んだ。

「今回はそうかもしれません。でも、次に同じようなことがあったら坂田刑事が葵銀行に行って、佐久間を署に連行すると約束してくれました」

「え⁉　もしかして、そのことを坂田さんと話していたんですか？」

「ええ。二度と佐久間を小武蔵君に近づけない方法を考えました。罰金二、三十万の中途半端な刑罰だと、佐久間は復讐《ふくしゅう》してくるでしょう。だから、わざと警察を介入させたんです」

瀬戸が微笑んだ。

「え……どういうことですか?」

「最初から警察に相談しても、口頭の注意程度で終わったはずです。さっきも言いましたが、中途半端な傷を与えてしまうと佐久間は復讐を考えます。でも、一度事件を大きくして警察を介入させれば、次に佐久間が同じことをしたときに迅速に対応してくれます」

「だけど、動物愛護法では罰金二、三十万が限界なんですよね? その程度の刑罰では、佐久間を裁いたことにはなりません」

菜々子は、素朴な疑問を口にした。

「はい。もともと裁くつもりはありませんでした。僕の目的は、佐久間が小武蔵君に手を出したら、警察がすぐに動いてくれるという言質を取ることだったんです。坂田刑事に相談すれば、職場に行ってくれるっていうことになったのは嬉しい誤算でしたが」

瀬戸が口元を綻ばせた。

「じゃあ、この状況を作るために佐久間の家に押しかけて騒ぎを起こして、わざと逮捕されたんですか⁉」

菜々子は素頓狂な声を上げた。

「佐久間が一番恐れていることは、銀行での評価が下がることです。佐久間を生かさず殺さずの状態にしておくことが、小武蔵君に危害を加えられないようにする最善の策だと判断しました。相談もせずに心配をかけてしまい、すみませんでした」

瀬戸が頭を下げた。

「そんな、やめてください！　社長は小武蔵のためにやってくれたんですから。謝らなければならないのは、私のほうです。ごめんなさい！　そして、ありがとうございました！」

菜々子も頭を下げた。

「もしかして、二人で同じことやってます？」

瀬戸が頭を下げたまま言った。

「そうみたいですね」

菜々子と瀬戸は、二人同時に頭を上げて笑った。

小武蔵が吠えながら、菜々子の膝と瀬戸の膝を何度も飛び移った。

「こらこら、社長に悪いでしょ！　おとなしくしなさい！」

菜々子が言うと、瀬戸の膝に飛び移ろうとしていた小武蔵が動きを止めた。

瀬戸が小さく噴き出した。

「どうして笑うんですか？」

菜々子は訝しげな顔を瀬戸に向けた。

「あ、ごめんなさい。小谷さんの迫力の前では、さすがの小武蔵君も借りてきた猫みたいだと思って」

「え？」

「小谷さんって、気持ちいいほど喜怒哀楽がはっきりしていますよね。感情をごまかせないっていうか。もっとうまくはぐらかせば楽に生きられるのに、感情の声を素直に代弁するから損な役回りが多くなってしまう。さっきも小谷さんの迫力に、刑事さんもたじたじになってましたよ」

相変わらず、瀬戸はクスクスと笑っていた。

「母からも、いつも言われていました。あなたは、心に思ったままをすぐに口にし過ぎるって。言葉にフィルターをかけなさい、反論する前に十秒数えなさい、腹が立ったら深呼吸を十回しなさい……って。まったく、娘をなんだと思ってるんだって感じですよね」

菜々子はため息を吐いた。

「いいお母さんですね。小谷さんのことが心配だから、耳が痛いことを言ってるだけですよ」

「でも、母の言う通りでした。私のこの性格で、広告代理店に勤務しているときにクライアントを怒らせたり、アロマショップに勤務しているときにお客さんを怒らせたり……まあ、トラブルメーカーってやつですね」

菜々子は自嘲的に笑った。

「たしかに、トラブルメーカーかもしれないですね。だけど、相手を怒らせるだけの理由が、その都度あったんだと思います。小谷さんは、理由もなく相手に噛みつくような人じゃないですからね」

「そんなふうに言ってくれるのは、社長だけです。改めて、ありがとうございます」

菜々子は頭を下げた。

「僕は、そのままの小谷さんが好きですよ」

「え……」

菜々子は弾かれたように顔を上げた。

「あ……いえ、そういう意味じゃなく、人間的にという意味です。すみません、誤解を与えるような言いかたをしてしまって」

瀬戸が慌てて否定した。

「で、ですよね！　わかってます！　社長と私では釣り合いませんから」

菜々子は動揺を隠し、笑顔で言った。

お世辞でも謙遜でもなく、本音だった。

保護犬達を救い、佐久間の件でも矢面に立って戦ってくれ、誘拐された小武蔵を菜々子と一緒になって探してくれた。

優しく、寛容で、逞しく……人間的に未熟な菜々子には、もったいない相手だ。

「そんなことありませんよ！　小谷さんは素敵な人です！」

瀬戸の言葉に、菜々子の思考は停止した。

「あ、また、余計なことを言ってしまいましたね。でも、いま言葉にしたことは本心です。ね？　小武蔵君」

瀬戸は照れ臭そうに言うと、菜々子の膝上に座る小武蔵の頭を撫でた。

小武蔵は瀬戸の両肩に前足をかけ、嬉しそうに口元をペロペロと舐めた。

「ほら、そんなに舐めたら社長の口がベトベトになるでしょう」

小武蔵を抱き寄せ瀬戸から離すと、今度は菜々子の唇を舐め始めた。

「ちょっと、間接キスに……」

菜々子は、言葉の続きを呑み込んだ。

血液が沸騰したように顔が熱くなり、鼓動が速くなった。

思ったことを口に出す性格とはいえ、これはひど過ぎる。だが、口から出てしまった言葉を、いまさら取り消すことはできない。

「いまのは、聞かなかったことにしてください」

バツが悪そうに、菜々子は言った。

「あ……はい。僕は、全然大丈夫です」

瀬戸も気まずそうに言った。

重苦しい沈黙が広がった。

小武蔵だけが、菜々子の膝の上で呑気に尻尾を振っていた。

なにか言わなければ……。

焦燥感が、菜々子の背筋を這い上がった。

「一日、店に戻って夜に行きましょう」

沈黙を破ったのは瀬戸だった。

「どこにですか？」

菜々子は訊ねた。

「佐久間の自宅です」

「え⁉　夜にですか⁉」

「奥さんもいるでしょうから、夜のほうが好都合です」

「でも、家に押しかけたら、また警察沙汰になりますよ」

菜々子は不安を口にした。

二度続けて通報されたら、いまは理解を示してくれている坂田も瀬戸に協力してくれなくなるかもしれない。

「安心してください。今度は、ちゃんと外で待ちますから。今夜で、佐久間とは終わりにします」

瀬戸は言うと、イグニッションキーを回した。

☆

佐久間の自宅前に停めたバンの車内に、瀬戸のスマートフォンのスピーカーから漏れるコール音が響き渡った。

「相手には、社長の名前が表示されているんですよね？　出ないんじゃないですか？」

菜々子は訊ねた。

「いや、出ると思います。僕が即日釈放されて、佐久間は納得がいってないはず……」

三回目のコール音が途切れた。

『電話なんかしてきて、どういうつもりだ？』

スピーカーから、佐久間の押し殺した声が流れてきた。

「悪いが、いまから出てきてもらえないか？」

『は？　いま、何時だと思ってるんだ？』

「あんたに、大事な話があるんだ」

『こっちには、お前に話なんてない。だいたいな、お前は住居侵入で俺に通報されたばかりなんだぞ⁉　自分がなにをやっているのか、わかって……』

「わかってるよ。だから、こうして出てきてくれと電話しているんじゃないか。五分もかからないから」

瀬戸は一方的に言うと、電話を切った。

「出てきますかね？」

菜々子は訊ねた。

「出てきますよ」

瀬戸は即答した。

ほどなくすると、瀬戸の言葉通りにマンションのエントランスから佐久間が現れた。

「ほらね。じゃあ、行ってきます」

「私も行きます」

「いや、小谷さんは小武蔵君とここにいてください。佐久間には、近づかないほうがいいです」

「いいえ、私と小武蔵がきっかけですから。私も小武蔵も、佐久間に背を向けたくありません。お願いします！　私達も連れて行ってください！」

菜々子は小武蔵を抱いたまま、頭を下げた。

「わかりました。でも、僕の後ろにいてくださいね」

瀬戸が、根負けしたように言った。

「社長の身に危険が迫ったら、約束できませんけど」

菜々子が言うと、瀬戸が苦笑しながら車を降りた。

菜々子もあとに続いた。

「また、警察に通報されたいのか⁉」

佐久間が、険しい形相で歩み寄りながら言った。

「逆だよ」

瀬戸は涼しい顔で言った。

「逆⁉　それはどういう意味だ⁉」

佐久間が訝しげに訊ねた。

「僕があんたを通報しなくていいように、警告しにきてあげたんだよ」

「警告だと⁉　なにふざけたこと言ってるんだ！　いいか？　俺は被害者だぞ！」

「次は、その言いぶんは通用しない」

瀬戸が、抑揚のない口調で言った。

「なに⁉」

佐久間の血相が変わった。

「今度、小谷さんと小武蔵君に接触してきたら、坂田刑事が葵銀行に出向き、あんたを署に連行すると約束してくれたよ」

「なっ……」

佐久間が絶句した。

「で、でたらめを言うんじゃねえ！」

我に返った佐久間が、目尻を吊り上げた。

「でたらめじゃない。明日、坂田刑事のほうからあんたに連絡が行く。あんたが小谷さんと小武蔵君にかかわらないなら、これまでのことは水に流してもいいと思っている。どうしても小武蔵君に手出しをするというのなら、坂田刑事に通報してあんたの職場に行ってもらうしかない。小武蔵君を誘拐し虐待した事実が銀行にバレてもいいのなら、好きにすればいい」

「くそっ……勝手なことばかり言いやがって……」

佐久間が、悔しそうに唇を噛んだ。

「それはこっちのセリフよ！」

菜々子は、怒りに瀬戸との約束を忘れ、佐久間の前に足を踏み出した。

「本当は明日にでも刑事さんと銀行に乗り込みたいけど、小武蔵のために我慢してるのよ！　逆恨みばかりしてないで、小武蔵に感謝しなさい！」

菜々子は佐久間を一喝した。

「そんなくそ犬、お前らにくれてやるよ！」

「なんですって……」

「あなた、いい加減にしてください！」

菜々子の声を、女性の声が遮った。

佐久間の肩越し……背後から歩み寄ってくる女性に、菜々子は視線を移した。

「お、お前は、口出しするな」

佐久間が、動揺した様子で言った。

「口出しします！　私、佐久間の妻です。このたびは、主人がご迷惑をおかけしまして申し訳ありませんでした」

女性……佐久間の妻が、菜々子と瀬戸に向き直り頭を下げた。

「お前が、こいつらに頭を下げる必要はない！」

佐久間が妻を一喝した。

「あなたって人は、まだわからないんですか！　私がどうして、ミカエルを動物病院に置いてきたと……」

妻が言葉を切り、涙目で佐久間を睨みつけた。

「な、なんだよ……そんな眼で見るなよ」

佐久間が、妻から視線を逸らした。

「何度止めてもミカエルにたいしての暴力をやめないから、そうするしかなかったのよ！　私はミカエルを捨てることで、あなたにチャンスを与えた。なのにあなたは、私に黙ってミカエルを連れ戻そうとした。それも、誘拐という卑劣な手口で……もう、我慢の限界です。あなたという人には、ほとほと愛想が尽きました。離婚しましょう」

妻が冷めた口調で言った。

「ちょちょ……ちょっと待て……ま、待ってくれ。い、犬のことくらいで離婚は大袈裟だろ？」

佐久間は、激しく動転していた。

その動揺ぶりを見て、佐久間にとって妻が大切な存在だということが伝わってきた。

「大袈裟ですって!?　飼っている犬を叩いたり蹴ったりするような人と、夫婦としてやってゆけると思っているんですか？　ミカエルに暴力をふるうあなたを見るたびに、ずっと離婚を考えていました」

妻が冷めた口調で言った。

「だ……だから、それは……俺も好きでやってたんじゃないんだよ。銀行ってところは大変なストレスが溜まる職場で、つい、ミカエルに八つ当たりをしてしまって……」

「つい八つ当たりで、新しい飼い主まで探し出してミカエルを誘拐してくるんですか⁉」

妻が佐久間に詰め寄った。

「悪かった！　この通りだ！」

突然、佐久間が土下座した。

「小谷さん、行きましょうか？」

瀬戸が菜々子を車に促した。

「奥さんの件まで、計算していたんですか？」

菜々子は助手席に座ると、瀬戸に訊ねた。

「計算ってほどじゃないんですけど、奥さんが佐久間の虐待から助けるために小武蔵君を真丘先生の病院に置き去りにしたのなら、僕達側についてくれると思ったんです。さすがに、外に出てきてあの展開になるとは思いませんでしたけどね」

フロントウインドウ越し——妻の足元で土下座する佐久間に視線を向けながら、瀬戸が言った。

「佐久間が奥さんを愛していると、よくわかりましたね」

「愛しているかどうかはわかりませんでしたが、出世のマイナスになるから離婚は困るだろうなとは思いました。本当に、愛しているかもしれませんけどね」

「社長は、不思議な人ですね。保護犬達と触れ合っているときの社長は、計算なんてまったくしない人に見えるんですけど」

菜々子は、思ったままを口にした。

「前にも言ったかもしれませんけど、僕は物言えぬ子達を守るためなら手段を選びません。もちろん、犯罪以外でですけどね」

瀬戸が朗らかに笑いながら、小武蔵の頭を撫でた。

「よかったね、小武蔵。社長が、お前を苦しめたあいつをやっつけてくれたからね。もう二度と、会うことはないから……」

菜々子は小武蔵の顔を両手で挟み、額をくっつけた。

幼い頃から、毎日毎日怒鳴られ、暴力を受け、どんなに怖かったことだろう。

やめて、痛い、怖い、助けて……。

人間のように、恐怖を言葉にすることも助けを求めることもできない。

「つらかったね……もう大丈夫だからね……」

菜々子の涙腺が震えた。

小武蔵が、菜々子の頬を伝う涙を舐めた。

「これからは、幸せな思い出を二人でたくさん作ろうね」

菜々子は、額と額をつけたまま小武蔵に言った。

「仲間外れにしないで、僕も交ぜてください」

瀬戸が冗談めかして言った。

「え……あ、ああ、どうぞどうぞ」

菜々子は小武蔵から額を離し、平静を装い言った。

「いま、一瞬、躊躇《ためら》いましたね？」

瀬戸が悪戯っぽく笑った。

「そ、そんなことないですよ！」

菜々子は、顔の前で大きく手を振った。

嘘ではなかった。

躊躇ったのではなく、戸惑ったのだ。

単なる冗談なのか、それとも別の意味を含んでいるのか……。

「セカンドライフに戻って、麻美も交えてお祝いしましょう！」

瀬戸が弾む声で言った。

「なんのお祝いですか？」

菜々子は瀬戸に怪訝な顔を向けた。

「小武蔵君の、新たな第一歩記念です」

瀬戸が笑顔で言った。

「なるほど！　ありがとうございます！　小武蔵、よかったね！　みんなでお祝いしてくれるって！」

菜々子が語りかけると、小武蔵がハイテンションになりシートの上を飛び跳ねた。

5

シェパードとテリアのミックスのメルシーと小武蔵が、一メートルほどの棒の左右の端をくわえ、人工芝を全速力で駆け回っていた。

瀬戸はクラウドファンディングで募ったお金で、セカンドライフから五十メートルほど離れたビルの地下室に人工芝を敷き詰め、屋内ドッグランを作っていた。

ビルのオーナーが愛犬家で、レンタルスペースに使われていた三十坪の地下室を、屋内ドッグランに改造させてくれたのだ。

セカンドライフにきたばかりの頃のメルシーは人間不信で、スタッフにも他の犬にも心を開かなかったが、三年経ったいまはフレンドリーで人懐っこい性格になった。

セカンドライフの保護犬の顔触れも変わった。

後足に障害のあったゲンコツは去年、シニア犬のフブキとサクラは一昨年、虹の橋のたもとに行った。小型犬のモナカ、マロン、バニラは、それぞれ里親に引き取られて幸せな生活を送っている。メルシー以外に三年前からいる保護犬は、中型犬のワイルドとミルクとテイオーだけだった。

「こらこら、長老《ちょうろう》、アンコ、仲良くしなさい！」

菜々子は、取っ組み合いをする七歳のシュナウザーの長老と八歳のフレンチブルドッグのアンコの間に割って入った。

長老とアンコは普段は仲良しだが、じゃれ合っているうちにエキサイトして喧嘩に発展することが多々あった。因みに、口まわりの長い毛と眉毛が長老みたいだということと、丸々と肥えている姿がアンコ型の力士みたいだというのが、それぞれの名前の由来だ。

ポインターの三兄弟で九歳のラオウ、ケンシロウ、トキは、瀬戸と追いかけっこをしていた。ポインターは猟犬なので、運動量が並外れていた。

ドッグランにきて一時間あまり、瀬戸はポインター三兄弟とほぼ休憩なく動き回っていた。三頭は秋田県で鳥猟犬として活躍していたが、シニアになり脚力や嗅覚が衰えたという理由で山中に捨てられていたところを、保健所の職員が保護して瀬戸が引き取ったのだった。

三兄弟は瀬戸と出会えてまだ幸いだったが、飼い主の後を追えないように足を切り落とされたり木に括り付けられたりする猟犬も多いという。

そういう話を聞くと、どんな動物よりも人間は残酷な生き物だと菜々子は思った。

「義姉《ねえ》さん、三年前といまと、お兄ちゃんのイメージ変わった？」

麻美が、瀬戸を視線で追いながら訊ねてきた。

「ううん、ちっとも。出会ったときと同じで、優しくて、穏やかで、強くて……なにも変わらないわ」

菜々子は、小武蔵に導かれるままに初めてセカンドライフを訪れたときのことを脳裏に蘇らせた。

保護犬達に注がれる眼差しも接しているときの微笑みも、あのときと同じだった。

「なにそれ？　つまんないな。なんかないの？　食べ物の好き嫌いが多いとか、思ったより子供っぽいところがあるとか？」

麻美が、好奇に満ちた眼を菜々子に向けた。

「そういう意外な面も含めて、あの人の魅力ね」

菜々子は、はにかみながら言った。

「まあ！　のろけられちゃった！」

麻美が大袈裟に眼を見開き、まじまじと菜々子をみつめた。

束の間、二人はみつめ合ったのちに競い合うように噴き出した。

メルシーと棒遊びをしていた小武蔵が、二人の笑い声を聞きつけ駆け寄ってきた。いきなり置いてきぼりを食ったメルシーが、棒をくわえたまま立ち尽くしていた。

「ほら、急に遊びをやめたから、メルシーがびっくりしてるでしょ？」

菜々子は、体当たりしてきた小武蔵の顔を両手で挟んだ。

「小武蔵君は、いつまで経っても遊び盛りのパピーみたいにやんちゃね」

麻美が、尻をくねらせ菜々子の手から顔を外そうとする小武蔵を見て笑いながら言った。

「まったくよね〜。大きなやんちゃ坊主なんだから」

菜々子が小武蔵の鼻にキスをすると、くねらせていた尻の動きをピタリと止めた。

真丘動物病院の前に捨てられていたときに三歳だった小武蔵も、七歳のシニア期に入った。

佐久間の小武蔵誘拐事件から三年の間に、いろんな変化があった。

菜々子の子宮頸癌は一昨年完治し、再発もなく二年が過ぎた。

セカンドライフはスタッフが二人加わり、五人体制となった。

屋内ドッグランのクラウドファンディングの残金とセカンドライフの収益で、三軒茶屋《さんげんぢゃや》に新たに三十坪の物件を契約した。

年内にはセカンドライフ二号店を出す予定だった。二号店を出せばいまの倍……新たに十頭の保護犬の命を繋ぐことができる。

そして一番大きな変化は……。

「大声で笑って、僕の悪口でも言ってたのか?」

ポインター三兄弟を引き連れ、瀬戸が歩み寄りながら言った。

「まさか！　お兄ちゃんは食べ物の好き嫌いもなく、イメージ通りの素敵な大人の男性でしょう？　って話してたのよね？」

麻美が、菜々子にしらじらしい口調で同意を求めてきた。

「え？　ああ、まあ……」

菜々子は苦笑して、曖昧にごまかした。

「あ、菜々子は夫より義妹《いもうと》の肩を持つんだ」

瀬戸が、冗談っぽく拗ねてみせた。

「女子の結束力を、舐めたらいかんぜよ！」

麻美がおどけて、名作映画のセリフで啖呵を切った。

「まいったな。完全アウェーになっちゃったな」

瀬戸が頭をかきながら、顔を顰めた。

「ところで義姉さん、そろそろ離してあげれば？」

麻美が、菜々子に顔を挟まれたままの小武蔵に視線をやった。

「あ！　ごめんごめん！　苦しかったでしょ？」

菜々子は、慌てて小武蔵から手を離した。

小武蔵が、体を小刻みに震わす柴ドリルを連発した。

「改めて、ありがとうね」

菜々子は、小武蔵の頭を撫でながらしみじみと言った。

「いまの私があるのは、あなたのおかげね。命を助けてくれて、天職を与えてくれて、素敵な人と出会わせてくれて……」

菜々子は、小武蔵から瀬戸に視線を移した。

「ごちそうさま～！」

麻美が冷やかすと、瀬戸が耳朶まで赤く染めた。

「話は変わるけど、義姉さんはさ、小武蔵君が茶々丸君の生まれ変わりだと思ってるの？」

麻美が、思い出したように訊ねてきた。

「そうね……以前はそれが凄く気になったんだけど、いまは、どっちでもいいかなって。茶々丸の生まれ変わりであってもそうでなくても、小武蔵が私のそばにいてくれるだけで十分よ」

菜々子は小武蔵を抱き締め、背中から脇腹にかけて優しく撫でた。

「これからも、ずっと私と一緒に……」

菜々子は、小武蔵の体を撫でる手の動きを止めた。

腹部を撫でたときに、掌になにかが触れたような気がしたのだ。

まさか……。

いや、そんなことがあるはずはない。

これは、錯覚に決まっている。

菜々子は己に言い聞かせ、もう一度小武蔵の腹部を触った。

眼を閉じた。

頭の中が、真っ白に染まった。

6

大丈夫……大丈夫……大丈夫……大丈夫……大丈夫……大丈夫……。

真丘動物病院へ向かう道すがら、菜々子は心の中で自らに言い聞かせるように何度も繰り返した。

池尻大橋の商店街を元気に歩く小武蔵が病魔に蝕《むしば》まれているなど、ありえなかった。

茶々丸からの贈り物に、もしものことなどあるはずがない。

小武蔵が振り返り、笑顔で菜々子を見上げた。

ママ、心配しないで！　僕は大丈夫だから！

小武蔵の声が、聞こえてくるようだった。

そう、自分がしっかりしなければならない。菜々子が不安になれば、小武蔵も不安になるのだ。

小武蔵が小走りになり、路肩に寄り腰を丸めた。どうやら、排便のようだ。

菜々子はティッシュとレジ袋を用意して待った。

「え……」

小武蔵の肛門《こうもん》から勢いよく排出された液状の便に、菜々子は声を漏らした。

液状の便は何度も排出され、アスファルトに広がった。

「大丈夫⁉」

菜々子は腰を屈め、ティッシュで便を掬《すく》い取ろうとした手を止めた。

直径一メートルほどに広がった便は、数枚のティッシュで拭いとることができる量ではなかった。

「いつものフードしか食べてないのに、どうして下痢なんか……。なにか拾い食いでもした？」

菜々子は小武蔵の肛門の周辺に付着した便を、ティッシュで拭い取りながら訊ねた。

便が黒色なのも気になった。まるで、タールのような便だった。

「ちょっと、あなた、人の家の前でなにしてるのよ！」

戸建ての家から出てきた中年の女性が、目尻を吊り上げ菜々子に歩み寄ってきた。

「すみません、この子が急にお腹を壊してしまって……」

「まあぁまあ、汚いわね！　早く掃除してちょうだい！」

女性がヒステリックな声で言った。

「あの、申し訳ないのですが、なにか拭き取る物をいただけませんか？」

「犬を散歩させるのに、糞を取る物も用意してないの⁉　まったく、あなたみたいな人がいるから街が汚れるのよっ」

女性が吐き捨て、自宅に戻った。

「大丈夫よ。あなたは、なにも悪くないんだからね。私の用意が足りなかったの。このおっちょこちょいの性格、なんとかならないかしら」

菜々子は、申し訳なさそうに上目遣いで見上げる小武蔵に笑いながら言った。

「綺麗には拭き取れないから、真丘先生のところで洗ってあげるからね」

菜々子は、茶色く染まったティッシュペーパーをレジ袋に入れた。

「元通り、綺麗にしてよ！」

自宅から出てきた女性が、水の入ったバケツ、デッキブラシ、ロールのキッチンペーパーを二本、七十リットルのゴミ袋を菜々子の前に置きながら命じた。

「ありがとうございます。助かります」

菜々子は礼を言うと、小武蔵をガードレールの支柱に括りつけた。

「掃除が終わるまで待っててね」

菜々子は小武蔵に語りかけ、アスファルトに広がる液状の便をキッチンペーパーで吸い取った。

ロールを一本使いきっても、すべてを吸い取ることはできなかった。

菜々子は汚れたキッチンペーパーをゴミ袋に詰め終えると、バケツの水をアスファルトに撒《ま》いてデッキブラシで汚水を排水溝に流した。

相変わらず上目遣いで菜々子をみつめていた小武蔵が、ふたたび腰を丸めくるくると回転し始めた。

嫌な予感がした。

すぐに予感は的中した。

さっきのリプレイ映像を観ているかのように、小武蔵が物凄い勢いで下痢をし始めた。

「小武蔵……大丈夫⁉」

菜々子は、小武蔵のもとに駆け寄った。

さっきと同じ、黒いタール状の便がアスファルトに広がっていた。

小武蔵は便から離れた場所にお座りし、菜々子の顔色を窺《うかが》っていた。

「怒ってないからね」

菜々子は優しく言いながら小武蔵を立たせ、キッチンペーパーの残りで肛門周辺の汚れを拭いた。

液状なので、後足の被毛にも便が付着していた。

「あーあー、またやったの⁉　人の家の前で、どういうつもりよ！」

女性が血相を変えて歩み寄ってきた。

「すみません。お腹を壊しているみたいで……すぐに、掃除しますから」

菜々子は、何度も頭を下げた。

通行人の中には、アスファルトを汚す便を見て顔を顰める者もいた。

「とにかく、これ以上、ウチの前を汚物塗れにしないでちょうだい！　汚い犬ね！　病原菌とか持ってるんじゃないの!?　ウチには小さな子供もいるんだから、変な病気とか感染しないでしょうね!?」

女性の咎める声が、ガラス片のように降ってきた。

「小武蔵は、変な病気なんか持ってません！　この子に伝わりますから、そういうことを言わないでください！」

菜々子は小武蔵を抱き締め、強い口調で言った。

「まあ、呆れた！　人の家の前を汚物だらけにしておいて、開き直るつもり!?　だいたいね、うんこも我慢できないなんて頭が悪いんじゃないの？　その馬鹿犬を、もっと遠くに繋ぎなさい！」

女性が数メートル先を指差し、ヒステリックな声で命じた。

「小武蔵は馬鹿犬じゃありません！　賢い子です！　いままでトイレに行きたくなったらちゃんと伝えてきたし、粗相をしたことは一度もありません！　ご自宅の前を汚したのは申し訳ありませんが、お腹の具合が悪いんですから仕方がないじゃないですか！」

菜々子は引かなかった。

感情的になって、言い返しているのではない。

我が子が同じような目にあったら、彼女も守るはず……人間の子供も犬も、同じ感情を持つ生き物なのだ。

「なんですって……盗人猛々しいとは、あなたのような人のことを言うのよ！　掃除が終わったら、二度とここには近づかないでちょうだい！」

女性は捨て台詞を残し、家の中に入った。

「気にしないでいいのよ。あなたは、なにも悪くないからね」

菜々子が声をかけると、ガードレールの陰に隠れるようにしていた小武蔵が、遠慮がちに顔を舐めてきた。

「お腹が痛くなったら、我慢しなくて、してもいいのよ。悪い物を外に出さなきゃならないからね。何度でも、私が掃除するから安心して。じゃあ、もう少し待っててね」

菜々子は小武蔵に言い残し、腰を上げ掃除を再開した。

☆

小武蔵の排便の掃除に、三十分を費やした。

菜々子は小武蔵を抱っこしていた。また排便をしてしまえば、掃除に時間を取られてしまう。掃除するのは苦にはならないが、少しでも早く小武蔵の容態を真丘に診せたかった。

小武蔵と生活を始めてから、こんなにひどい下痢をしたのは初めてのことだった。

どこか具合が悪いところがあるのならば、早めに発見しておきたかった。

万が一手遅れになれば……。

菜々子は、脳裏に浮かんだ不安を慌てて打ち消した。いい思考も悪い思考も現実になると、なにかの本で読んだことがあった。

心配する必要はない。小武蔵は、手遅れになるような病を患っているはずがないのだから。

腕の中で小武蔵が身を捩った。

「もう少しで着くからね」

小武蔵は後足を激しく動かし、首を左右に振った。

便意を催しているのかもしれない。

真丘動物病院までは、あと百メートルほどある。

迷ったのちに、菜々子は小武蔵を地面に下ろした。腹を下している状態で、排便を我慢させるのは酷だと思ったのだ。

小武蔵は地面に立ったまま、動かなかった。

「どうしたの？　うんちじゃないの？」

菜々子は訊ねたが、小武蔵は立ったまま地面をみつめていた。

「違ったのかしら……」

小武蔵が突然、背中を波打たせた。

「どうしたの⁉」

小武蔵が四肢を踏ん張り、大きく口を開けると未消化のドッグフードを嘔吐した。

「あららら……大丈夫⁉」

菜々子は屈み、小武蔵の背中を撫でた。

二回、三回と小武蔵が立て続けに嘔吐した。見ている菜々子まで、体力を奪われそうだった。

三回目の吐物にフードは混じっておらず、白い泡状の液体だった。

「きついね……いったい、どうしちゃったの？　フードが悪くなっていたのかしら……」

掌に蘇る腹部のしこりの感触――菜々子は、慌てて打ち消した。

「早く真丘先生に診てもらおうね」

菜々子は小武蔵の口の周りと地面をキッチンペーパーで拭い、抱き上げた。

☆

待合室のベンチソファ――小武蔵が診療室に入っておよそ二十分、菜々子はスマートフォンで小武蔵の症状を調べていた。

打ち消しても打ち消しても、嫌な考えが菜々子の心を支配するように浮かんできた。下痢と嘔吐が見られる症状として一番考えられるのは、消化器官の疾患だ。


急に嘔吐や下痢が起こり、食欲不振や元気消失、腹痛などが見られる。

胃炎では嘔吐、腸炎では下痢の症状が起こる。

多くは一日から三日で自然に治まる。


菜々子は、犬の急性胃腸炎の症状について書かれた文章を読んだ。

昨日までなにも症状がなかったことから、急性胃腸炎の可能性が高い。だが、最悪の場合は別の病気の可能性もある。

菜々子は、その病名を思い浮かべないようにした。考えただけで、足が震えた。

「菜々子ちゃん」

診療室のドアが開き、真丘が顔を出した。

菜々子は緊張の面持ちで診療室に入ると、真丘のデスクの前に置かれたキャスターチェアに腰を下ろした。

「小武蔵はいま、奥の部屋のケージで点滴を受けているよ。下痢と嘔吐で、水分を失っているからね」

「小武蔵は急性胃腸炎ですか？」

菜々子は祈りを込めて訊ねた。

「このエコー画像を見てほしい」

真丘が、壁にかかったモニターをボールペンの先端で指した。

「これは小武蔵の大腸の画像だが、ここに黒い影があるだろう？」

真丘が指すボールペンの先に映る楕円《だえん》形の黒い影に、菜々子の心臓の鼓動が早鐘を打ち始めた。

「まさか……腫瘍じゃないですよね？」

菜々子は掠れた声で訊ねた。

両膝が震え始めた。

違う……絶対に違う。小武蔵に腫瘍など、できるはずがない。

「少なくとも胃腸炎では、こんなに大きな影は見えない。残念ながら、腫瘍である可能性は非常に高い」

真丘が菜々子の瞳をみつめながら、物静かな口調で言った。

「もしそうだとしても、悪性とはかぎらないですよね⁉　良性かもしれませんよね⁉」

菜々子は、膝の上で重ね合わせた両手に力を込めた。

左の手の甲に、右の親指の爪が食い込んだ。

「そう思いたい気持ちはわかるが、悪性である可能性が高い」

真丘の言葉に、菜々子の視界が暗くなった。

「どうして悪性だと決めつけるんですか⁉　良性かもしれないじゃないですか⁉」

菜々子は、強い口調で抗議した。

「悪性だと決めつけているわけじゃないよ。その可能性が高いと言っているだけさ」

菜々子とは対照的に、真丘は落ち着いた声音で言った。

「この画像だけで、どうして腫瘍が悪性の可能性が高いとわかるんですか⁉　こんな黒い影の画像だけで、どうして良性じゃないと言いきれるんですか⁉」

菜々子は真丘を問い詰めた。

「大腸にできる腫瘍で、これだけ大きくなるケースは稀だ。もちろん、良性の可能性はゼロじゃない。ただ、数パーセントの希望に縋《すが》って時を浪費したら、取り返しがつかなくなるかもしれない。菜々子ちゃん、こんなときだからこそ冷静にならなきゃね。ウチの病院の設備では、ここまでの検査が限界だ。紹介状を書くから、消化器官専門の獣医師がいる病院で内視鏡やCT検査を……」

「小武蔵は癌じゃありません！　先生は、小武蔵まで私から奪いたいんですか⁉」

菜々子の声が、診療室に響き渡った。

真丘は、無言で菜々子の瞳をみつめた。

憐憫《れんびん》とは違う、同情とも違う……しかし、真丘の菜々子をみつめる瞳はとても哀しげだった。

「言い過ぎました……すみません」

真丘が悪いわけではないのに、思わず八つ当たりしてしまったことを菜々子は詫びた。

「いやいや、詫びる必要はないよ。誰だって、同じ状況になればそういう気持ちになるさ。でもね、こういう状況だからこそ気をしっかり持ってほしい。小武蔵の腫瘍が悪性だった場合、外科手術なり化学療法なり放射線治療なりをすぐに始めなければならない。小武蔵は七歳になったばかりだから、まだ若い。悪性腫瘍なら物凄い速さで進行するだろうから、もたもたしていると手遅れになってしまう。腫瘍が良性なら、それに越したことはないのだからね」

真丘が諭すように言った。

たしかに、真丘の言う通りだった。

いまは、現実逃避している場合ではない。もし小武蔵が悪性腫瘍に侵されているならば、一刻も早く治療しなければならない。

「紹介状を……書いていただけますか？」

菜々子は、か細い声で訊ねた。

「わかった。その間、小武蔵の様子を見てくるといいよ」

菜々子は腰を上げ、入院室に向かった。

ケージの中——エリザベスカラーをつけた小武蔵が、菜々子の姿を認めると激しく尻尾を振りながら立ち上がった。

右の前足に刺された点滴の針が痛々しかった。

「針が外れちゃうから、あんまり動いちゃだめよ」

菜々子はそう言いながらも、元気のいい小武蔵を見て安心した。

目力も強く、表情も生き生きとしていた。こんなに元気な小武蔵が、悪性腫瘍を患っているはずがない。

「いまから別の病院に行って、診てもらおうね」

菜々子は、小武蔵に笑顔で語りかけた。

明るく振る舞うのは、自分を鼓舞するためでもあった。

「いまから、診てくれるそうだ。ご主人を呼ぶかい？」

真丘が背後から声をかけてきた。

「いいえ、今日はセカンドライフのスタッフも少ないので、ペットタクシーを呼びます」

菜々子は即座に言いながら、記憶を巻き戻した。


――菜々子、どうしたの？

小武蔵の腹部にしこりのようなものを感じた菜々子に、瀬戸が心配そうに訊ねてきた。

――ううん、なんでもない。ちょっと、考え事をしてただけよ。小武蔵と散歩してくるわ。

――僕も行くよ。

――あなたは、お店に戻ってて。

――義姉さん、お店のほうは大丈夫だから、夫婦水入らずで小武蔵君とラブラブ散歩しておいでよ。

麻美が冷やかすように菜々子に言った。

――お気遣いどうも。でも、たまには小武蔵と二人きりでデートしたいの。

菜々子は不安な気持ちを押し隠し、冗談めかして切り返した。

――寂しいな。僕はのけ者か？

瀬戸が拗ねた顔で言った。

――あなたって、意外と子供っぽいところもあるのね。じゃあ、行ってくる！

菜々子は努めて明るく振る舞い、屋内ドッグランをあとにした。

セカンドライフのスタッフの数は足りていた。

瀬戸や麻美には、知られたくなかった。二人に言ってしまえば、菜々子の不安が現実になりそうで怖かったのだ。


「ペットタクシーなんてあるのかい？」

真丘の問いかけに、菜々子は現実に引き戻された。

「はい。車内にトイレスペースもあり、粗相しても大丈夫なので安心なんです」

菜々子は言いながらスマートフォンを手にし、ペットタクシーのアプリで予約を入れた。

とくに小武蔵はいま腹を下しているので、普通のタクシーは使えない。

「ペットのタクシーだなんて、便利な時代になったものだね。どのくらいできてくれるんだい？」

真丘が興味津々の顔で訊ねてきた。

「一時間くらいかかるそうですが、先方の病院は大丈夫ですか？」

菜々子は質問を返した。

「ああ、四時から手術が入っているから、それまでだったら大丈夫だと言っていたよ。もう少し点滴がかかるから、タクシーがくるまで小武蔵のそばにいてあげるといい。それだけで、小武蔵も免疫力が上がるからね」

真丘が微笑みを残し、診療室に戻った。

菜々子はケージの扉を開け、小武蔵の鼻に鼻をくっつけた。

「今度は、私がお前を守るからね」

菜々子は小武蔵の瞳をみつめて誓った。

そして、茶々丸に……。

☆

初台《はつだい》の「東京犬猫医療センター」を出た菜々子は、薄曇りの空を見上げた。

小武蔵の検査の時間がどのくらいかかるか読めなかったので、ペットタクシーは片道しか予約していなかった。

通りに空車のタクシーが頻繁に往来していたが、すぐには乗る気になれなかった。

「少し歩いて行こうか？」

菜々子は、足元の小武蔵に視線を移して語りかけた。

小武蔵はキラキラした瞳で菜々子をみつめ、大きく尻尾を振った。

目の前の小武蔵は、昨日までの小武蔵となにも変わらなかった。だが、昨日までの小武蔵とは違うという事実を三十分前に突きつけられた。

——細胞診の検査結果を待たなければ断定はできませんが、小武蔵君の大腸の腫瘍は悪性の可能性が高いです。

西沢《にしさわ》という三十代と思しき男性の獣医師の言葉が、菜々子の脳裏に蘇った。

——そんな……でも、まだ細胞診の結果次第では悪性じゃない可能性も残ってるんですよね？

菜々子は、藁《わら》にも縋る思いで西沢獣医師に訊ねた。

——残っています。ですが、それはかぎりなく低い可能性だと思ってください。

——低いって……どのくらいの可能性ですか？

——一パーセント以下です。

西沢獣医師がきっぱりと言った。

――一パーセント以下……。

菜々子は絶句した。

――細胞診の検査結果が出ていないので確定できないだけで、小武蔵君が癌であるのはほぼ間違いありません。

追い討ちをかけるように、西沢獣医師が言った。

――確定できないのなら、まだ良性の可能性はあるということじゃないですか⁉

菜々子は、語気を荒らげて食い下がった。

――小谷さんの目の前で車に撥ねられた男性がいるとしましょう。男性の膝から下は不自然に曲がり、足の甲が内側に向いています。誰が見ても、男性が骨折しているのは明らかです。しかし、私がその場で小谷さんに骨が折れているかどうかを訊かれたら、断定はできませんが骨折している可能性が高い、としか答えられません。理由は、エックス線画像で確認できていないからです。小武蔵君の腫瘍を百パーセント悪性と断定できないのは、いまのたとえと同じような理由だと受け取ってください。

そのとき菜々子には、西沢獣医師が悪魔に見えた。

——じゃあ、一刻も早く手術をしてください！

——そうしたいのは山々ですが、腫瘍がかなり大きいのでいきなり手術では取りきれない可能性があります。なので、ステロイド剤を投与して腫瘍を維持します。

——腫瘍の維持って、退治しないんですか？

菜々子は、怪訝な顔を西沢獣医師に向けた。

——ステロイド剤では腫瘍は縮まないので、抗癌剤が投与できるまで進行しないように維持するという意味です。

——どうして、すぐに抗癌剤を投与しないんですか⁉

菜々子は、ほとんど問い詰める口調になっていた。

──小武蔵君の腫瘍が悪性だと確定しなければ、抗癌剤は使用できません。

──形式的な検査結果が出てないだけで、小武蔵の腫瘍は悪性なんですよね⁉

──お気持ちはわかりますが、決まりなのです。


菜々子は立ち止まり、頭を振った。

いくら考えても……運命を呪っても、結果は変わらない。細胞診の検査結果が出るまでは、一週間前後かかるという。

その間、処方されたステロイド剤で腫瘍の進行を遅らせ、悪性だと確定したら抗癌剤を投与する。

一度の投与で腫瘍が縮小したら外科手術で摘出した後に、一週間の入院という流れだ。

小武蔵が後足で立ち上がり、前足の肉球で菜々子の膝を叩いた。

「なになに、どうしたの？」

菜々子は腰を屈め、小武蔵の前足を両手で握りながら語りかけた。

小武蔵は笑いながら、菜々子をみつめていた。


心配しないで。僕は大丈夫だよ！

小武蔵は、まるでそう言っているようだった。

「そうだよね。お前が、病気なんかに負けるわけないよね！　お前のやんちゃぶりに、癌のほうが逃げちゃうわ」

菜々子は、努めて明るく言った。気を抜けば、泣き出してしまいそうだった。

涙は流さない……流す必要もない。小武蔵は、これまで通りずっと菜々子のそばにいるのだから……。

「疲れたでしょう？　そろそろ、タクシーに乗ろうか？」

いまは下痢止めを注射しているので、車内で粗相をすることもないだろう。

抱き上げようとした菜々子の腕からするりと抜け出した小武蔵が、耳を後ろに倒して全速力で歩道を駆けた。

「あ、待ちなさい……待ちなさいったら！」

菜々子は、小武蔵を追いかけながら願った。

この元気が、ずっと続きますように……。

☆

「モップにも、ようやく家族ができそうでよかったよ」

リビングルームのソファに座った瀬戸が、安堵の吐息を漏らした。

セカンドライフの閉店間際に里親希望者が訪れたので、帰宅したときには十時を回っていた。

小武蔵は、リビングルームの隅にあるケージの中でヘソ天の姿勢で熟睡していた。早い時間から検査の連続で、疲れているのだろう。

モップの里親希望者は四十代の歯科医で、十年間飼っていた保護犬が去年亡くなりセカンドライフに新たな出会いを求めてきたのだ。

「モップは高齢だから、本当によかったわ」

菜々子はサイフォンのコーヒーを注いだ二つのマグカップのうちの一つを、瀬戸に渡しながら隣に座った。

モップは十歳のオールドイングリッシュシープドッグで、高齢の上に白内障を患っているのでなかなか引き取り手が現れなかった。

因みに、毛むくじゃらでモップみたいだから、というのが名前の由来だった。

「小武蔵君も、大事にならなくてよかったね」

瀬戸が、ケージの中で熟睡している小武蔵を見ながら言った。

「そのことで、話があるの」

菜々子は本題を切り出した。

麻美を始めとするセカンドライフのスタッフ達を動揺させたくなかったので、瀬戸には小武蔵は急性胃腸炎だと伝えていた。

「ん？　なに？」

「実は、小武蔵は急性胃腸炎じゃなかったの」

「え？　どういうこと？」

瀬戸が首を傾げた。

「小武蔵は、大腸の癌なんだって」

「え……」

菜々子の言葉に、瀬戸が絶句した。

「正式には、細胞診という検査結果が出ないと確定ではないらしいんだけど、九十九パーセント悪性だと言ってたわ」

菜々子は、深刻になり過ぎないように告げた。

瀬戸を不安にさせたくなかった。また、深刻になる必要もなかった。

小武蔵は手術を受ければ、すぐに全快するのだから……。

「悪性の腫瘍……」

「深刻にならないで。手術すれば治るんだから」

菜々子は、笑顔で瀬戸に言った……同時に、己にも言い聞かせた。

「こんなに元気なのに、小武蔵君が癌だなんてとても信じられないよ」

瀬戸が、小さく首を横に振りながら言った。

「私も最初は驚いたけど、発見できてよかったわ」

マグカップを口元に運ぶ菜々子の手が震えていた。

「それで、手術はいつ？」

瀬戸が訊ねてきた。

「細胞診の結果が出てから、抗癌剤治療を始めるそうよ」

「え？　手術じゃないのかい？」

怪訝な顔を向ける瀬戸に、菜々子は西沢獣医師から聞いた手術までの流れを説明した。

「そんなに大きな腫瘍なのか……」

瀬戸が、ヘソ天の姿勢で寝息を立てる小武蔵に視線を移しながら呟いた。

「ほらほら、暗い顔をしないで！　ワンコ達は私達の心を敏感に察するって……あなたの口癖よ」

菜々子は、無理に口角に弧を描いた。

口ではそう言っているが、菜々子の心の糸は切れてしまいそうだった。

お気に入りの食パンの大型クッションに横たわる茶々丸……冷たく硬くなった茶々丸を抱き締め、池尻大橋の商店街を駆けたあの夜の悪夢が菜々子の頭から離れなかった。

茶々丸だけでは、足りないのですか？

ぽっかり空いた心の穴を埋めてくれた小武蔵のことも、連れ去るつもりですか？

それならば、なぜ小武蔵との出会いを与えてくれたのですか？

一時的な慰め？　それとも懲らしめですか？

私のせいですか？

たしかに、私は問題の多い人間です。この性格のせいで、これまでに多くの人を傷つけ、迷惑をかけてきました。

それとも、私の子宮頸癌が治った代わりですか？

あるアニマルヒーラーがテレビで言ってました。

犬や猫があなたのもとにくるのは、二つの理由からだと。

一つはあなたに癒しを与えるため……そしてもう一つは、あなたの罪や病気を背負うため。

もし、罪が原因なら……私を罰してください。

どうか、私への罰を小武蔵に与えないでください。

もし、病が原因なら……私に背負わせてください。

どうか、私の病で小武蔵を苦しめないでください。

菜々子は祈った。

果たして、意味があるのだろうか？

茶々丸に続き小武蔵まで奪おうとする、神に祈ることが。

そもそも、神は存在するのか？

「いいんだよ」

不意に、瀬戸が言った。

菜々子は無言で、瀬戸をみつめた。優しさに満ちた瞳……瀬戸が言わんとしていることは、すぐにわかった。

頼ってくれて……。

できるなら、そうしたかった。ほかのことなら、瀬戸の言葉に甘えたかもしれない。

だが、小武蔵のことで瀬戸に頼りたくなかった。

瀬戸に遠慮しているわけではない。小武蔵が一番苦しいときに、自分だけ楽になりたくなかった。

「ありがとう。わがまま言っても、いいかしら？」

菜々子は言った。

「もちろん！　いくらでも、言ってくれよ」

瀬戸の瞳が輝いた。

「小武蔵の件は、私に頑張らせて」

「え？」

一転して、瀬戸の顔が曇った。

「誤解しないでほしいんだけど、誰にも頼りたくないの」

誤解するなというのは、無理な話かもしれない。

瀬戸とは以前までの雇い主と従業員の関係ではなく、いまは夫婦なのだ。

妻の言葉は、夫を傷つけるのに十分なものだった。

「ごめん……いつだって私と小武蔵を支えてくれたあなたに、ひどい言い草よね」

早くも、菜々子は後悔していた。

小武蔵の件で、誰にも頼りたくないという気持ちは本当だった。だが、言いかたがあったはずだ。

心に思ったことをオブラートに包まずに口にする……。また一人、大切な人を傷つけてしまった。

「うん、間違ってなかった」

菜々子の予想に反して、瀬戸が笑顔で頷いた。

「なにが？」

「不器用で、嘘が下手で……でも、誰よりも純粋でまっすぐな女性。僕の思っていた通りの人だよ」

瀬戸が、優しい瞳で菜々子をみつめた。

「じゃあ、わがままを聞いてくれるの？」

「もちろん。君の小武蔵君への想いの深さだよ。わがままでもなんでもないさ。僕もこれまで保護犬達の世話をしてきたから、菜々子の気持ちはよくわかるよ」

菜々子の胸が震えた。

菜々子のほうこそ、間違っていなかった。瀬戸を、生涯のパートナーとして選んだことを。

「ありがとう……」

涙声で、菜々子は言った。

「なに言ってるんだよ。水臭いな。困ったときには、支え合うのが夫婦じゃないか。それで、小武蔵君の細胞診……あ、起きてきたよ」

瀬戸がケージに視線を移した。

ヘソ天の体勢で熟睡していた小武蔵が急に立ち上がり、宙をみつめていた。

「小武蔵、寝ぼけてるの？」

菜々子は声をかけた。

小武蔵は菜々子の声に反応せずに、宙を凝視し続けていた。

「どうしたの？　小武蔵……」

菜々子は、言葉の続きを呑み込んだ。

小武蔵が背中を丸め、ゴボッ、ゴボッ、ゴボッという音を立てながら嗚咽を始めた。続けて、大きく開けた口から吐物が迸《ほとばし》った。

「大丈夫⁉」

菜々子はケージに駆け寄り、扉を開いた。

小武蔵の足元には、一時間前に食べたばかりのドッグフードが白い粘液とともに溜まっていた。

二度、三度、四度……立て続けに、小武蔵は嘔吐した。吐物が粘液だけになっても、小武蔵はゴボッ、ゴボッという音とともに背中を波打たせていた。

「どうしよう……」

菜々子が伸ばしかけた手を、瀬戸が押さえた。

「最後まで、出しきらせたほうがいい」

瀬戸が小武蔵をみつめたまま言った。

五度、六度、七度、八度……小武蔵の嘔吐は続いた。

菜々子は拳を握り締め、唇を嚙んだ。結局小武蔵は十度も吐き、最後には胃液も出なかった。

「きつかったでしょう？」

菜々子はウエットティッシュを手に、小武蔵の口元を拭った。

小武蔵が顔を逸らし、ふたたび背中を波打たせ始めた。

茶々丸、小武蔵を救って……お願い……守って……。

もし……小武蔵があなたなら、今度は私を置いていかないよね？

菜々子は悲痛に歪めた顔で、嘔吐する小武蔵に心で語りかけた。

7

「細胞診の診断結果が出ました。小武蔵君は、リンパ腫でした。腸にできる消化器型リンパ腫で、発生頻度の低い珍しいタイプの腫瘍です」

東京犬猫医療センターの診療室――西沢獣医師が、テーブルに置いた診断表を見せながら言った。

菜々子は、足元に寝そべる小武蔵に視線を移した。検査結果を聞いても、菜々子に驚きはなかった。

浮き出した背骨と肋骨《ろっこつ》、艶のない被毛、力のない瞳……十日前に自宅で嘔吐を繰り返してから、小武蔵の体調はみるみる悪化した。

ドッグフードをまったく食べなくなり、この十日間はササミや鶏の胸肉を二、三切れ口にするだけだった。それさえも一昨日から食べなくなり、昨日、今日と点滴を打ってもらっていた。体重は十二キロから八キロまで落ち、一日の大半は蹲っていた。

トイレ、シャワールーム、ベッドルーム……いつもなら菜々子が移動するたびに後をついて回っていた小武蔵も、首を擡《もた》げるだけで立ち上がろうとしなかった。

いや、正確には立ち上がる元気がないのだ。

『小武蔵君も歩くのはつらいだろうから、体調が安定するまで店のほうは休んでいいよ』

瀬戸の気遣いを、菜々子は受け入れることにした。

その気になれば瀬戸の運転する車でセカンドライフに連れて行けるが、免疫力が落ちているので保護犬達との接触は避けたかった。

だからといってずっと寝てばかりでは筋肉が落ちてしまうので、朝と夕方には散歩に連れ出した。

ついこのあいだまで、三キロの距離を弾む足取りで歩いていたことが信じられないくらいに、小武蔵はゆっくりとしか歩けなくなっていた。

巻き上がっていた尾は垂れ、顔を下に向けてよろけながら歩く小武蔵の姿を見ていると、菜々子の胸は張り裂けてしまいそうだった。

「あの……珍しいタイプというのは、悪いことなんですか？」

菜々子は、恐る恐る訊ねた。

「少なくとも、いいことではないですね。一般的なリンパ腫は抗癌剤が効きやすい癌です。小武蔵君の消化器型リンパ腫は、抗癌剤の効き目が一般的なリンパ腫の五十パーセントしかありません」

「五十パーセント……。ほかにも、治療法はあるんですよね？」

菜々子は、藁にも縋る思いで質問を重ねた。

「リンパ腫は血液の癌なので外科的手術や放射線治療では完治しません。現段階では、リンパ腫の治療法は抗癌剤しかありません」

「この前、手術をすると言ってませんでしたか？」

「消化器型リンパ腫であるという診断結果を受けて、手術の目的が変わりました。小武蔵君の腫瘍が大き過ぎるので、いきなり抗癌剤を投与してしまうと腸が破裂してしまいます。まずは腸にできた腫瘍を手術で小さくして、それから抗癌剤投与に移ります」

「手術では、癌を全部取り除けないのですか⁉」

菜々子の膝の上で握り締めた両手に力が入った。

「リンパ節にまで浸潤しているので、すべての腫瘍を取り除くには、腸の全摘出をしなければなりません」

西沢獣医師が、淡々とした口調で言った。

「そんな……」

菜々子は絶句した。

「まずは、できるだけ多くの腫瘍を取り除きます。早速ですが、いまから小武蔵君を入院させたいのですが、可能ですか？」

西沢獣医師が訊ねてきた。

「入院ですか？」

「はい。小武蔵君の腫瘍の進行スピードは速いので、一刻も早く腫瘍を切除して抗癌剤治療を開始したいのです。そのためには、点滴と流動食で小武蔵君の体力を回復させなければなりません。いまの状態では、全身麻酔に耐えられませんからね」

西沢獣医師が、菜々子の足元で寝そべる小武蔵に視線を移した。

「そんなに、小武蔵は悪いんですか？」

菜々子も、小武蔵に視線を戻した。

茶々丸のことを思い出し、悲嘆に暮れている菜々子に寄り添ってくれた小武蔵。散歩中に力強く菜々子を引っ張り、セカンドライフに連れてゆき瀬戸と出会わせてくれた小武蔵。菜々子が子宮頸癌に侵されていることを教えるために、病院に連れて行ってくれた小武蔵。

いつでも小武蔵は、菜々子を見守り、癒し、導いてくれた。

小武蔵、起きてよ。どうしたの？

いつもみたいに、あなたの笑顔を見せてよ。

いつもみたいに、いろんな悪戯をしてよ。

いつもみたいに……。

前足に顔を埋めて体を丸める小武蔵の姿が、涙で滲んだ。

「このまま、なんの治療もせず放置していると一ヶ月ももたないでしょう」

西沢獣医師の言葉が、鋭利な刃物のように菜々子の胸に刺さった。

「一ヶ月……」

菜々子は、放心状態で西沢獣医師の言葉を繰り返した。

「手術をして、抗癌剤治療を始めれば小武蔵は助かりますか？」

我に返った菜々子は身を乗り出した。

「消化器型のリンパ腫は完治が難しい病ですが、まずは大きい腫瘍を取り除いてから寛解を目指しましょう」

「完治を目指すということですね？」

菜々子は確認した。

「完治とは違います。寛解は腫瘍による症状や検査異常が消失した状態……つまり、癌細胞が肉眼で見えなくなる状態を言います」

「だから、完治ですよね？」

「いえ、完治は治療を終えても病気の症状が消失している状態です。寛解は治療が続いている中で症状が収まる穏やかな状態です。わかりやすく言えば、寛解は再発する可能性が高いということですね。手術を成功させ、その後、週一のペースで抗癌剤を投与して寛解まで持ってゆき、その後、間隔を空けて抗癌剤療法を続けながら再発を防止します」

「じゃあ、小武蔵は、ずっと抗癌剤治療を続けなければならないということですか⁉」

菜々子の語気は、思わず強くなった。

「違います。寛解の期間が長く続けば、抗癌剤の投与を中断します。その間もエコー検査と血液検査は続けます。そのまま、一年、二年と再発しなければ完治も見えてきます。人間の場合は五年が目安ですが、犬の場合は二年が一つの目安となります」

西沢獣医師の言葉で、菜々子の胸に希望の光が差し込んだ。

同時に、小武蔵を苦しめる病魔が相当に手強《てごわ》いということを知った。

「わかりました。小武蔵を入院させます！」

菜々子は立ち上がった。

「どうか、小武蔵を助けてください！」

菜々子は、願いを込めて頭を下げた。

☆

セカンドライフに到着したときには、午後七時を回っていた。

点滴を打つ小武蔵に三十分ほど付き添い、東京犬猫医療センターを出たのが六時過ぎだった。

本当はもっと付き添っていたかったが、手術を控えた小武蔵の体力を温存させるために後ろ髪を引かれる思いで病院をあとにした。

「あら、義姉さん。小武蔵君は、どうだったの？」

ドアを開けると、カフェフロアのテーブルを拭いていた麻美が駆け寄ってきた。

保護犬達の元気な吠え声を聞くのが、いまはつらかった。

「今夜から入院になったわ」

「え⁉　入院⁉　今日は細胞診の検査結果を聞くだけじゃなかったの？」

麻美が、驚きに眼を見開き訊ねてきた。

「かなり衰弱していたから、そのほうが安全かもね」

保護犬フロアの床掃除をしていた瀬戸が、モップを手に菜々子と麻美のもとに歩み寄ってきた。

「小武蔵は、消化器型リンパ腫だったわ」

菜々子は、努めて平静を装い西沢獣医師から聞いた話を瀬戸と麻美に伝えた。

「そうか。とりあえず、座って」

瀬戸が、菜々子をテーブルチェアに促した。

「手術を受けてから抗癌剤の治療か……小武蔵君の病気、そんなに重かったんだ」

麻美が表情を曇らせた。

「少しは、食べてくれるといいんだけど。体調が回復しなければ、手術も受けられないんだろう？」

瀬戸が菜々子に顔を向けた。

「うん。でも、大丈夫。小武蔵は選ばれた子よ」

「選ばれた子？」

麻美が繰り返した。

「そう。小武蔵は茶々丸が選んだ子なの」

「なるほど！　小武蔵君は、義姉さんのために茶々丸君が送ってくれた子だよね！」

麻美が声を弾ませた。

「そんな特別な子が、リンパ腫なんかに負けるわけないね」

瀬戸が微笑んだ。

「ううん、違うわ」

「え？」

瀬戸と麻美が、ほとんど同時に菜々子を見た。

「小武蔵は、茶々丸が私を助けるために選んだ新しい命よ」

何回も、何十回も……何百回も、心に思っては打ち消してきたこと。

もう、打ち消しはしない。

「つまり、小武蔵君は茶々丸君の生まれ変わりっていうこと？」

麻美が訊ねてきた。

菜々子は、躊躇わずに頷いた。

「小武蔵は私を助けにきたのよ？　そんな小武蔵が、病気なんかに負けるわけないでしょう？」

菜々子は、瀬戸と麻美を交互に見ながら笑顔で言った。

そして、自分に……。

☆

「血液検査の結果、小武蔵君には骨髄抑制が起こっています。免疫力がかなり低下しており、この状態では手術を行えません」

西沢獣医師が、残念そうに言った。

「じゃあ、小武蔵はどうなるんですか⁉」

「いまは、骨髄抑制がおさまるのを待つしかありません」

「おさまらなければ……小武蔵は死を待つしかないんですか⁉」

菜々子は、うわずる声で訊ねた。

「最善を尽くします」

西沢獣医師は、抑揚のない口調で言った。

「最善を尽くすより、小武蔵を助けてください！」

菜々子は、西沢獣医師の腕を摑み、涙ながらに懇願した。

「残念ですが、骨髄抑制がおさまらなければ手術はできません」

西沢獣医師は無表情に言い残し、席を立った。

「待ってください！　小武蔵を見捨てないでください！」

菜々子は立ち上がろうとしたが、金縛りにあったように体が動かなかった。


目の前に、ケージがあった。

手には、スマートフォンが握り締められていた。

菜々子は視線を巡らせた。

リビングルーム……。

ぼんやりした頭に、記憶が蘇った。

万が一、夜中に動物病院からの緊急の連絡がきたときに備えて、小武蔵のケージの前で横になっているうちに、うたた寝してしまったようだ。

菜々子は、スマートフォンを見た。

午前九時五分。

動物病院からの連絡はきていなかった。

上体を起こした菜々子は、毛布をかけられていたことに初めて気づいた。

もう一度、スマートフォンに視線を戻した。

瀬戸からＬＩＮＥのメッセージが入っていた。

風邪をひくから、ベッドで寝るようにね。

じゃあ、仕事に行ってくる。

小武蔵君のこと、なにかわかったら連絡ちょうだいね。


心が温かくなった。

だが、小武蔵の状態が気になり微笑む気にはなれなかった。

それにしても、嫌な夢だった。

もしかして予知夢……小武蔵の状態がよくないのか？

胸騒ぎに襲われた菜々子は、東京犬猫医療センターの電話番号を呼び出した。

通話キーをタップしようとしたとき、着信が入った。ディスプレイに表示される名前に、菜々子の心拍数が高まった。

「もしもし、小谷ですけど」

『東京犬猫医療センターの西沢です』

「なにかありましたか⁉」

菜々子は食い気味に訊ねた。

『小武蔵君、昨夜と今朝、少しですが流動食を食べてくれました。骨髄抑制の数値も下がってきましたので、体調が急変しないかぎり午後に手術をする予定です』

「よかった……」

夢の件もあって嫌な予感がしていたが、逆夢になり菜々子は胸を撫で下ろした。

『午前中に、面会にいらっしゃいますか？』

「はいっ、行きます！」

菜々子は弾かれたように立ち上がり、即答した。

可能なかぎり、小武蔵に付き添ってあげたかった。

もう、茶々丸のときのような後悔はしたくなかった。

『十一時から手術前の検査に入りますので、十時くらいに大丈夫ですか？』

「大丈夫です！」

菜々子は言いながら、クロゼットに向かった。

十時まで一時間を切っているので、急がなければならない。

『では、お待ちしています』

菜々子は電話を切り、スエットのセットアップからデニムとロングTシャツに着替えるとキャップを被った。

髪の毛を整える時間も惜しかった。

菜々子は財布とキーケース、スマートフォンを手にすると、玄関へと駆けた。

☆

東京犬猫医療センターの入院フロアに続くエレベーターに乗った菜々子は、硬い表情で上昇する階数表示のランプを視線で追った。

一秒でも早く小武蔵に会いたかったが、衰弱している姿を見るのが怖くもあった。

三階で、階数表示のランプが止まった。

「お待ちしていました。こちらへどうぞ」

ドアが開くと、学生のような童顔の女性看護師が笑顔で出迎え、菜々子を奥のフロアへと案内した。

五つずつ並んだ三段のケージが、壁に埋め込まれていた。

小武蔵は、最上段の右端のケージで蹲っていた。前足には点滴の管が通され、首にはエリザベスカラーが巻かれていた。

「小武蔵……」

菜々子が名前を呼ぶと、小武蔵がゆっくりと顔を上げ、菜々子を認めるとよろよろと立ち上がった。

「無理しないで……」

菜々子はケージの柵越しに手を入れ、小武蔵の鼻を撫でた。

小武蔵はゆらゆらと尻尾を振りながら、潤む瞳で菜々子をみつめていた。立っているのがやっとなのだろう、四肢がガクガクと震えていた。

「扉を開けてもらってもいいですか？」

「手術前なので、五分くらいでお願いします」

看護師は言うと、ケージの扉を開いた。

小武蔵がよたよたと足を踏み出し、菜々子の顔を舐めた。

その間も、小武蔵の四肢は震えていた。

「きついのに……ありがとうね」

菜々子は、小武蔵を抱き締めた。

不意に溢れた涙が、小武蔵の被毛を濡らした。


ママ、泣かないで。

声が聞こえたような気がした。

僕を信じて。

また、声がした。

あなたなの？　あなたなのね？

菜々子は、心で問いかけた。

小武蔵は菜々子の胸にピタリと寄り添い、凭《もた》れかかるように身を預けた。

約束する……今度は、あなたを一人にはしないから。

菜々子は小武蔵……茶々丸に誓った。

☆

リラクゼーションミュージックが低く流れる、待合フロアのベンチソファに座った菜々子は、手にしたスマートフォンをみつめていた。

デジタル時計は、午後二時を回っていた。

小武蔵の手術が始まって、一時間が過ぎた。菜々子のほかには、老婆がフロアの隅のテーブル席にいるだけだった。

老婆は、椅子の背凭れに身を預けて眼を閉じていた。眠っているのかどうかはわからないが、うっすらと微笑んでいるようにも見えた。

手術は、順調に進んでいるだろうか？

麻酔が効き過ぎて、危険な状態になっていないだろうか？

長時間の手術に、体力がもつだろうか？

思わぬアクシデントが起きて……。

菜々子は、次々と胸を過《よぎ》る不安を打ち消した。

小武蔵は、きっと元気になる。

もしそうでなければ、帰ってきた意味がない。

小武蔵と出会ったことで、菜々子は救われた。

茶々丸の最期の悪夢が、少しは和らいだ。

でも、ふたたび小武蔵が目の前から消えたら……心の傷はさらに深くなる。そしてその傷は、永遠に癒えることはないだろう。

菜々子の掌の中で、スマートフォンが震えた。

『いま、手術中？』

通話ボタンをタップすると、受話口から瀬戸の声が流れてきた。

「うん。一時間十五分くらいかな」

『長いね』

「二時間くらいはかかるって、手術前に先生に言われたわ。大変な手術みたい」

菜々子は、不安を見せないように明るい口調で言った。

『君は大丈夫？』

「うん、大丈夫。小武蔵のほうが、もっともっと大変な思いをしているから」

小武蔵が小さな体で闘っていることを思うと、弱気になっている暇はなかった。

『その君の思いは、必ず小武蔵君に伝わるから』

「ありがとう」

『今日は、何時頃《いつごろ》に帰ってこられる？』

「小武蔵の手術が終わって、その後の状態次第だから、ちょっと読めないかな」

『わかった。じゃあ、帰れる段階になったら連絡をくれるかな？　シャンパンを用意しておくからさ』

「シャンパン？」

『うん。お祝いしないとね。小武蔵君の手術が無事に終わったことを』

言葉の意味がわかり、菜々子の胸は熱くなった。

「わかった。できれば、キャビアもお願いね」

菜々子がジョークを交えると、瀬戸が笑った。

そう、今夜はお祝いだ。暗い気分になる必要はどこにもない。

『じゃあ、手術が終わったら連絡ちょうだい』

「うん。あとでね」

「ワンちゃん、手術なの？」

菜々子が電話を切ると、いつの間にか眼を開けていた老婆が話しかけてきた。

「あ、はい」

「心配よね。その気持ち、わかるわ」

しみじみと、老婆が言った。

「おばあちゃんも、ワンちゃんですか？　ウチの子は柴犬です」

菜々子は訊ねた。

「そう。シーズーの男の子で、マルって名前よ」

老婆が眼を細めた。

「マルちゃん、かわいい名前ですね。おいくつですか？」

「十歳だったわ」

「え？」

老婆の過去形の返答が、菜々子には引っかかった。

「先生から呼ばれるのを待つ間、いつもここにお座りして、私を見上げていたのよ。そうしていれば、おやつがもらえると思ってね。マルは食いしん坊だったから」

老婆が足元に視線を落とし、微笑んだ。

マルというシーズーは、亡くなったのだろう。

「今日は、新しい子の治療ですか？」

菜々子は胸が苦しくなり、話を変えた。

「新しい子を迎える気にはなれないわ。だって、マルに悪いもの」

足元に視線を落としながら、老婆が言った。

「じゃあ、ここには……」

菜々子は、言葉の続きを呑み込んだ。

「ときどき、マルに会いにきているのよ。ここにくると、あの子が姿を見せてくれるんじゃないかと思ってね」

老婆が幸せそうに眼を細めた。

痛いほどに、老婆の喪失感がわかった。だからこそ、安易に慰めの言葉をかけることができなかった。

「マルに会いたいわ。あの子のペチャッとした鼻も、鼻水も、ビー玉みたいなまん丸な瞳も、恋しくてたまらないのよ」

老婆がふたたび眼を閉じ、懐かしむように言った。

「いつも、あの人に頼んでいるのよ。一目でいいから、マルと会わせてって」

「あの人?」

「十年前に亡くなった、ウチの主人よ。マルと一緒の世界にいるだろうから、お願いしているんだけどね。ちっとも、聞いてくれないわ」

「亡くなられたご主人とマルちゃんは、別のところにいると思います」

菜々子は、無意識に言った。

「別のところに？」

老婆が眼を開け、怪訝そうに訊ねてきた。

「人に聞いた話なんですけど……。亡くなったワンちゃんは、天国に続く橋のたもとにいるそうです」

菜々子は、「虹の橋の話」を語り始めた。

少なくとも菜々子は、茶々丸が消えたのではないと思えることで心が救われた。

「天国に行かないで、橋のたもとでなにをしているの？」

老婆が身を乗り出した。

「橋のたもとには草原が広がっていて、美味しい食べ物や新鮮な水があって、たくさんの仲間達がいます。旅立ったワンちゃんは、仲間達と遊びながら飼い主を待っているんです」

「どうして待っているの？」

老婆が質問を重ねた。

「飼い主を天国に案内するためです」

「じゃあ、また、マルと会えるの？」

老婆の瞳が輝いた。

「もう、会っていると思います。肉体が死んでも、魂が死んだわけではありません。マルちゃんは、透明の体でいまもおばあちゃんのそばにいますよ。少なくとも、私はそう信じています」

菜々子は老婆に言うのと同時に、手術室で病魔と闘う小武蔵に思いを馳《は》せつつ自らにも言い聞かせた。

「マルが、私のそばに……」

老婆が足元をみつめ、微笑んだ。

老婆の皺が刻まれた頰を、涙が濡らした。

エレベーターのドアが開き、西沢獣医師が降りてきた。

「先生！　小武蔵は、大丈夫ですか⁉」

菜々子は弾かれたように立ち上がり、西沢獣医師のもとに駆け寄った。

「手術は無事に終わりました。腸の腫瘍も切除しました。小武蔵君は、まだ麻酔が効いて寝ています」

「ありがとうございます！　本当に……ありがとうございます！」

菜々子は西沢獣医師の手を取り、頭を下げた。

「まだ、小武蔵君は予断を許さない状態です」

西沢獣医師が、硬い表情で言った。

「え……どういう意味ですか⁉」

晴れかけた菜々子の心に、雨雲が広がった。

「腸の腫瘍が破裂していて、思った以上の大手術になり小武蔵君にも負担がかかりました。手術前から、かなり体力を消耗していたので」

「小武蔵は、麻酔から覚めないかもしれないということですか!?」

「それはないでしょうが、覚めてからの予後が問題です。とりあえず、様子を見ましょう」

西沢獣医師が、憎らしいほど冷静な口調で言った。

「小武蔵に会ってもいいですか？」

「麻酔から覚めたらご連絡します。面会できる状態になるには、五時間はかかると思います」

「わかりました。じゃあ、小武蔵が目覚めたら連絡してください」

「看護師のほうから、ご連絡差し上げます」

西沢獣医師が頭を下げ、エレベーターに乗った。

菜々子は立ち尽くし、西沢獣医師の背中を見送った。

このまま、小武蔵の目が覚めなかったら……。

菜々子の胸の中は、底なしの不安に支配されていた。

「大丈夫よ」

背後から、老婆の声がした。

菜々子が振り返ると、老婆は手を合わせていた。

「いま、マルにお願いしておいたから。小武蔵ちゃんがきたら、追い返してねって」

老婆が穏やかな顔で頷いた。

「おばあちゃん……」

心が震えた……涙腺が震えた。

老婆の笑顔が、涙に滲んだ。

☆

「こうやって、二人で散歩するのはひさしぶりだね」

ゴロウの歩調に合わせて、ゆっくり歩きながら瀬戸が言った。

麻酔から覚めた小武蔵と面会できるまでに五時間はかかると言われたので、菜々子はセカンドドライフに顔を出した。

気分転換の意味で、瀬戸が菜々子をゴロウの散歩に誘ってくれたのだ。

ゴロウは雄のフレンチブルドッグで、十一歳になる。眼と足が悪くなり飼うのが大変になったという理由で、動物愛護相談センターに持ち込まれたゴロウをセカンドライフで引き取ったのだ。

「あら、ご夫婦で犬のお散歩？　いつも仲睦《なかむつ》まじいのね。ご馳走様《ちそうさま》！」

金物屋の光子《みつこ》が、冷やかしてきた。

「おばさんのとこの熱々ぶりには、かないませんよ！」

菜々子は軽口を返した。

「おやおや、初めて見るワンちゃんだね。おじさんがおやつをあげよう」

青果店の源治《げんじ》が、一粒のシャインマスカットを手にゴロウに歩み寄ってきた。

「源さんっ、ダメ！」

菜々子は、源治の手から奪ったシャインマスカットを自分の口の中に放り込んだ。

「あ！　そんな意地汚い真似をしなくても、菜々子ちゃんには一房あげるから……」

「違うの。この子達は、ブドウで中毒症状を起こす場合があるから。最悪、死んじゃうこともあるのよ」

「え！　そうなの？　ごめんごめん！　知らなかったよ！」

源治が慌てて詫びながら、顔前で手を合わせた。

「チョコレートやネギ類が中毒症状を起こすのは有名だけど、ブドウがＮＧなのは意外に知られてないからね。それより……」

菜々子は、源治に片手を差し出した。

「ん？　なんだい？」

源治が、きょとんとした顔で菜々子を見た。

「シャインマスカットを、一房くれるんでしょ？」

菜々子は、ニッと笑った。

「え……あ、ああ、ちょっと待ってて」

「冗談よ、冗談！　今度、買いにくるから！」

菜々子は源治に手を振り、足を踏み出した。

あのときと、似ていた。

茶々丸がいなくなってからの五年間……心では泣いているのに、明るく笑顔を振りまいていたあの頃の自分に。

不安で、堪《たま》らなかった。また、最愛のパートナーを失うかもしれないことを。

「僕達には、たくさんの子供達がいるから、なかなか二人の時間が取れなくてごめん」

不意に、瀬戸が詫びた。

「なに言ってるのよ。そんなあなただから、一緒になったんじゃない。私は、この子達に人間にたいしての愛情と信頼を取り戻させてくれたあなたが誇らしいわ」

菜々子は、首を垂れてよたよたと歩くゴロウをみつめて言った。

本音だった。

瀬戸でなければ、生涯、結婚することはなかっただろう。

「そう言ってもらえて、嬉しいよ。待ち遠しいね」

「ん？」

「小武蔵君が戻ってくるのがさ。手術が終わったら、入院は一週間くらいだったっけ？」

「あ、うん。そのくらいで退院できると思う」

菜々子に希望を持たせてくれようとしている瀬戸の優しさが、伝わってきた。

菜々子が明るく振る舞っていても、心を占めている不安を瀬戸に見抜かれていたようだ。

「小武蔵君は、セカンドライフの太陽だからね。お前も、早く会いたいだろ？」

瀬戸が腰を屈め、ゴロウに給水ボトルで水を与えながら語りかけた。

ゴロウは、小武蔵と遊んでいるときだけ十歳くらい若返ったように潑溂とした動きになる。

ゴロウだけではない。セカンドライフの古株で面倒見のいい小武蔵のことを、保護犬達はみな慕っていた。

ヒップポケットが震えた。

菜々子は、ヒップポケットからスマートフォンを引き抜いた。ディスプレイには、東京犬猫医療センターの名前が表示されていた。

「もしもし？」

『東京犬猫医療センターの看護師の伊澤《いざわ》です。小谷さんのお電話でよろしかったでしょうか？』

若い男性の声が、受話口から流れてきた。

「はい！　小武蔵は目覚めましたか⁉」

菜々子の、スマートフォンを握る手に力が入った。

『いま目覚めたんですけど、まだ朦朧としているので、二時間くらい経ってからきていただいてもよろしいですか？』

「目覚めたんですね！　よかった！」

菜々子は、思わず叫んだ。

瀬戸が満面の笑みを浮かべながら、菜々子の肩に手を置いた。

「大声を出して、すみません。では、八時くらいに伺います！」

『正面玄関は閉まっていますので、入院病棟のインターホンを鳴らしてください』

「わかりました！　本当に、ありがとうございます！」

菜々子はスマートフォンを耳に当てたまま、頭を下げた。

「小武蔵君、目覚めたんだね」

菜々子が電話を切ると、瀬戸が嬉しそうに眼を細めた。

「うん！　でも、まだ意識が朦朧としていて立ち上がれないみたい」

「仕方ないよ。人間でも全身麻酔から覚めた直後は、しばらくは動けないっていうからね」

「八時くらいって言ったけど、落ち着かないから、早めに行って病院の待合室で待機してるわ。もしかしたら、それまでに小武蔵が立ち上がれるかもしれないし」

菜々子は声を弾ませた。

「送ろうか？」

「ううん。時間があるから、電車で行くわ」

「そう。じゃあ、僕も店が終わったら行くから。あとでね」

「無理しないでね。私は一人でも大丈夫だから。ゴロウが心配していたって、小武蔵にも伝えておくね！」

菜々子は瀬戸に言うと、ゴロウの頭を撫でて地下鉄の駅へと向かった。

☆

1、2、3とオレンジ色に染まるエレベーターのランプを、午前中と同じように菜々子は視線で追った。
『小武蔵ちゃん、まだ立つことはできませんけど、起きているので上がってきてください』

看護師から連絡が入ったのは、八時ジャストだった。

菜々子の胸には、暗雲が垂れ込めていた。

麻酔から覚めても立ち上がれないとは、どういうことなのだろうか？

もしかして、手術は失敗したのか？

小武蔵は、後遺症でこのまま立ち上がれなくなってしまうのか？

考えないようにしても、次々と不吉な予感が菜々子の胸を過った。

扉が開くと、午前中とは別の男性の看護師が菜々子を出迎えた。

「看護師の伊澤です。小武蔵ちゃんに会う前に、少しお話があります」

看護師が言った。

「なんでしょう？」

「麻酔から覚めましたが、小武蔵ちゃんはとても立ち上がれる状態ではありません。まだ、意識が混濁しているような感じです。お呼びしていながら大変申し訳ないのですが、一晩様子を見させていただいてもよろしいですか？」

伊澤看護師が、言いづらそうに切り出した。

「え？ つまり、今日は小武蔵に会えないということですか？」

菜々子の危惧の念に拍車がかかった。

「会えないということではないのですが、いまの状態の小武蔵ちゃんを見たらご心配が……」

「伊澤さん！」

入院フロアから、女性の看護師が慌てた様子で現れた。

「なに？」

「小武蔵ちゃんが……」

菜々子は咄嗟に、女性の看護師の脇を擦り抜け入院フロアに駆け込んだ。

壁に埋め込まれたケージの上段の右端――胴部に包帯を巻かれ、何本もの管がつけられた小武蔵が立ち上がっていた。

眼は閉じ、半開きの口からだらりと舌が出て、四肢はブルブルと震えているが、小武蔵は懸命に立っていた。

「嘘……」

背後で、伊澤看護師が呟いた。

ママ……僕は大丈夫だから……。

小武蔵の声が聞こえたような気がした……いや、たしかに聞こえた。

「小武蔵、頑張ったね！　本当に、偉い……」

小武蔵の体が、スローモーションのように横倒しになった。

「小武蔵！」

「西沢先生を呼んできて！」

菜々子の叫び声に、伊澤看護師の逼迫《ひっぱく》した声が重なった。

8

診察台に横たわる小武蔵が涙に滲んだ。

西沢獣医師が、小武蔵の後足の付け根の内側に、人差し指、中指、薬指を当てていた。


小武蔵を助けて……。

まさか、このまま虹の橋のたもとに連れて行ったりしないよね？

いいえ、あなたが小武蔵なんでしょう⁉

こんなに早くいなくなったら……戻ってきてくれた意味がないじゃない……。


菜々子は胸の前で手を合わせ、茶々丸に祈った。

「体が衰弱しているのに、無理をしたせいで倒れたようです。脈拍も弱くなっているので、強心剤を打っておきます」

西沢獣医師が、小武蔵の首の後ろに注射しながら言った。

「小武蔵は、助かりますよね⁉　手術は成功したんですよね⁉」

菜々子は、縋るような瞳で西沢獣医師を見た。

「はい。腸の腫瘍は予定通り切除しました。ですが、小武蔵君の心肺機能は著しく低下しています。健康体でも、全身麻酔を打ち大手術を行えばかなりの体力を消耗します。小武蔵君は、術前から腫瘍に侵されほとんど食事も摂れていない状態でした」

「そんな危険な状態で、なぜ手術をしたんですか⁉」

菜々子は声を荒らげた。

「手術をしなければ、小武蔵君の助かる道はありませんでした」

菜々子とは対照的な西沢獣医師の冷静な言葉が、胸に突き刺さった。

「小武蔵は、どうなるんですか？」

菜々子は訊ねながら、眼を閉じ横たわる小武蔵の脇腹に視線を向けた。

微かに上下する脇腹の動き……息吹の証に、菜々子は安堵した。

「ＩＣＵに移し、二十四時間体制で点滴を投与します。臓器の働きが上向けば、流動食を与えて体力を回復させます。口から食事を摂れるようになると、一安心なのですが」

「点滴で臓器の働きは上向くんですか？　ほかに、方法はないんですか？　腸の腫瘍を切除したのだから、抗癌剤の治療を開始できないんですか？　小武蔵を苦しめているのは、腫瘍なんですよね？　だから、その腫瘍がなくなれば小武蔵は元気になりますよね？」

菜々子は、矢継ぎ早の質問を西沢獣医師に浴びせた。

「そうですが、いまの小武蔵君は免疫力が下がっているので、抗癌剤の投与はできません」

「じゃあ、小武蔵が苦しんでいるのを黙って見ているしかないんですか⁉」

「小武蔵君の免疫力を上げるために、私達も最善を尽くします。とにかくいまは、体力回復に努めますから。小武蔵君をＩＣＵに運んで」

西沢獣医師は菜々子に言うと、看護師に視線を移し命じた。

「小武蔵に、付き添っててもいいですか？」

菜々子は、看護師に抱かれてＩＣＵに移動する小武蔵のあとを追いつつ、西沢獣医師に訊ねた。

「十分くらいで、お願いします」

「え？　どうしてですか？　心配だから、小武蔵にずっとついててあげたいんです。小武蔵も、私がいたほうが安心すると思いますし」

もう二度と……。

脳裏に蘇りかけたあの日の記憶を、菜々子は慌てて打ち消した。

小武蔵はあのときとは違う、絶対に大丈夫……菜々子は、自らに言い聞かせた。

「お気持ちは、わかります。ですが、小谷さんがそばにいると、さっきのように小武蔵君が頑張ろうと無理をしてしまいます。生死を彷徨《さまよ》っている状態のときならば頑張ることも必要になりますが、いまは体力を取り戻すことが最優先です。万が一、容態が急変したときには、すぐに連絡しますから、今日のところは」

西沢獣医師は、暗に菜々子に帰れと言っているようだった。しかし、菜々子が気分を害することはなかった。

小武蔵が重篤な状態ならば、帰れとは言わないはずだから。

「わかりました。明日、午前中から会いにきても大丈夫ですか？」

菜々子は気持ちを切り替え、西沢獣医師に訊ねた。

「はい。十時以降なら大丈夫です」

「先生。もし、小武蔵の容態が悪化したら、必ず連絡くださいね。すぐに駆けつけることのできる場所に待機していますから」

菜々子は、強い気持ちを込めた瞳で西沢獣医師をみつめた。

西沢獣医師が、力強く頷いた。

菜々子は、酸素室に入った小武蔵の前に屈んだ。眼を閉じ、小武蔵の寝息に耳を傾けた。

生きている……それだけでよかった。

ほかには、なにも望まない。

小武蔵がご飯を食べて、散歩をして……そばにいてくれるだけで、幸せだった。

癒されたいとは思わない。虹の橋のたもとで待っていなくてもいい。

ただ、そばにいてほしかった。

手を伸ばせば届く場所に……息遣いが聞こえる場所に。

眼を開けた。

小武蔵も、横たわったまま眼を開けていた。
なにかを訴えかけているような瞳……。
だが、小武蔵が起き上がる気配はなかった。
いや、起き上がる体力がないのだろう。
溢れそうになる涙……堪えた。
小武蔵が病魔と闘い頑張っているときに、泣いてなどいられない。
ママ、僕は負けないよ。だから、安心して。
約束よ。約束を破ったら、許さないからね。
うん。必ず、ママのもとに戻るから。ママにも、一つ約束してほしいことがあるんだ。
いいわよ。なに?
もう、あのときのことで自分を責めないで。
え……。

ママは悪くないから。

ありがとう。でも、それは無理……。

ママは悪くない。僕が、そう言ってるんだから。

小武蔵が、ゆっくりと眼を閉じた。

「小武蔵……」

聞こえてきた寝息に、菜々子は安堵した。

「どの飼い主さんも同じですよね」

背後から、声をかけられた。

振り返ると、初めてみる顔の年配の看護師が立っていた。

「看護師の関谷《せきや》です。私達は仕事柄、病気の子や怪我をした子達の飼い主さんと接する機会が多いんです。みなさん、自分が代わりになってもいいからこの子を助けてほしいと、顔に書いてあります」

関谷看護師が微笑んだ。

「その気持ちわかります。まさに、私もそんなふうに考えています。この子が助かるなら、私の寿命をあげてほしいって」

菜々子は立ち上がり、祈りを込めた瞳で小武蔵をみつめた。

「でも、この子達はそんなことは望んでいないと思います。というか、自分が病や怪我で苦しんでいるとも思っていません。ただ、大好きな人の温もりを感じ、匂いに包まれているだけで幸せなんです。私達人間と違って、この子達は過去のことを悔やんだり未来のことを心配したりしませんからね。全力で、いまを生きているんですよ」

「全力で、いまを生きる……」

菜々子は、関谷看護師の言葉を繰り返した。

「はい。よく、人間の一日が犬には一週間に相当するから、あっという間に時が過ぎてしまいかわいそうと言う人がいますけど、この子達にはそれがあたりまえなんです。たとえば、一日百六十八時間の惑星に住む生物が地球人は七倍のスピードで年を取ってかわいそうと言っても、私達にはピンとこないでしょう？　地球人には、一日二十四時間があたりまえですからね」

「たしかに、言われてみればそうですね！」

関谷看護師はあたりまえのことを言っているのだが、言葉の一つ一つが新鮮で心に染みた。

「小谷さん、いま、おつらいでしょう。愛する我が子が病と闘っているのだから、それも仕方ありません。でも、これだけは忘れないでくださいね。この子達は、すべての瞬間、幸せを感じているということを」

関谷看護師がにこやかに笑みを浮かべ、菜々子をみつめた。

「あの……変なこと訊いてもいいですか？」

「なんでしょう？　私がお答えできることなら」

「生まれ変わりって信じますか？」

菜々子は、質問を口にしてから驚いた。少なくとも初対面の人に、しかも医療従事者の動物看護師に訊く内容ではないような気がした。

すぐに、菜々子は後悔した。

「信じますよ」

「え⁉　本当ですか？」

菜々子は自分で質問していながら、意外な答えに思わず訊ね返した。

関谷看護師が頷いた。

「はい。信じるどころか、私は体験者ですから」

関谷看護師が悪戯っぽい顔で首を竦めた。

「生まれ変わりの子を、見たことがあるんですか⁉」

菜々子は弾む声で訊ねた。

「昔、チビっていうチワワを飼っていたんですけど、五歳のときに飛び出してきた自転車に撥ねられて……あら、もう十年前のことなのに涙が……ごめんなさい」

関谷看護師が泣き笑いの表情で、目尻を指先で拭った。

「いえ、その気持ちわかります」

「ありがとうございます。私はもう、あまりのショックに精神的に病んでしまって……。ご飯も食べずに一日中部屋に引き籠るような生活が一ヶ月ほど続いたときに、心配した姉がペットロスの克服法みたいな本をたくさん買ってきてくれて、その中の一冊に『亡くなったペットともう一度暮らせる』って内容の本があったんです。そのタイトルを見た瞬間に、トイレに行くのも忘れて一気に読んでしまいました」

「どんな内容の本だったんですか？」

話を合わせたわけではなく、重度のペットロスを体験した菜々子は、関谷看護師が立ち直るきっかけになったという本の内容に興味があった。

「書いてあった内容を要約しますね。死後のペットには三つの選択肢があります。一、成仏した後に元の飼い主のそばにいて守護天使の役割をする。二、天国に続く橋のたもとにいて飼い主がくるのを待っている。三、転生して飼い主の元に戻ってくる。私はすぐに三の転生……生まれ変わって戻ってくるということに興味を引かれました。ほかの二つも魅力はあるんですけど、一はそばにいてくれても抱き締めることができないし。二は会えるまで時間がかかり過ぎるし。私はチビの体温や匂いを感じたかったし、声を聞きたかったし、みつめ合いたかったし……だから、三がいいなと思ったんです」

関谷看護師の話している内容は、犬や猫を飼ったことがない人、好きではない人からしたら理解に苦しむものかもしれない。

人によっては、オカルト的に感じ引いてしまう場合もあるだろう。

だが、無限の闇で彷徨っていた菜々子には、関谷看護師の気持ちが痛いほどに伝わってきた。

「要約した内容の続きを話しますね。犬や猫は人間より転生のスピードが速くて、寿命が尽きたあと、一ヶ月から数ヶ月後に生まれ変わる子もいる。愛情を受けたペットほど、飼い主のもとに帰ろうと半径五メートル以内の場所を転生の場に選ぶ。飼い主に発見してもらいやすいように、出会った場所……たとえば同じペットショップや保護犬施設で待つ。人が聞いたら一笑に付すような話かもしれません。でも、チビに会いたくて藁にも縋る思いだった私は、心で語りかけました。新しい毛皮を纏って、私のもとに戻ってきて。そして、あなたがチビだってわかるサインをお願いね。あ、もし、引かせてしまったならごめんなさいね」

関谷看護師が、思い出したように菜々子の様子を窺った。

「いえいえ、引くなんてとんでもない。生まれ変わりの話を訊いたのは私ですから。それから、どうなったんですか？」

「引き籠りになっていた私は、疎遠になっていた友人と食事やショッピングに出かけるなど、積極的に外出するようにしました。その本を読んで三ヶ月くらい経った頃に、友人と目黒でランチをした帰りのことでした。駅に向かっているときに、友人が携帯を店に忘れたと言って取りに戻りました。私は、友人を待っている間にそのへんをふらふら歩いていて、ペットショップを発見しました。店名を見て、ハッとなりました。場所は違いますが、私がチビを買ったペットショップの系列店でした。私は本に書いてあったことを思い出し、チビに似た子を探しました。でも、チビだ、と思える子はいませんでした。そんな偶然があるわけないと店を出ました。駐車場に止まっていたバンから降りてきた作業服の男性が、両手にクレートを下げて私と入れ替わりにペットショップに入りました。擦れ違いざまに、一瞬見えた子と眼が合いました。その瞬間、私は息を呑みました。気づいたら、ふたたび店に戻っていました。作業服の男性が連れてきた二頭は、新しく入荷した子達でした。私はスタッフに頼んで、眼が合った子をクレートから出してもらいました。確信しました。チビが戻ってきてくれたって」

当時のことを思い出しているのか、関谷看護師が眼を閉じ微笑んだ。

「そんなに、チビちゃんに似たチワワちゃんだったんですか？」

菜々子は訊ねた。

「それが、チワワじゃなくてフレンチブルだったんです」

関谷看護師が眼を開けて言った。

「え？　フレブル？　どうして、チビちゃんだとわかったんですか？」

「チビは皮膚にアレルギーを持っていて、おでこに直径〇・五センチくらいのおできができていたんです。良性で大きくもならなかったので、そのままにしていたんですよ。

擦れ違うとき、フレブルちゃんのおでこにおできがあったような気がしたんです。もしかしたら見間違いかと思って、スタッフさんに頼んで面会させてもらったら、やっぱりおできがあるフレブルちゃんで、生後四ヶ月になっていたんですけど、私はその日に連れて帰りました」

「チビちゃんと、再会できたんですね！」

菜々子は、我がことのように声を弾ませた。

「さあ、どうでしょう」

関谷看護師が笑顔で首を傾げた。

「え？　違ったんですか⁉」

菜々子は身を乗り出し訊ねた。

「同じ場所におできがあって、仕草も似ていて……でも、生まれ変わりだと言いきれる証拠はないわけで、人によっては偶然の一言で片づけますしね。もちろん、私は確信しています。間違いなく、チビが戻ってきてくれたって。私とチビにしかわからない絆ですから、周りが信じるか信じないかは関係ないんですよ」

関谷看護師の言葉が、菜々子には腑《ふ》に落ちた。

巻き戻る記憶……真丘動物病院の前に置き去りにされていたクレートの中の小武蔵の右頬には、茶々丸と同じハート形の斑があった。

ときおり見せる仕草も、茶々丸そっくりだった。だからといって、小武蔵が茶々丸の生まれ変わりだという証拠はどこにもない。

それと同様に、生まれ変わりじゃないという証拠もない。

看護師の言う通り、答えは二人にしかわからない。二人がわかれば、それで十分だった。

「あ、ごめんなさい。お帰りになるところを長々と引き止めちゃって……」

「いいえ、ありがとうございます。小武蔵のそばに長くいることができました。すぐに、迎えにくるからね。ちょっとの間、寂しい思いをさせてごめんね」

菜々子が語りかけると、酸素室越しの小武蔵が首を擡げた。

「ファイト！」

菜々子は胸に広がりそうになる不安を打ち消すように拳を握り締め、懸命に作った笑顔を小武蔵に向けた。

菜々子は後ろ髪を引かれる思いで小武蔵に背を向け、エレベーターに向かった。

「小谷さん」

関谷看護師の声が、菜々子の背中を追ってきた。

菜々子は振り返った。

「また」

関谷看護師が笑顔で頷いた。

一言だったが、関谷看護師の言葉は菜々子の心を勇気づけた。

「また」

菜々子も微笑み、エレベーターに乗った。

☆

「小武蔵は大丈夫なのかい？」

真丘がホットコーヒーのカップを菜々子の前に置き、ソファに腰を下ろした。

東京犬猫医療センターを出た菜々子は、真丘動物病院に直行した。

診療時間は終わっており、菜々子は居住スペースに通された。

セカンドライフに行かなかったのは、瀬戸や麻美を避けたからではない。

茶々丸も小武蔵も、真丘動物病院で出会った。菜々子にとっては、思い入れの深い場所だ。

そして、いま、不安や疑問を率直にぶつけられるのは真丘しかいなかった。

瀬戸を信用していないということではなく、真丘は菜々子と二頭の出会いの段階から立ち会っている……それが一番の理由だった。

「腸に巻きついていた腫瘍は、可能なかぎり摘出したそうです。ただ、手術前から小武蔵の衰弱が激しかったので、心肺機能が低下しているようで、いまはＩＣＵの酸素室に入っています。でも、小武蔵は大丈夫です！　絶対に回復して、元気になってくれます！」

菜々子は、明るく断言した。

ママ、僕は負けないよ。だから、安心して。

小武蔵と眼が合ったときに、心の声が聞こえた。だが、一方で、都合よくそう思い込もうとしている自分がいるのではないか、という気もしていた。

「無理しなくていいよ。大切な存在であるほどに、失うかもしれないという不安も大きくなるものだ。とくに、菜々子ちゃんの場合は、茶々丸を一人で死なせたという深い傷を心に持っているからね」

真丘の言う菜々子の心の傷口に、刃を入れられたような激痛が走った。

しかしそれは、菜々子の傷口を悪化させるのが目的ではなく、塞ぐための荒療治だということがわかっていた。

それができるのは、菜々子と茶々丸から小武蔵へとつながる歴史を知っている真丘だけだ。

「必ずママのもとに戻る、ママにも一つ約束してほしいことがある、もう、あのときのことで自分を責めないで、ママは悪くないから……酸素室の小武蔵と眼が合ったときに、そう聞こえたんです。いえ、聞こえたような気がしました。もしかしたら、罪悪感を軽くするために自分の望んでいる小武蔵の声を聞いたんじゃないかって……」

菜々子は胸奥に閉じ込めていた醜い感情を、素直に口にした。

「そうかもしれないね」

あっさりと、否定もせずに真丘が言った——刃がさらに傷口を抉った。

「君の言うように、茶々丸を孤独に死なせてしまったという負い目に耐えきれずに聞いた幻聴かもしれない」

「ですよね……そうだとしたら、自分に都合のいいように考える最低の人間ですね」

菜々子は自嘲的に言った。

「だけど、もしそうであっても、自分を最低だなんて思わなくていいよ。人間なんて、弱い生き物だ。意識して思考をコントロールしないと、八十パーセントはネガティヴなことを考えてしまうんだ。つまり、百人が菜々子ちゃんと同じ体験をしたら、八十人は罪悪感の海に溺れるということさ。別に、慰めているわけじゃない。科学的統計に基づいたデータの話をしているだけだからね」

真丘らしい優しさに、菜々子の胸の中でなにかが音を立てて崩れた。

「怖いんです！　小武蔵を失うことが！　また、死なせてしまうんじゃないかって……茶々丸みたいに、私に飼われたから病気になって死んじゃうんじゃないかって！　だって、そうでしょう!?　茶々丸は死ぬような重病じゃなかったのに突然体調が急変したし、小武蔵もリンパ腫なんて患ってしまったじゃないですか!?」

自分でも驚くような大声で、菜々子は鬱積していた思いを吐露した。

「ごめんなさい……大声を出してしまって」

冷静さを取り戻した菜々子は、真丘に詫びた。

「一人暮らしの老人の家だから、気にしなくていいさ。それより、私達人間にそんな力はないよ。寿命に影響を与えられるとすれば、それはもう神の領域だからね」

真丘が冗談めかして言った。

からかわれている、とは思わなかった。

真丘なりに、菜々子を罪悪感の呪縛から解き放とうとしてくれているのだ。

「それに、西沢先生は容態が急変したら連絡するから、菜々子ちゃんには明日会いにくるようにと言ったんだろう？」

菜々子は頷いた。

「なぜだかわかるかい？」

「私がいると、小武蔵が頑張ろうとして体力を使ってしまうから……みたいなことを言ってました。それだけ、小武蔵の状態が予断を許さないということだと思います」

「そうとも言えるし、そうでないとも言える」

真丘が意味深な言い回しをした。

「どういう意味ですか？」

菜々子は、すかさず訊ねた。

「小武蔵の容態が予断を許さないというのは、間違いないと思う。だがね、あくまでも私なら、という前提だが、いますぐどうこうという危険な状態なら飼い主には残ってもらうよ。永遠の別れに、なってしまうかもしれないんだからね」

言われてみれば、真丘の言う通りだった。

「そうですね。私、動揺してしまって冷静な判断力を失っていたみたいです。小武蔵が本当に危ないなら、私を帰したりしませんよね……うん、帰したりしない」

菜々子は、自分に言い聞かせるように繰り返した。

「いきなりだけど、君が小武蔵を茶々丸の生まれ変わりだと思うところはどこだい？」

言葉通り、唐突に真丘が訊ねてきた。

「さっき、看護師さんとそんな話をしました。そうですね……出会った状況や仕草が似ているとかいろいろとありますけど、一番は、瞳です」

菜々子は、小武蔵との日々の記憶を辿《たど》った。

同じ動物病院に捨てられていた保護犬、同じ場所にあるハート形の模様、天職となり瀬戸と出会うことにもなるセカンドライフ、子宮頸癌の発見に繋がる産婦人科への導き……ほかにも、茶々丸を彷彿《ほうふつ》させる出来事や仕草はたくさんあった。

だが、小武蔵に茶々丸を感じるのは、菜々子をみつめるときの瞳だ。それは理屈ではなく、言葉ではうまく表現できないが、心で感じてしまう。

この子の中に、茶々丸がいると……。

「瞳ね。なんだか、わかるような気がするな。菜々子ちゃんほどじゃないが、私も、小武蔵の瞳をみつめていると、茶々丸を感じることがよくあったよ」

「先生もですか？」

「うん。いままで話さなかったけど、君がウチの病院の前に捨てられていた小武蔵を連れてきて、預かっていたときの出来事だ。君が帰ってから、小武蔵は玄関の沓脱ぎ場でずっと待っていてね。長いときは、一時間くらい座っていたときもあったよ。疲れたら沓脱ぎ場で寝そべっていたこともあったな。とにかく、ケージから出ている時間の大半を玄関で過ごしていたよ。それを言わなかったのは、茶々丸のことを思い出して君が苦しむと思ったからだ。このタイミングで話したのは、いまの君なら小武蔵のおかげで過去を克服しつつあるから、大丈夫だと思ってね」

真丘が柔和に眼を細めた。

玄関で自分を待つ小武蔵を思い浮かべると、胸が熱くなった。

「コーヒーのお替わりは、どうだい？」

真丘が訊ねてきた。

「私は大丈夫です。先生の新しいコーヒー、淹れてきます」

「ありがとう。じゃあ、頼もうかな」

菜々子は、真丘が差し出してきたコーヒーカップを受け取った。

「あっ……」

手が滑り、コーヒーカップがテーブルに落ちて砕けた。

「ごめんなさい……痛っ……」

破損したカケラを慌てて拾おうとした菜々子の指先から血が滲んだ。

「大丈夫かい？　いま、消毒液を……」

真丘の声を、テーブルの上のスマートフォンの呼び出し音が遮った。

ディスプレイに表示された東京犬猫医療センターの名前に、菜々子は胸騒ぎに襲われた。

「もしもし!?　小武蔵になにかありましたか!?」

菜々子は、電話に出るなり訊ねた。

『看護師の関谷です。小武蔵君の容態が急変して、あまりいい状態ではありません。こちらに、どのくらいでこられますか？』

生まれ変わりの話をしていた看護師……関谷の声は強張っていた。

「小武蔵は、危ないんですか!?」

菜々子は立ち上がり、叫ぶように訊ねていた。

『心拍数が不安定で、急激に下がり続けたら三十分もつかどうか……』

「二十分で行きます！」

菜々子は関谷看護師の返事を待たずに電話を切った。

池尻大橋から初台なので、この時間帯は車が混んでいなければ十五分で着くはずだ。

「私が送ろう」

真丘が車のキーを摑み、玄関に向かった。

「ありがとうございます」

菜々子は駆け出し、真丘を追い抜き外へと飛び出した。

☆

真丘の運転するアルファードの助手席で菜々子は、両手で握り締めたスマートフォンのデジタル時計を凝視した。

アルファードは初台の甲州街道を越え、水道道路を左折した。

あと五百メートルほどで、東京犬猫医療センターに到着する。

お願い……お願い……お願い……。

菜々子は、心で繰り返した。

握り締める手に力が入り、スマートフォンが軋《きし》んだ。

逝かないで……いま行くから……絶対に逝かないで……もうすぐ着くから……。

菜々子は、懸命に小武蔵に訴えた。

アルファードが東京犬猫医療センターの駐車場に乗り入れた。

菜々子は気が急きドアを開け、停車する前に助手席を飛び降りた。

夜間外来の玄関へと駆けた。

「小谷です！　小武蔵に会いにきました！」

菜々子は外来フロアに飛び込み、受付のスタッフに告げた。

「こちらへどうぞ」

スタッフが、菜々子をエレベーターに先導した。

「上で看護師が……」

「ありがとうございます！」

菜々子はスタッフの言葉を最後まで聞かずにエレベーターに乗り込むと、三階のボタンを押した。

到着するまでの数秒が数分にも感じられ、菜々子は足踏みした。

　待ってて……逝っちゃだめだからね！

菜々子は、心で小武蔵に呼びかけた。

扉が開くと、関谷看護師が硬い表情で待っていた。

「小武蔵ちゃん、頑張ってます」

関谷看護師が言いながら、菜々子を入院フロアに先導した。

「こちらです」

関谷看護師がフロアの奥……ＩＣＵの個室の扉を開いた。

菜々子の耳には心電図の音が、視界には診察台に前足と後足を伸ばし俯《うつぶ》せになった小武蔵の姿が飛び込んできた。

鼻は透明な酸素マスクに入れられており、足や腋《わき》の付け根に点滴や薬を入れるチューブや心電図のコードが取りつけられている姿に、菜々子の鼓動が速くなった。

「小武蔵！」

菜々子は、診察台の横にある丸椅子に座った。

「小武蔵、ママがきたよ」

菜々子は小武蔵の頭をそっと撫でながら、耳元で語りかけた。

小武蔵は眼を閉じ、ハアハアと苦しげな呼吸を繰り返していた。

「小武蔵、聞こえる？」

小武蔵は首を擡げる気力もないのだろう、ぐったりと眼を閉じたまま荒い呼吸を吐いていた。

「ママの声、聞こえてますよ。名前を呼んであげてください」

別の若い看護師が、モニターに表示される心拍数の数値をチェックしながら言った。数値は170から190の間を上下していた。目まぐるしく変わる数値が、小武蔵の心拍数の不安定さを表していた。

「小武蔵、ここにいるよ。頑張ってるね、偉いね」

菜々子は、漏れそうになる嗚咽を堪えて小武蔵に話しかけた。

小武蔵は頑張っている……懸命に耐えている。菜々子の哀しみと動揺を伝えてはならない。

「お前は強い子だよ、本当に、強い子だよ。ありがとうね」

菜々子は、心からの思いを口にした。

動物病院に到着するまでの間に、動かなくなっている小武蔵が……茶々丸の悪夢が何度も頭を過りそうになった。

お気に入りの食パンのクッションで冷たくなっていた茶々丸……あのときとは違う。

菜々子の掌には、小武蔵の体温が伝わっていた。

菜々子の耳には、小武蔵の息遣いが聞こえていた。

小武蔵は、菜々子を残して旅立ったりしない。

菜々子も、小武蔵を孤独に旅立たせたりしない。

「小武蔵、また、お散歩に行こうね！」

小武蔵が、微かに眼を開いた。

菜々子のほうを見ることはできないが、瞬《まばた》きをしていた。

「目が開いたの！　凄いね！　小武蔵は強いよ！　絶対に負けないよ！」

菜々子は、小武蔵を鼓舞すると同時に己を鼓舞した。
１６９、１６６、１６５、１７３、１７７、１６６、１６４……。
「小武蔵！　ママがついてるからね！」

心拍数の数値が下がるたびに、菜々子の鼓動は速くなり声に力が入った。

「ほら、みんなの応援メッセージだよ」

菜々子はスマートフォンを取り出し、セカンドライフの保護犬達が吠えているところを撮影した動画を小武蔵の耳元で流した。

小武蔵の耳が、ピクリと動いた。

「小武蔵、お散歩が待ってるよ！　春になったら、目黒川にお花見に行こうね！」

小武蔵の瞬きの回数が、多くなった気がした。
１８５、１８９、１９３……。
数値が、一気に跳ね上がった。

「小武蔵君、凄いですっ。本当に、よく頑張っています！」

関谷看護師が、声を弾ませた。

「聞こえた？　看護師さんが褒めてくれたよ！」

小武蔵の呼吸が激しくなった。

視界の端……下降する数値。
165、161、157……。
菜々子が到着してから、初めて160台を切った。

「小武蔵！　聞こえる？　お前は強い子だよ！」
168、187、195……。
小武蔵の数値が、ふたたび上昇した。

「凄い！　その調子……」

菜々子は息を呑んだ。

数値が急下降し、106にまで下がっていた。

関谷看護師が、小武蔵の後足の静脈に挿入されているカテーテルから、シリンジで薬剤を流し込んだ。

若い看護師は、慌ただしく部屋から出て行った。

「心肺機能を促進する薬を打ちました」

関谷看護師が言った。

菜々子は、祈るようにモニターを見た。
101、98、94……。
数値は上昇するどころか、100を切ってしまった。

「小武蔵！　頑張って！　ママはここにいるから！」

菜々子は小武蔵の首筋を撫でながら、耳元で呼びかけた。

小武蔵の呼吸が、弱々しくなってゆく……。
70、65、62、59……。
猛スピードで下がる数値に、菜々子の背筋は凍てついた。

ドアが開き、硬い表情の西沢獣医師が入ってきた。
45、38、27、18……0。
「小武蔵……」

「心停止です。気道を確保し、二度目の強心剤を打ち、心臓マッサージを始めます」

西沢獣医師が緊迫した状況にそぐわない冷静な口調で言いながら、小武蔵の口を開いて舌を引っ張り出すと管を挿入した。

「心停止……」

菜々子は絶句した。

心停止という言葉に、菜々子の頭が真っ白に染まった。

小武蔵の腹部側に回った西沢獣医師が、左前足の付け根あたりに重ねた両手を置き、リズミカルに上下に動かし始めた。

我に返った菜々子は、小武蔵の背中側に回り腰を屈めた。

「小武蔵！　頑張って！　聞こえる⁉　小武蔵！　小武蔵！」

脳裏に蘇る茶々丸の横たわる姿を打ち消すように、菜々子は小武蔵の名前を呼んだ。

菜々子は、祈るような眼でモニターを見た。

心電図の波形には反応がなく、心拍数の数値も0のままだった。

「私が代わります」

関谷看護師が、西沢獣医師と代わって心臓マッサージを始めた。

「小武蔵ちゃん！　戻ってきて！　戻ってきて！」

関谷看護師が激しく小武蔵の胸部を押しながら、大声で呼びかけた。

菜々子はモニターに視線をやった。涙に滲む波形に反応はなかった。

「三本目の強心剤を打ち、次の心臓マッサージで反応がなければ蘇生処置を終わらせていただいてもよろしいですか？」

西沢獣医師が、シリンジを手に菜々子に許可を求めてきた。

「諦めるということですか……？」

掠れた声で、菜々子は訊ねた。

両足が震えた、声が震えた、心が震えた。

「これ以上は、肋骨や内臓を損傷してしまいます。最後の一分間の心臓マッサージで反応がなければ、小武蔵君を見送ってあげましょう」

西沢獣医師の声が、どこか遠くから聞こえてきた。

最後の一分？　あと一分で、小武蔵の命を諦めろというのか？

「小武蔵！　逝かないで！　小武蔵！　小武蔵！」

菜々子の絶叫が、ＩＣＵに響き渡った。

西沢獣医師が三本目の強心剤を打ち、関谷看護師と心臓マッサージを代わった。

最後の一分……。

顔の前で手を重ね合わせ、眼を閉じた。

もう、モニターを見ることができなかった……小武蔵を見ることができなかった。

不意に、瞼の裏に食パンのクッションに横たわる茶々丸の最期の姿が浮かんだ。


だめっ、小武蔵を連れて行かないで！


菜々子は茶々丸に叫んだ。

ゆっくりと立ち上がった茶々丸が、菜々子のほうに駆け寄ってきた。

「小谷さん！」

関谷の声に、菜々子は眼を開けた。

「えっ」

モニターを見た菜々子は、眼を見開いた。

心電図の波形が反応し、数値が85、98、１０７、１１5と上昇していた。

「蘇生してますよ！」

関谷看護師が、涙声で菜々子に言った。

「小武蔵！　小武蔵！　小武蔵！」

菜々子は号泣しながら、小武蔵の名を連呼した。

モニターの波形が通常に戻り、数値も１６０を超えた。

「奇跡です……」

心臓マッサージを中断した西沢獣医師が、珍しく驚いた顔を小武蔵に向けながら言った。

「もう、大丈夫でしょう。触ってあげてください」

西沢獣医師が小武蔵の腋の下に手を当て、脈拍を取りながら言った。

菜々子は小武蔵の腹部側に移動して、丸椅子に腰を下ろした。

「小武蔵……頑張ったね！　偉かったよ！」

菜々子は、小武蔵の首を撫でながら涙声で褒めた。

小武蔵がパッチリと眼を開け、首を擡げようとした。

「邪魔だから取ってあげましょうね」

関谷看護師が瞳を潤ませ、小武蔵の口から気道を確保していた管を抜いた。

横たわっていた小武蔵が、ゆっくりと体を起こし俯せになると菜々子をみつめた。

まだ呼吸は荒いが、小武蔵の瞳には力強さが戻っていた。

必ず、ママのところに戻るって約束したでしょ？

小武蔵の声が聞こえたような気がした……いや、たしかに聞こえた。

「ありがとう……本当に、ありがとうね……」

菜々子は小武蔵を抱き締めながら、感謝の言葉を繰り返した。

眼を閉じた。

「ありがとう……」

もう一度、繰り返した。瞼の裏に浮かぶ茶々丸に。

エピローグ

セカンドライフから徒歩十分ほどの場所にある公園――菜々子と瀬戸はベンチに座り、芝生の上をフリスビーをくわえ逃げる小武蔵と追いかける龍馬を視線で追っていた。

　朝六時の公園に人影はなく、貸し切り状態だった。

　龍馬は八歳のボーダーコリーで、小武蔵と同い年だった。飼い主の老夫婦が相次いで病気で亡くなり、別の場所で暮らす息子も親戚も引き取りを拒否して地方の保健所に連れて行かれたところを、一ヶ月前に菜々子と瀬戸がセカンドライフに迎え入れたのだ。

警戒心が強くほかの保護犬とは距離を置いていたが、初日からなぜか小武蔵とだけは仲良く遊んでいた。

　龍馬が慣れるまでは散歩は小武蔵だけとするようにしていた。

「あの子達、本当に仲がいいわね。本当の兄弟みたい」

　菜々子は、微笑ましく二頭を見守りながら言った。

「茶々丸君の生まれ変わりじゃないの？」

「茶々丸の魂は小武蔵に入ってるから、違うわよ」

「茶々丸君は、小武蔵君の生まれ変わりじゃなくて守護天使だったのかもしれないよ。新しい犬生は龍馬として生まれて、小武蔵君とともに君のもとで余生を過ごす。ちょっと、出来過ぎたストーリーかな？」

瀬戸が笑った。

「さあ、どうだろう。でも、どっちでもいいかな」

菜々子は言うと、こっちを意識しながら龍馬から懸命に逃げる小武蔵に手を振った。

小武蔵のスピードが、さらに上がった。

「君がそう言うなんて、珍しいね。小武蔵君が茶々丸君の生まれ変わりかどうか、あんなに気にしていたのに」

瀬戸が、意外、という顔を菜々子に向けた。

「そうね。たしかに気にしていたけど……生まれ変わりであってもなくても、茶々丸が小武蔵を助けてくれた。生まれ変わりであってもなくても、茶々丸が小武蔵を贈ってくれて私は救われた。なにより、いまこうして私のもとで元気な姿でいてくれる小武蔵が、茶々丸と同じように私とかけがえのない絆で結ばれていることがわかったから。悟りを開いちゃったって感じかしら」

菜々子は冗談めかして笑った。

一年前、東京犬猫医療センターのＩＣＵで菜々子が諦めかけたとき、九年前にお気に入りのクッションで息を引き取った茶々丸の姿が瞼の裏に蘇った。

そして、茶々丸は立ち上がり笑顔で菜々子に走り寄ってきた。

その直後、心停止で心臓マッサージを受けていた小武蔵が奇跡的に蘇生したのだった。

菜々子はいまでも、茶々丸が小武蔵を救ってくれたのだと信じていた。

「言われてみれば、そうかもね。いま、小武蔵君が君のそばにいてくれるのが一番の……」

フリスビーをくわえて猛然と駆け寄ってきた小武蔵が瀬戸の膝の上に飛び乗り、そのまま菜々子の膝の上に飛び移り地面に下りた。

小武蔵は菜々子に向き直り、笑いながら後足で地面を蹴り遊びに誘ってきた。

「あなたも一緒に！」

菜々子は小武蔵の口からフリスビーを奪い立ち上がると、瀬戸を促し駆け出した。

小武蔵が嬉しそうな顔で菜々子を追いかけてきた。

あっという間に、小武蔵との距離が縮まった。

「わー！　追いつかれるー！　あなた！　パス！」
五、六メートル離れて並走していた瀬戸に、菜々子はフリスビーを投げた。
高々とジャンプして宙でフリスビーをキャッチした小武蔵の体が、朝陽に染まった。

あとがき

二〇二二年に刊行された本書の姉妹小説である『虹の橋からきた犬』は、私が愛犬のスコティッシュテリアのブレットをリンパ腫で失ったパートナーロスから立ち直るまでの日々をモチーフにした物語だった。

そして、本書『おかえり　～虹の橋からきた犬～』は、主人公を女性に替えてはあるが、私をパートナーロスから救ってくれたウエストハイランドホワイトテリアのクロスと過ごした濃密な四年七ヶ月をモチーフにした物語だ。

主人公の菜々子は大手広告代理店に勤務しており、動物病院の前に捨てられていた雑種犬、茶々丸と過ごしていた。

ある日、クライアントとの会食に駆り出され帰宅が遅くなってしまった菜々子が自宅のドアを開けると、いつも迎えてくれる茶々丸がいない。

部屋に上がると、茶々丸はお気に入りの食パン形のクッションに横たわっていた。

異変に気づいた菜々子は、一縷《いちる》の望みをかけて冷たくなった茶々丸を抱き裸足《はだし》のまま真丘動物病院に走った。

菜々子の祈りも虚《むな》しく、茶々丸が息を吹き返すことはなかった。


自分がもっと早く帰っていたら、茶々丸を救えたはず……。

少なくとも、孤独のうちに茶々丸を逝かせることはなかった……。


茶々丸がいなくなって五年……菜々子は広告代理店を辞めて、アロマショップで働いていた。表面上は快活で朗らかに振る舞っていた菜々子だが、この五年間、罪悪感と喪失感に苛《さいな》まれていた。

そんなある日、真丘動物病院の前を通りかかった菜々子は、クレートが置かれていることに気づいた。

捨て犬……。

菜々子は立ち止まった。

もう、私には犬を飼う資格はない。

思い直して踏み出した足を、ふたたび菜々子は止めた。

捨て犬の状態を確認するだけ……。

菜々子は自らに言い聞かせ、真丘動物病院の前に引き返した。

クレートの中には、若い柴犬《しばいぬ》の成犬がいた。

柴犬は菜々子の顔を見ると尻尾を振り、柵扉の隙間から右前足を出してきた。

獣医師の真丘を呼ぶために立ち去ろうとした菜々子の視線が、柴犬の右頬のハート形の斑《ぶち》模様に釘《くぎ》付《づ》けになった。

茶々丸と同じ場所に、同じ形の模様……。

生まれ変わり?

馬鹿げた考えをすぐに打ち消し、菜々子は柴犬を保護してもらうために、真丘のところに連れて行った。

これもなにかの縁だからと、真丘は菜々子に柴犬を飼うことを勧めた。だが、茶々丸を死なせてしまったと罪悪感の海に溺れる菜々子は頑《かたく》なに断った。

柴犬は初めて会ったとは思えない様子で、菜々子に懐き、ジャレついてきた。

茶々丸がよくしていたヒップアタックを食らったときには、やはりこの子は生まれ変わりかもしれない……と思ってしまった。

情が移らないように病院を飛び出す菜々子を、柴犬が追いかけてきた。

柴犬が事故にあわないように引き返そうとしたときに、車が菜々子のほうに突っ込んできた。

凍《い》てつき眼《め》を閉じる菜々子の耳に、運転手の大声が聞こえた。恐る恐る眼を開けた菜々子の視線の先には、路上で横たわる柴犬の姿があった。

身を挺《てい》して自分を助けてくれた柴犬に、菜々子は運命的なものを感じた。

菜々子は茶々丸への罪の意識を抱えながらも、柴犬を迎えることを決意した。

柴犬を、小武蔵と名付けた。

ここから「二人」の生活が始まるわけだが、小武蔵の導きで菜々子は数々の苦難を乗り越える。

日を重ねるごとに、「二人」の絆《きずな》は深まった。

日を重ねるごとに、小武蔵の眼差《まなざ》し、仕草が茶々丸に似てきた。

小武蔵の起こす「奇跡」を目の当たりにしてきた菜々子は、茶々丸の生まれ変わりだという確信を深めた。だが、それでも、菜々子は認めなかった……認められなかった。

それを認めてしまえば、茶々丸に犯した「罪」をみずから許したことになってしまうような気がするからだ。


前作は、一頭の子犬……パステルと出会うことで、非情な敏腕経営者だった主人公の南野《みなみの》が、無償の愛や思いやりの大切さに触れて人間的に成長し、「使命」を終えたパステルが虹の橋のたもとに戻ってゆく、という出会いから別れを描いた物語だった。

本作は続編ではないが、虹の橋のたもとに旅立った茶々丸が、抜け殻のように生きる菜々子を、別の肉体に宿り小武蔵として生まれ変わることで助けに行くという内容で、前作とは逆のパターンになっている。

あとがきの冒頭に書いたようにブレットを失った私は、パートナーロスに陥り、クロスとの出会いで徐々に心が救われていった。

本作の連載最終話の執筆時、私はプライベートで人生最大の試練に襲われた。

物語のネタバレになるので詳しくは書けないが、ラスト数ページで小武蔵が動物病院のＩＣＵで蘇生《そせい》処置を受けるクライマックスのシーンがある。


私のプライベートでは、二〇二三年の十一月にクロスがリンパ腫と判明し、腫瘍の摘出手術と抗癌剤《こうがんざい》投与の治療を続けていた。

十二月にはクロスのリンパ腫は寛解し、抗癌剤の副作用の脱毛こそあったが、食欲も旺盛で体重も増え続け、明るい希望が見えていた。

ところが、翌二〇二四年一月にはリンパ腫が再発してしまった。

眼の前が真っ暗になったが、幸いなことにクロスの食欲は落ちずに一日三回のパトロール（散歩）も元気にこなしていた。

三月に入ってもクロスは普段と変わらぬ生活を送っており、犬友のパパさんママさん達は、元気にワチャワチャするクロスの姿に、まさかリンパ腫を患い抗癌剤治療をしているとは思っていなかった。

今年も無事に満開の桜をクロスと見ることができる、と私は胸を撫《な》で下ろしていた。

三月の中旬を過ぎたあたりからクロスが下痢をするようになり、あれだけ旺盛だった食欲も落ちてきた。

三月の下旬には抗癌剤も効かなくなり、エコー検査で腸に大きな腫瘍が巻き付いており、破れている可能性があるので手術をしなければ命にかかわると主治医に言われた。

十一月の手術に続いて半年にも満たない短い期間で二度目の大手術を受ければ、クロスの体調が余計に悪化するのではないかという不安に襲われ、私は即答を避けた。

主治医も、眼の前で後足での蹴っぱりを見せるクロスの元気な姿に、「この様子なら腸は破れていませんね。もう少し新しい抗癌剤を試しながら様子を見ましょう」と言ってくれたので、手術はしないことになった。

クロスは食欲が落ちているとはいえ、いつものドライフードを食べないだけでササミや別のフードなら食べてくれた。

パトロールの足取りもしっかりしているし家ではヘソ天で寝ているし、私も安心していた。

だが、下痢はだんだんひどくなり、三月三十一日にはパトロールの速度も落ちてきたので、翌日、検査も兼ねて一泊入院させることにした。

検査の結果、クロスの腫瘍は破裂しており、腹腔《ふっこう》に汚物が漏れていた。

四月一日、本書のクライマックスのシーンに入る数ページ前を執筆する段階で、クロスはリンパ腫の二回目の緊急摘出手術を行うことになった。

主治医からは、かなり厳しい手術になるだろうと言われた。

私は近くのカフェで待機していた。

主治医から連絡が入るまで、生きた心地がしなかった。一時間、二時間、三時間……

病院からの連絡はなかった。

嫌な予感が広がった。

私は、かつてないほどに神に祈った。

どうか、クロスを助けてください……と。

五時間が過ぎた頃、ようやく主治医から連絡があった。

私はドキドキしながら電話に出た。

「危ない局面がありましたが、クロスちゃんは無事に乗り越えてくれ、麻酔から覚めてくれました。まだ覚醒したばかりなので、夜の八時過ぎにお見舞いにきてくれますか？」

主治医との電話を切った私は、知人と食事をしながら待つことにした。

午後六時過ぎ。食事を始めてすぐに、動物病院から連絡が入った。

胸騒ぎに襲われながら、私は電話に出た。

電話の主は、看護師だった。

「すぐに、こっちにきていただくことはできますか？」

強張《こわば》り震える看護師の声に、胸騒ぎが激しさを増した。

「クロスになにかあったんですか⁉」

「心拍の数値が不安定で、薬でなんとか保《も》ってますけど、このままでは……」

私は知人に事情を話し、すぐに店を飛び出しタクシーに乗った。

動物病院に着いたときは夜七時を過ぎており、クロスはＩＣＵの診察台の上で俯《うつぶ》せになり酸素マスクを当てられていた。

クロスは私が到着しても眼を開けることさえできず、荒い呼吸を苦しげに繰り返しながら必死に頑張っていた。

看護師の話では、二時間前からこの状態で私が到着するのを待っていたという。

私は背中を撫でながら耳元でクロスの名を呼び、励まし続けた。

クロスは顔を上げることもできなかったが、薄目を開けて私の声に応えた。

私が駆けつけてから一時間が経《た》つ頃、クロスの心拍が急下降し、獣医師と看護師が蘇生処置の準備を始めた。

私は邪魔にならないように立ち上がり、診察台から離れようとした。

そのとき、顔を動かすこともできなかったクロスが前足を突っ張り上半身を起こし、私を見上げた。

二秒、目が合った直後にクロスは倒れた。

獣医師達は懸命に蘇生処置を続けたが、クロスが戻ってくることはなかった。

私は、あまりにも唐突な別れに茫然《ぼうぜん》自失した。

クロスの亡骸《なきがら》を連れて帰り、動かなくなった体を撫でながら号泣した。

さすがにその日は仕事ができなかったが、本作連載最終話の締め切りが迫っていたので、翌日にはクロスの亡骸の隣で執筆を開始した。

四月二日、皮肉にも最終話のクライマックスシーンは私が前日に体験したのと同じ、小武蔵がＩＣＵで蘇生処置を受けるシーンだった。

正直、なぜこんな残酷な試練を与えるのだ、と思った。

普通に仕事をするだけでもつらいのに、同じシーンを描くことになるとは……。だが、だからといって以前から決めていた筋書きを変更するわけにはいかない。

また、そんなことをして、クロスが喜ぶはずがない。

クロスと過ごした四年七ヶ月の生活で、私は無償の愛を与えられ、笑顔でいる時間が長くなり、なにより心の成長を実感した。

私が哀《かな》しみの海に溺れて仕事を疎《おろそ》かにしたら、恐らくクロスも哀しむに違いない。

クロスがプレゼントしてくれた四年七ヶ月という宝物の時間を無にしないために、私はボロボロ泣きながらも最終話を書き切った。

正直、苦しかったし、まさに生き地獄だった。

だが、そんな精神状態でも「前作を超える」と自負できる作品を上梓《じょうし》できたのは、クロスの後押しがあったからだと思っている。

私は、人生で起こる出来事に偶然はなく、なにかの意味があると信じているタイプだ。

ブレットを失った哀しみから救ってくれたクロスをモデルにして書き始めた物語の脱稿直前に人生最大の試練に直面したのも、いまとなっては一文字一文字に魂がこもった新堂冬樹史上最高の感動作を生み出すための「作家としての宿命」だったのかもしれない。

二〇二四年七月

新堂冬樹

集英社文庫

おかえり　～虹《にじ》の橋《はし》からきた犬《いぬ》～

2024年９月25日　第１刷
2024年10月15日　第２刷
定価はカバーに表示してあります。

著　者　新堂冬樹《しんどうふゆき》
発行者　樋口尚也
発行所　株式会社 集英社
東京都千代田区一ツ橋2-5-10　〒101-8050
電話　【編集部】03-3230-6095
【読者係】03-3230-6080
【販売部】03-3230-6393（書店専用）

印　刷　中央精版印刷株式会社　株式会社美松堂
製　本　中央精版印刷株式会社

フォーマットデザイン　アリヤマデザインストア　　マークデザイン　居山浩二

ISBN978-4-08-744697-5 C0193